中国20世纪
名家散文经典

鲁迅◎著

林非◎主编

鲁迅(1881—1936)文学家、思想家。原名……幼名樟寿，后改名树人，字豫山，后改为豫才。"鲁……"《狂人日记》时开始使用的笔名，浙江绍兴人。1898年……水师学堂学习……发表白话小说《狂人日记》，成为……声……表包括《阿……23年集……版，为中国……时……量杂文，进行……文"独立文体……，《伤……个短篇小说，散文诗集……草》。1925年前……版《语丝》《莽原》《未名……反动统治斗争，并……派、"现代评论"派争……1927……上海，达夫……科学的艺术……书。……是筹……寿人之一，……后……治思想……在反动派的文化"围剿"中成为中国新文化……动的……1936年，逝世于上海。毛泽东高度评价鲁迅一生的业绩，称他是"中国文化革命的主将，空前的民族英雄"。

他是中国文化革命的主将，他不但是伟大的文学家，而且是伟大的思想家和伟大的革命家。

陕西新华出版

太白文艺出版社·西安

图书在版编目（CIP）数据

鲁迅散文集 / 鲁迅著. -- 西安：太白文艺出版社，2016.3（2024.5重印）

（中国20世纪名家散文经典 / 林非主编）

ISBN 978-7-5513-0889-2

Ⅰ. ①鲁… Ⅱ. ①鲁… Ⅲ. ①鲁迅散文－散文集 Ⅳ. ①I210.4

中国版本图书馆CIP数据核字(2016)第004486号

鲁迅散文集
LU XUN SANWENJI

作　　者	鲁　迅
主　　编	林　非
责任编辑	王大伟　荆红娟　张　笛
整体设计	和兴文化
出版发行	太白文艺出版社
经　　销	新华书店
印　　刷	三河市嵩川印刷有限公司
开　　本	700mm×960mm　1/16
字　　数	249千字
印　　张	17
版　　次	2016年3月第1版
印　　次	2024年5月第2次印刷
书　　号	ISBN 978-7-5513-0889-2
定　　价	59.80元

版权所有　翻印必究

如有印装质量问题，可寄出版社印制部调换

联系电话：029-81206800

出版社地址：西安市曲江新区登高路1388号（邮编：710061）

营销中心电话：029-87277748　029-87217872

主　编　林　非
副主编　陈华昌
编　委　（以姓氏笔画为序）
　　　　王湜华　乔继堂
　　　　刘应争　张品兴
　　　　苏　冰　李晓丽
　　　　惠西平

中国20世纪名家散文经典

序　言

林　非

　　鲁迅在论述"五四"时期的散文创作时曾这样说过："散文小品的成功，几乎在小说戏曲和诗歌之上"（《小品文的危机》）。如果对于这个精辟地评价"五四"文学创作的结论，不去做出机械和绝对化的理解，而是从宏观视角考察鲁迅为什么会对当时的散文创作，得出如此重要的评价，就会具有极大的启发意义。

　　这归根结底是因为从事"五四"文学革命的基本目标，在于进行解放人性的思想启蒙，和建构充满现代观念的文化心理，而能够最为直接和广泛地推动这项使命的，自然就非散文这种文体莫属了，事实上，"五四"时期的散文创作，确乎也是最为出色地完成了这个时代的任务。鲁迅自己在散文创作方面做出的多种建树，尤其显得无比的灿烂辉煌。

　　从散文这种文体的审美功能来说，它侧重于宣泄主观的心志，渴望着能够表达自己对于人世和宇宙的印象与体验，倾诉自己胸怀中无穷无尽的情感与思索。正是像这样充满激情地向人们掏出自己的内心，就分外能够拨动或震撼许许多多读者的心，让他们也逐渐变得喜爱抒发自己的情感，阐述自己的思考，从而向着更为美好的人生境界升华。鲁迅很多抒情感怀或议论思索的散文，正是产生着这样的社会效应。

　　自"五四"前后开始，直至逝世时为止，鲁迅撰写了600余篇议论思索性的散文，分别辑录成16部文集。这些篇章犀利和深沉地揭示出自己的整个民族，长期以来都被囚禁于残酷和暴虐的专制主义制度底下，世世代代含着血泪进行艰苦的挣扎和搏斗。对于这种金字塔式的庞大和严密的专制主义权力结构，鲁迅具有极为开阔和深邃的洞察力。对于在它的剥削、压迫和蹂躏底下，广大人民所凝聚成的种种精神痼疾，鲁迅也做出了淋漓尽致和惊心动魄的剖析，透辟地揭示出在这种运转机制底下一代又一代的人们，不断承传和滋长着的种种社会心理现象，和带有集体性与

类型性的思想文化性格,可以说是勾勒出了一部中华民族的心灵史和广义文化史。

鲁迅在这些篇章中还满含激情地呼号,应该摆脱和冲破专制主义制度的精神枷锁,走向健康和合理的未来前景。诸如他的《春末闲谈》《灯下漫笔》《关于中国的两三件事》《隔膜》《买〈小学大全〉记》《病后杂谈》《半夏小集》等篇章,在猛烈地抨击专制主义制度野蛮和残暴的本质时,总是跟眺望与追求美好的未来,企图树立平等和自由的伦理观念,建构具有独立人格和自觉意识的现代文明秩序紧密融合在一起。这些大义凛然和气势磅礴的篇章,在艺术的表达上也显出了雄浑凝重而又汪洋恣肆的风采。它无疑是对于整部世界文学史的巨大贡献,比起诸如蒙田、培根和帕斯卡尔等这些西方散文大家的作品来,更蕴含着激烈的心灵呼号和深邃的文化气息,因此具有一种更为丰盈的认识价值,和他们都难以达到的晶莹夺目的艺术光芒。

对于这种充满着议论和思索因素的散文,鲁迅曾自称为"短评"(《热风·题记》)、"杂感""杂文"(《写在〈坟〉后面》)、"短论"(《且介亭杂文二集·序言》),而现代文学史研究家则都通称之为"杂文"。由鲁迅参加开创并且使之趋于高度成熟的这种文学样式,在中国文学史上确实具有重大的意义。正像许多研究英国或俄国文学史的学者,在探讨这两个国家的文学传统时,不能不涉及莎士比亚的诗剧或托尔斯泰的小说那样,研究中国文学史的学者们,在探讨这部文学发展史的轨迹时,同样也不能不涉及鲁迅的杂文。

由于这种侧重于议论思索的"杂文",在鲁迅的倡导和推动下,获得了蓬勃的发展,因此中国现代文学史方面的研究家,已经普遍将它视为从散文中间独立出来的一种文体加以把握。至于在侧重抒情的散文领域,即通常所谓的小品或随笔创作方面,鲁迅也获得了重大的成就,像回忆往事的散文集《朝花夕拾》,通过清新明丽和行云流水般的笔触,叙述了自己前半生中间的种种人生遭遇和感情历程。浏览这些洋溢着纯真情怀的文字时,会使多少读者由衷地觉得,有一位忠厚坦诚、奋勇跋涉和爱憎分明的人,站立在自己的面前,鼓励自己也应该像他那样踏实认真和坚韧不拔地生活下去。

在鲁迅的不少杂文集里,也辑录了许多抒情散文的篇章。像《记念刘和珍君》,以刻骨铭心般的哀痛,悼念惨死的烈士;以狂飙翻滚似的愤

怒,控诉凶残的军阀;以昂扬华美的颂歌,赞扬崭新的女性。在他奔放激越的感情中,闪射出一股炽热的光焰,真是一篇天地间的至文。又像《为了忘却的记念》,也是悼念壮烈牺牲的年轻战友,却完全是换了一副笔墨,细腻委婉地描述他们种种的事迹,从中勾勒出他们高尚的品格和圣洁的殉难,满篇都浸沉于缠绵沉郁而又十分激昂的深情里面,在哀伤中显得英勇,痛楚中合着刚烈,愤懑中勃发出浩然的气概,体现出一位伟大作家丰富的情愫和壮阔的胸襟,既是他袒露灵魂的内心独白,又是风云变幻的时代记录。

在"五四"以后的散文诗创作中,鲁迅又贡献出了充满艺术魅力的扛鼎之作,他的散文诗集《野草》,至今还依旧是这个园地中难以逾越的一座纪念碑。从文体学的角度来说,散文诗是抒情散文进一步的精炼和浓缩,它最大限度地省略了叙事的因素,其中蕴含的感情和哲理就显得更为凝聚和升华,所以就更能够显示出浓郁的诗意和深沉的思索。鲁迅的散文诗正是这样的典范,它以瑰丽和鲜艳的色彩,神奇和劲道的意境,以及象征主义的隐喻,和意识流的反复回旋与交错重叠手法,写出了顽强和坚韧的斗争精神,洋溢着一种极端蔑视残暴统治者的大无畏气概,并且将自己深切的希望寄托于未来。正由于承担着在社会转型期推动与改变历史的沉重责任,而因袭和陈旧的负荷又压得整个民族都喘不过气来,因此作为先驱者的鲁迅,不可能不表达出孤独、苦闷和彷徨的心情。《野草》典型地表达了一位伟大跋涉者的心灵历程。至于它熠熠生辉的艺术光芒,也将永远使后来的阅读者感到异常的神往惊讶。

想要举出鲁迅所有杰出的散文,并且尝试加以诠释和阐发的话,似乎应该由专门的学术论著来从事,而决非这篇短短的序文所能完成。我的这篇短序只是名副其实的以蠡测海,想说出一些自己长期阅读过程中的粗浅感受,提供给喜爱阅读鲁迅散文的朋友们参考。鲁迅的散文确实像是宽阔和深广的大海,有时惊涛裂岸,奔腾呼啸;有时又水光潋滟,海天一色,表现出了涵浑汪茫和气象万千的多种风格。正是由于形成了如此繁复多变而又融会和统一的风格,因此就给予读者异常丰盈的美感享受和十分深刻的思想启示。

多么希望喜爱鲁迅散文的朋友们,赶快升起帆篷,在这迷人的大海里航行!

中国 20 世纪名家散文经典

目 录

序言 1

自言自语　1
生命的路　6
无题　7
兔和猫　9
鸭的喜剧　13
社戏　16
秋夜　23
论雷峰塔的倒掉　25
说胡须　27
论照相之类　31
雪　36
风筝　38
看镜有感　40
好的故事　43
夏三虫　45
春末闲谈　47
死火　50
灯下漫笔　52
死后　57
狗·猫·鼠　60

阿长与《山海经》 66
记念刘和珍君 70
二十四孝图 74
五猖会 78
无常 81
记"发薪" 86
从百草园到三味书屋 90
父亲的病 94
琐记 98
藤野先生 103
写在《坟》后面 107
范爱农 111
略论中国人的脸 116
谈所谓"大内档案" 119
再谈香港 124
在钟楼上 129
看司徒乔君的画 135
柔石作《二月》小引 137
我和《语丝》的始终 139
《自选集》自序 145
崇实 147
为了忘却的记念 148
文章与题目 155
新药 157
夜颂 159
我的种痘 161
查旧账 166
秋夜纪游 168
爬和撞 170

中国 20 世纪名家散文经典

小品文的危机　172

新秋杂识（二）　175

喝茶　177

世故三昧　179

作文秘诀　181

关于中国的两三件事　184

清明时节　189

一思而行　191

推己及人　193

论秦理斋夫人事　195

玩具　197

倒提　199

知了世界　202

买《小学大全》记　204

忆韦素园君　208

忆刘半农君　212

从孩子的照相说起　214

随便翻翻　217

捣鬼心传　220

论"人言可畏"　222

"题未定"草　225

"题未定"草　231

我要骗人　241

我的第一个师父　244

死　249

女吊　253

因太炎先生而想起的二三事　257

中国20世纪名家散文经典

自言自语

一 序

水村的夏夜,摇着大芭蕉扇,在大树下乘凉,是一件极舒服的事。

男女都谈些闲天,说些故事。孩子是唱歌的唱歌,猜谜的猜谜。

只有陶老头子,天天独自坐着。因为他一世没有进过城,见识有限,无天可谈。而且眼花耳聋,问七答八,说三话四,很有点讨厌,所以没人理他。

他却时常闭着眼,自己说些什么。仔细听去,虽然昏话多,偶然之间,却也有几句略有意思的段落的。

夜深了,乘凉的都散了。我回家点上灯,还不想睡,便将听得的话写了下来,再看一回,却又毫无意思了。

其实陶老头子这等人,那里真会有好话呢,不过既然写出,姑且留下罢了。

留下又怎样呢?这是连我也答复不来。

中华民国八年八月八日记。

二　火的冰

流动的火,是熔化的珊瑚么?

中间有些绿白,像珊瑚的心,浑身通红,像珊瑚的肉,外层带些黑,是珊瑚焦了。

好是好呵,可惜拿了要烫手。

遇着说不出的冷,火便结了冰了。

中间有些绿白,像珊瑚的心,浑身通红,像珊瑚的肉,外层带些黑,也还是珊瑚焦了。

好是好呵,可惜拿了便要火烫一般的冰手。

火,火的冰,人们没奈何他,他自己也苦么?

唉,火的冰。

唉,唉,火的冰的人!

三　古　城

你以为那边是一片平地么?不是的。其实是一座沙山,沙山里面是一座古城。这古城里,一直以前住着三个人。

古城不很大,却很高。只有一个门,门是一个闸。

青铅色的浓雾,卷着黄沙,波涛一般的走。

少年说,"沙来了。活不成了。孩子快逃罢。"

老头子说,"胡说,没有的事。"

这样的过了三年和十二个月另八天。

少年说,"沙积高了,活不成了。孩子快逃罢。"

老头子说,"胡说,没有的事。"

少年想开闸,可是重了。因为上面积了许多沙了。

少年拼了死命,终于举起闸,用手脚都支着,但总不到二尺高。

少年挤那孩子出去说,"快走罢!"

老头子拖那孩子回来说,"没有的事!"

少年说,"快走罢!这不是理论,已经是事实了!"

青铅色的浓雾,卷着黄沙,波涛一般的走。

以后的事,我可不知道了。

你要知道,可以掘开沙山,看看古城。闸门下许有一个死尸。闸门里是

两个还是一个?

四 螃蟹

老螃蟹觉得不安了,觉得全身太硬了。自己知道要蜕壳了。

他跑来跑去的寻。我想寻一个窟穴,躲了身子,将石子堵了穴口,隐隐的蜕壳。他知道外面蜕壳是危险的。身子还软,要被别的螃蟹吃去的。这并非空害怕,他实在亲眼见过。

他慌慌张张的走。

旁边的螃蟹问他说,"老兄,你何以这般慌?"

他说,"我要蜕壳了。"

"就在这里蜕不很好么?我还要帮你呢。"

"那可太怕人了。"

"你不怕窟穴里的别的东西,却怕我们同种么?"

"我不是怕同种。"

"那还怕什么呢?"

"就怕你要吃掉我。"

五 波 儿

波儿气愤愤的跑了。

波儿这孩子,身子有矮屋一般高了,还是淘气,不知道从那里学了坏样子,也想种花了。

不知道从那里要来的蔷薇子,种在干地上,早上浇水,上午浇水,正午浇水。

正午浇水,土上面一点小绿,波儿很高兴,午后浇水,小绿不见,许是被虫子吃了。

波儿去了喷壶,气愤愤的跑到河边,看见一个女孩子哭着。

波儿说,"你为什么在这里哭?"

女孩子说,"你尝河水什么味罢。"

波儿尝了水,说是"淡的"。

女孩子说,"我落下了一滴泪了,还是淡的,我怎么不哭呢。"

波儿说,"你是傻丫头!"

波儿气愤愤的跑到海边,看见一个男孩子哭着。

波儿说,"你为什么在这里哭?"

男孩子说,"你看海水是什么颜色?"

波儿看了海水,说是"绿的"。

男孩子说,"我滴下了一点血了,还是绿的,我怎么不哭呢。"

波儿说,"你是傻小子!"

波儿才是傻小子哩。世上那有半天抽芽的蔷薇花,花的种子还在土里呢。

便是终于不出,世上也不会没有蔷薇花。

六 我的父亲

我的父亲躺在床上,喘着气,脸上很瘦很黄,我有点怕看他了。

他眼睛慢慢闭了,气息渐渐平了。我的老乳母对我说,"你的爹要死了,你叫他罢。"

"爹爹。"

"不行,大声叫!"

"爹爹!"

我的父亲张一张眼,口边一动,仿佛有点伤心,——他仍然慢慢的闭了眼睛。

我的老乳母对我说,"你的爹死了。"

阿!我现在想,大安静大沈寂的死,应该听他慢慢到来。谁敢乱嚷,是大过失。

我何以不听我的父亲,徐徐入死,大声叫他。

阿!我的老乳母。你并无恶意,却教我犯了大过,扰乱我父亲的死亡,使他只听得叫"爹",却没有听到有人向荒山大叫。

那时我是孩子,不明白什么事理。现在,略略明白,已经迟了。我现在告知我的孩子,倘我闭了眼睛,万不要在我的耳朵边叫了。

七 我的兄弟

我是不喜欢放风筝的,我的一个小兄弟是喜欢放风筝的。

我的父亲死去之后,家里没有钱了。我的兄弟无论怎么热心,也得不到一个风筝了。

一天午后,我走到一间从来不用的屋子里,看见我的兄弟,正躲在里面

糊风筝。有几支竹丝,是自己削的,几张皮纸,是自己买的,有四个风轮,已经糊好了。

我是不喜欢放风筝的,也最讨厌他放风筝,我便生气,踏碎了风轮,拆了竹丝,将纸也撕了。

我的兄弟哭着出去了,悄然的在廊下坐着,以后怎样,我那时没有理会,都不知道了。

我后来悟到我的错处。我的兄弟却将我这错处全忘了,他总是很要好的叫我"哥哥"。

我很抱歉,将这事说给他听,他却连影子都记不起了。他仍是很要好的叫我"哥哥"。

阿!我的兄弟。你没有记得我的错处,我能请你原谅么?

然而还是请你原谅罢!

生命的路

　　想到人类的灭亡是一件大寂寞大悲哀的事；然而若干人们的死亡，却并非寂寞悲哀的事。

　　生命的路是进步的，总是沿着无限的精神三角形的斜面向上走，什么都阻止他不得。

　　自然赋与人们的不调和还很多，人们自己萎缩堕落退步的也还很多，然而生命决不因此回头。无论什么黑暗来防范思潮，什么悲惨来袭击社会，什么罪恶来亵渎人道，人类的渴仰完全的潜力，总是踏了这些铁蒺藜向前进。

　　生命不怕死，在死的面前哭着跳着，跨过了灭亡的人们向前进。

　　什么是路？就是从没路的地方践踏出来的，从只有荆棘的地方开辟出来的。

　　以前早有路了，以后也该永远有路。

　　人类总不会寂寞，因为生命是进步的，是乐天的。

　　昨天，我对我的朋友 L 说，"一个人死了，在死者自身和他的眷属是悲惨的事，但在一村一镇的人看起来不算什么；就是一省一国一种……"

　　L 很不高兴，说，"这是 Nature（自然）的话，不是人们的话。你应该小心些。"

　　我想，他的话也不错。

中国20世纪名家散文经典

无题

　　有一个大襟上挂一支自来水笔的记者,来约我作文章,为敷衍他起见,我于是乎要作文章了。首先想题目……
　　这时是夜间,因为比较的凉爽,可以捏笔而没有汗。刚坐下,蚊子出来了,对我大发挥他们的本能。他们的咬法和嘴的构造大约是不一的,所以我的痛法也不一。但结果则一,就是不能作文章了。并且连题目没有想。
　　我熄了灯,躲进帐子里,蚊子又在耳边呜呜的叫。
　　他们并没有叮,而我总是睡不着。点灯来照,躲得不见一个影,熄了灯躺下,却又来了。
　　如此者三四回,我于是愤怒了;说道:叮只管叮,但请不要叫。然而蚊子仍然呜呜的叫。
　　这时倘有人提出一个问题,问我"于蚊虫跳蚤孰爱?"我一定毫不迟疑,答曰"爱跳蚤!"这理由很简单,就因为跳蚤是咬而不嚷的。
　　默默的吸血,虽然可怕,但于我却较为不麻烦,因此毋宁爱跳蚤。在与这理由大略相同的根据上,我便也不很喜欢去"唤醒国民",这一篇大道理,曾经在槐树下和金心异说过,现在恕不再叙了。
　　我于是又起来点灯而看书,因为看书和写字不同,可以一手拿扇赶蚊子。
　　不一刻,飞来了一匹青蝇,只绕着灯罩打圈子。

"嗡!嗡嗡!"

我又麻烦起来了,再不能懂书里面怎么说。用扇去赶,却扇灭了灯;再点起来,他又只是绕,愈绕愈有精神。

"嘤,嘤,嘤!"

我敌不住了!我仍然躲进帐子里。

我想:虫的扑灯,有人说是慕光,有人说是趋炎,有人说是为性欲,都随便,我只愿他不要只是绕圈子就好了。

然而蚊子又呜呜的叫了起来。

然而我已经渴睡了,懒得去赶他,我蒙眬的想:天造万物都得所,天使人会渴睡,大约是专为要叫的蚊子而设的……

阿!皎洁的明月,暗绿的森林,星星闪烁着他们晶莹的眼睛,夜色中显出几轮较白的圆纹是月见草的花朵……自然之美多么丰富啊!

然而我只听得高雅的人们这样说。我窗外没有花草,星月皎洁的时候,我正在和蚊子战斗,后来又睡着了。

早上起来,但见三位得胜者拖着鲜红色的肚子站在帐子上;自己身上有些痒,且搔且数,一共有五个疙瘩,是我在生物界里战败的标征。

我于是也便带了五个疙瘩,出门混饭去了。

兔和猫

住在我们后进院子里的三太太,在夏间买了一对白兔,是给伊的孩子们看的。

这一对白兔,似乎离娘并不久,虽然是异类,也可以看出他们的天真烂漫来。但也竖直了小小的通红的长耳朵,动着鼻子,眼睛里颇现些惊疑的神色,大约究竟觉得人地生疏,没有在老家时候的安心了。这种东西,倘到庙会日期自己出去买,每个至多不过两吊钱,而三太太却花了一元,因为是叫小使上店买来的。

孩子们自然大得意了,嚷着围住了看;大人也围着看;还有一匹小狗名叫S的也跑来,闯过去一嗅,打了一个喷嚏,退了几步,三太太吆喝道,"S,听着,不准你咬他!"于是在他头上打了一拳,S便退开了,以此并不咬。

这一对兔总是关在后窗后面的小院子里的时候多,听说是因为太喜欢撕壁纸,也常常啮木器脚。这小院子里有一株野桑树,桑子落地,他们最爱吃,便连喂他们的菠菜也不吃了。乌鸦喜鹊想要下来时,他们便弓着身子用后脚在地上使劲的一弹,砉的一声直跳上来,像飞起了一团雪,鸦鹊吓得赶紧走,这样的几回,再也不敢近来了。三太太说,鸦鹊倒不打紧,至多也不过抢吃一点食料,可恶的是一匹大黑猫,常在矮墙上恶狠狠的看,这却要防的,幸而S和猫是对头,或者还不至于有什么罢。

孩子们时时捉他们来玩耍；他们很和气，竖起耳朵，动着鼻子，驯良的站在小手的圈子里，但一有空，却也就溜开去了。他们夜里的卧榻是一个小木箱，里面铺些稻草，就在后窗的房檐下。

这样的几个月之后，他们忽而自己掘土了，掘得非常快，前脚一抓，后脚一踢，不到半天，已经掘成一个深洞。大家都奇怪，后来仔细看时，原来一个的肚子比别一个的大得多了。他们第二天便将干草和树叶衔进洞里去，忙了大半天。

大家都高兴，说又有小兔可看了；三太太便对孩子们下了戒严令，从此不许再去捉。我的母亲也很喜欢他们家族的繁荣，还说待生下来的离了乳，也要去讨两匹来养在自己的窗外面。

他们从此便住在自造的洞府里，有时也出来吃些食，后来不见了，可不知道他们是预先运粮存在里面呢还是竟不吃。过了十多天，三太太对我说，那两匹又出来了，大约小兔是生下来又都死掉了，因为雌的一匹的奶非常多，却并不见有进出哺养孩子的形迹。伊言语之间颇气愤，然而也没有法。

有一天，太阳很温暖，也没有风，树叶都不动，我忽听得许多人在那里笑，寻声看时，却见许多人都靠着三太太的后窗看：原来有一个小兔，在院子里跳跃了。这比他的父母买来的时候还小得远，但也已经能用后脚一弹地，迸跳起来了。孩子们争着告诉我说，还看见一个小兔到洞口来探一探头，但是即刻缩回去了，那该是他的弟弟罢。

那小的也捡些草叶吃，然而大的似乎不许他，往往夹口的抢去了，而自己并不吃。孩子们笑得响，那小的终于吃惊了，便跳着钻进洞里去；大的也跟到洞门口，用前脚推着他的孩子的脊梁，推进之后，又爬开泥土来封了洞。

从此小院子里更热闹，窗口也时时有人窥探了。

然而竟又全不见了那小的和大的。这时是连日的阴天，三太太又虑到遭了那大黑猫的毒手的事去。我说不然，那是天气冷，当然都躲着，太阳一出，一定出来的。

太阳出来了，他们却都不见。于是大家就忘却了。

唯有三太太是常在那里喂他们菠菜的，所以常想到。伊有一回走进窗后的小院子去，忽然在墙角上发见了一个别的洞，再看旧洞口，却依稀的还见有许多爪痕。这爪痕倘说是大兔的，爪该不会有这样大，伊又疑心到那常在墙上的大黑猫去了，伊于是也就不能不定下发掘的决心了。伊终于出来取了锄子，一路掘下去，虽然疑心，却也希望着意外的见了小白兔的，但是待到底，却只见一堆烂草夹些兔毛，怕还是临蓐时候所铺的罢，此外是冷清清的，全没有什么雪白的小兔的踪迹，以及他那只一探头未出洞外的弟弟了。

中国20世纪名家散文经典

气愤和失望和凄凉,使伊不能不再掘那墙角上的新洞了。一动手,那大的两匹便先窜出洞外面。伊以为他们搬了家了,很高兴,然而仍然掘,待见底,那里面也铺着草叶和兔毛,而上面却睡着七个很小的兔,遍身肉红色,细看时,眼睛全都没有开。

一切都明白了,三太太先前的预料果不错。伊为预防危险起见,便将七个小的都装在木箱中,搬进自己的房里,又将大的也捺进箱里面,勒令伊去哺乳。

三太太从此不但深恨黑猫,而且颇不以大兔为然了。据说当初那两个被害之先,死掉的该还有,因为他们生一回,决不至于只两个,但为了哺乳不匀,不能争食的就先死了。这大概也不错的,现在七个之中,就有两个很瘦弱。所以三太太一有闲空,便捉住母兔,将小兔一个一个轮流的摆在肚子上来喝奶,不准有多少。

母亲对我说,那样麻烦的养兔法,伊历来连听也未曾听到过,恐怕是可以收入《无双谱》的。

白兔的家族更繁荣;大家也又都高兴了。

但自此之后,我总觉得凄凉。夜半在灯下坐着想,那两条小性命,竟是人不知鬼不觉的早在不知什么时候丧失了,生物史上不着一些痕迹,并 S 也不叫一声。我于是记起旧事来,先前我住在会馆里,清早起身,只见大槐树下一片散乱的鸽子毛,这明明是膏于鹰吻的了,上午长班来一打扫,便什么都不见,谁知道曾有一个生命断送在这里呢?我又曾路过西四牌楼,看见一匹小狗被马车轧得快死,待回来时,什么也不见了,搬掉了罢,过往行人憧憧的走着,谁知道曾有一个生命断送在这里呢?夏夜,窗外面,常听到苍蝇的悠长的吱吱的叫声,这一定是给蝇虎咬住了,然而我向来无所容心于其间,而别人并且不听到。

假使造物也可以责备,那么,我以为他实在将生命造得太滥,毁得太滥了。

嗥的一声,又是两条猫在窗外打起架来。

"迅儿!你又在那里打猫了?"

"不,他们自己咬。他那里会给我打呢。"

我的母亲是素来很不以我的虐待猫为然的,现在大约疑心我要替小兔抱不平,下什么辣手,便起来探问了。而我在全家的口碑上,却的确算一个猫敌。我曾经害过猫,平时也常打猫,尤其是在他们配合的时候。但我之所以打的原因并非因为他们配合,是因为他们嚷,嚷到使我睡不着,我认为配合是不必这样大嚷而特嚷的。

况且黑猫害了小兔,我更是"师出有名"的了。我觉得母亲实在太修善,于是不由的就说出模棱的近乎不以为然的答话来。

造物太胡闹,我不能不反抗他了,虽然也许是倒是帮他的忙……

那黑猫是不能久在矮墙上高视阔步的了,我决定的想,于是又不由的一瞥那藏在书箱里的一瓶青酸钾。

一九二二年十月

鸭的喜剧

俄国的盲诗人爱罗先珂君带了他那六弦琴到北京之后不多久,便向我诉苦说:

"寂寞呀,寂寞呀,在沙漠上似的寂寞呀!"

这应该是真实的,但在我却未曾感得;我住得久了,"入芝兰之室,久而不闻其香",只以为很是嚷嚷罢了。然而我之所谓嚷嚷,或者也就是他之所谓寂寞罢。

我可是觉得在北京仿佛没有春和秋。老于北京的人说,地气北转了,这里在先是没有这么和暖。只是我总以为没有春和秋;冬末和夏初衔接起来,夏才去,冬又开始了。

一日就是这冬末夏初的时候,而且是夜间,我偶而得了闲暇,去访问爱罗先珂君。他一向寓在仲密君的家里;这时一家的人都睡了觉了,天下很安静。他独自靠在自己的卧榻上,很高的眉棱在金黄色的长发之间微蹙了,是在想他旧游之地的缅甸,缅甸的夏夜。

"这样的夜间,"他说,"在缅甸是遍地是音乐。房里,草间,树上,都有昆虫吟叫,各种声音,成为合奏,很神奇。其间时时夹着蛇鸣:'嘶嘶!'可是也与虫声相和协……"他沉思了,似乎想要追想起那时的情景来。

我开不得口。这样奇妙的音乐,我在北京确乎未曾听到过,所以即使如何爱国,也辩护不得,因为他虽然目无所见,耳朵是没有聋的。

"北京却连蛙鸣也没有……"他又叹息说。

"蛙鸣是有的!"这叹息,却使我勇猛起来了,于是抗议说,"到夏天,大雨之后,你便能听到许多虾蟆叫,那是都在沟里面的,因为北京到处都有沟。"

"哦……"

过了几天,我的话居然证实了,因为爱罗先珂君已经买到了十几个蝌蚪子。他买来便放在他窗外的院子中央的小池里。那池的长有三尺,宽有二尺,是仲密所掘,以种荷花的荷池。从这荷池里,虽然从来没有见过养出半朵荷花来,然而养虾蟆却实在是一个极合式的处所。

蝌蚪成群结队的在水里面游泳;爱罗先珂君也常常踱来访他们。有时候,孩子告诉他说,"爱罗先珂先生,他们生了脚了。"他便高兴的微笑道,"哦!"

然而养成池沼的音乐家却只是爱罗先珂君的一件事。他是向来主张自食其力的,常说女人可以畜牧,男人就应该种田。所以遇到很熟的友人,他便要劝诱他就在院子里种白菜;也屡次对仲密夫人劝告,劝伊养蜂,养鸡,养猪,养牛,养骆驼。后来仲密家里果然有了许多小鸡,满院飞跑,啄完了铺地锦的嫩叶,大约也许就是这劝告的结果了。

从此卖小鸡的乡下人也时常来,来一回便买几只,因为小鸡是容易积食,发痧,很难得长寿的;而且有一匹还成了爱罗先珂君在北京所作唯一的小说《小鸡的悲剧》里的主人公。有一天的上午,那乡下人竟意外的带了小鸭来了,咻咻的叫着;但是仲密夫人说不要。爱罗先珂君也跑出来,他们就放一个在他两手里,而小鸭便在他两手里咻咻的叫。他以为这也很可爱,于是又不能不买了,一共买了四个,每个八十文。

小鸭也诚然是可爱,遍身松花黄,放在地上,便蹒跚的走,互相招呼,总是在一处。大家都说好,明天去买泥鳅来喂他们罢。爱罗先珂君说,"这钱也可以归我出的。"

他于是教书去了;大家也走散。不一会,仲密夫人拿冷饭来喂他们时,在远处已听得拨水的声音,跑到一看,原来那四个小鸭都在荷池里洗澡了,而且还翻筋斗,吃东西呢。等到拦他们上了岸,全池已经是浑水,过了半天,澄清了,只见泥里露出几条细藕来;而且再也寻不出一个已经生了脚的蝌蚪了。

"伊和希珂先,没有了,虾蟆的儿子。"傍晚时候,孩子们一见他回来,最小的一个便赶紧说。

"唔,虾蟆?"

中国 20 世纪名家散文经典

仲密夫人也出来了,报告了小鸭吃完蝌蚪的故事。

"唉,唉!……"他说。

待到小鸭褪了黄毛,爱罗先珂君却忽而渴念着他的"俄罗斯母亲"了,便匆匆的向赤塔去。

待到四处蛙鸣的时候,小鸭也已经长成,两个白的,两个花的,而且不复咻咻的叫,都是"鸭鸭"的叫了。荷花池也早已容不下他们盘桓了,幸而仲密的住家的地势是很低的,夏雨一降,院子里满积了水,他们便欣欣然,游水,钻水,拍翅子,"鸭鸭"的叫。

现在又从夏末交了冬初,而爱罗先珂君还是绝无消息,不知道究竟在那里了。

只有四个鸭,却还在沙漠上"鸭鸭"的叫。

一九二二年十月

社戏

我在倒数上去的二十年中,只看过两回中国戏,前十年是绝不看,因为没有看戏的意思和机会,那两回全在后十年,然而都没有看出什么来就走了。

第一回是民国元年我初到北京的时候,当时一个朋友对我说,北京戏最好,你不去见见世面么? 我想,看戏是有味的,而况在北京呢。于是都兴致勃勃的跑到什么园,戏文已经开场了,在外面也早听到冬冬的响。我们挨进门,几个红的绿的在我的眼前一闪烁,便又看见戏台下满是许多头,再定神四面看,却见中间也还有几个空座,挤过去要坐时,又有人对我发议论,我因这耳朵已经喤喤的响着了,用了心,才听到他是说"有人,不行!"

我们退到后面,一个辫子很光的却来领我们到了侧面,指出一个地位来。这所谓地位者,原来是一条长凳,然而他那坐板比我的上腿要狭到四分之三,他的脚比我的下腿要长过三分之二。我先是没有爬上去的勇气,接着便联想到私刑拷打的刑具,不由的毛骨悚然的走出了。

走了许多路,忽听得我的朋友的声音道,"究竟怎的?"我回过脸去,原来他也被我带出来了。他很诧异的说,"怎么总是走,不答应?"我说,"朋友,对不起,我耳朵只在冬冬喤喤的响,并没有听到你的话。"

后来我每一想到,便很以为奇怪,似乎这戏太不好——否

则便是我近来在戏台下不适于生存了。

第二回忘记了那一年,总之是募集湖北水灾捐而谭叫天还没有死。捐法是两元钱买一张戏票,可以到第一舞台去看戏,扮演的多是名角,其一就是小叫天。我买了一张票,本是对于劝募人聊以塞责的,然而似乎又有好事家乘机对我说了些叫天不可不看的大法要了。我于是忘了前几年的冬冬喤喤之灾,竟到第一舞台去了,但大约一半也因为重价购来的宝票,总得使用了才舒服。我打听得叫天出台是迟的,而第一舞台却是新式构造,用不着争座位,便放了心,延宕到九点钟才出去,谁料照例,人都满了,连立足也难,我只得挤在远处的人丛中看一个老旦在台上唱。那老旦嘴边插着两个点火的纸捻子,旁边有一个鬼卒,我费尽思量,才疑心他或者是目连的母亲,因为后来又出来了一个和尚。然而我又不知道那名角是谁,就去问挤在我的左边的一位胖绅士。他很看不起似的斜瞥了我一眼,说道,"龚云甫!"我深愧浅陋而且粗疏,脸上一热,同时脑里也制出了决不再问的定章,于是看小旦唱,看花旦唱,看老生唱,看不知什么角色唱,看一大班人乱打,看两三个人互打,从九点多到十点,从十点到十一点,从十一点到十一点半,从十一点半到十二点,——然而叫天竟还没有来。

我向来没有这样忍耐的等候过什么事物,而况这身边的胖绅士的呼呼的喘气,这台上的冬冬喤喤的敲打,红红绿绿的晃荡,加之以十二点,忽而使我省悟到在这里不适于生存了。我同时便机械的拧转身子,用力往外只一挤,觉得背后便已满满的,大约那弹性的胖绅士早在我的空处胖开了他的右半身子。我后无回路,自然挤而又挤,终于出了大门。街上除了专等看客的车辆之外,几乎没有什么行人了,大门口却还有十几个人昂着头看戏目,别有一堆人站着并不看什么,我想:他们大概是看散戏之后出来的女人们的,而叫天却还没有来……

然而夜气很清爽,真所谓"沁人心脾",我在北京遇着这样的好空气,仿佛这是第一遭了。

这一夜,就是我对于中国戏告了别的一夜,此后再没有想到他,即使偶而经过戏园,我们也漠不相关,精神上早已一在天之南一在地之北了。

但是前几天,我忽在无意之中看到一本日本文的书,可惜忘记了书名和著者,总之是关于中国戏的。其中有一篇,大意仿佛说,中国戏是大敲,大叫,大跳,使看客头昏脑眩,很不适于剧场,但若在野外散漫的所在,远远的看起来,也自有他的风致。我当时觉着这正是说了在我意中而未曾想到的话,因为我确记得在野外看过很好的好戏,到北京以后的连进两回戏园去,也许还是受了那时的影响哩。可惜我不知道怎么一来,竟将书名忘却了。

至于我看那好戏的时候,却实在已经是"远哉遥遥"的了,其时恐怕我还不过十一二岁。我们鲁镇的习惯,本来是凡有出嫁的女儿,倘自己还未当家,夏间便大抵回到母家去消夏。那时我的祖母虽然还康健,但母亲也已分担了些家务,所以夏期便不能多日的归省了,只得在扫墓完毕之后,抽空去住几天,这时我便每年跟了我的母亲住在外祖母的家里。那地方叫平桥村,是一个离海边不远,极偏僻的,临河的小村庄;住户不满三十家,都种田,打鱼,只有一家很小的杂货店。但在我是乐土:因为我在这里不但得到优待,又可以免念"秩秩斯干幽幽南山"了。

和我一同玩的是许多小朋友,因为有了远客,他们也都从父母那里得了减少工作的许可,伴我来游戏。在小村里,一家的客,几乎也就是公共的。我们年纪都相仿,但论起行辈来,却至少是叔子,有几个还是太公,因为他们合村都同姓,是本家。然而我们是朋友,即使偶而吵闹起来,打了太公,一村的老老少少,也决没有一个会想出"犯上"这两个字来,而他们也百分之九十九不识字。

我们每天的事情大概是掘蚯蚓,掘来穿在铜丝作的小钩上,伏在河沿上去钓虾。虾是水世界里的呆子,决不惮用了自己的两个钳捧着钩尖送到嘴里去的,所以不半天便可以钓到一大碗。这虾照例是归我吃的。其次便是一同去放牛,但或者因为高等动物了的缘故罢,黄牛水牛都欺生,敢于欺侮我,因此我也总不敢走近身,只好远远的跟着,站着。这时候,小朋友们便不再原谅我会读"秩秩斯干",却全都嘲笑起来了。

至于我在那里所第一盼望的,却在到赵庄去看戏。赵庄是离平桥村五里的较大的村庄;平桥村太小,自己演不起戏,每年总付给赵庄多少钱,算作合作的。当时我并不想到他们为什么年年要演戏。现在想,那或者是春赛,是社戏了。

就在我十一二岁时候的这一年,这日期也看看等到了。不料这一年真可惜,在早上就叫不到船。平桥村只有一只早出晚归的航船是大船,决没有留用的道理。其余的都是小船,不合用;央人到邻村去问,也没有,早都给别人定下了。外祖母很气恼,怪家里的人不早定,絮叨起来。母亲便宽慰伊,说我们鲁镇的戏比小村里的好得多,一年看几回,今天就算了。只有我急得要哭,母亲却竭力的嘱咐我,说万不能装模装样,怕又招外祖母生气,又不准和别人一同去,说是怕外祖母要担心。

总之,是完了。到下午,我的朋友都去了,戏已经开场了,我似乎听到锣鼓的声音,而且知道他们在戏台下买豆浆喝。

这一天我不钓虾,东西也少吃。母亲很为难,没有法子想。到晚饭时

中国20世纪名家散文经典

候,外祖母也终于觉察了,并且说我应当不高兴,他们太怠慢,是待客的礼数里从来所没有的。吃饭之后,看过戏的少年们也都聚拢来了,高高兴兴的来讲戏。只有我不开口;他们都叹息而且表同情。忽然间,一个最聪明的双喜大悟似的提议了,他说,"大船?八叔的航船不是回来了么?"十几个别的少年也大悟,立刻撺掇起来,说可以坐了这航船和我一同去。我高兴了。然而外祖母又怕都是孩子们,不可靠;母亲又说是若叫大人一同去,他们白天全有工作,要他熬夜,是不合情理的。在这迟疑之中,双喜可又看出底细来了,便又大声的说道,"我写包票!船又大;迅哥儿向来不乱跑;我们又都是识水性的!"

诚然!这十多个少年,委实没有一个不会凫水的,而且两三个还是弄潮的好手。

外祖母和母亲也相信,便不再驳回,都微笑了。我们立刻一哄的出了门。

我的很重的心忽而轻松了,身体也似乎舒展到说不出的大。一出门,便望见月下的平桥内泊着一只白篷的航船,大家跳下船,双喜拔前篙,阿发拔后篙,年幼的都陪我坐在舱中,较大的聚在船尾。母亲送出来吩咐"要小心"的时候,我们已经点开船,在桥石上一磕,退后几尺,即又上前出了桥。于是架起两支橹,一支两人,一里一换,有说笑的,有嚷的,夹着潺潺的船头激水的声音,在左右都是碧绿的豆麦田地的河流中,飞一般径向赵庄前进了。

两岸的豆麦和河底的水草所发散出来的清香,夹杂在水气中扑面的吹来;月色便朦胧在这水气里。淡黑的起伏的连山,仿佛是踊跃的铁的兽脊似的,都远远的向船尾跑去了,但我却还以为船慢。他们换了四回手,渐望见依稀的赵庄,而且似乎听到歌吹了,还有几点火,料想便是戏台,但或者也许是渔火。

那声音大概是横笛,宛转,悠扬,使我的心也沉静,然而又自失起来,觉得要和他弥散在含着豆麦蕴藻之香的夜气里。

那火接近了,果然是渔火;我才记得先前望见的也不是赵庄。那是正对船头的一丛松柏林,我去年也曾经去游玩过,还看见破的石马倒在地下,一个石羊蹲在草里呢。过了那林,船便弯进了叉港,于是赵庄便真在眼前了。

最惹眼的是屹立在庄外临河的空地上的一座戏台,模胡在远处的月夜中,和空间几乎分不出界限,我疑心画上见过的仙境,就在这里出现了。这时船走得更快,不多时,在台上显出人物来,红红绿绿的动,近台的河里一望乌黑的是看戏的人家的船篷。

"近台没有什么空了,我们远远的看罢。"阿发说。

这时船慢了，不久就到，果然近不得台旁，大家只能下了篙，比那正对戏台的神棚还要远。其实我们这白篷的航船，本也不愿意和乌篷的船在一处，而况并没有空地呢……

在停船的匆忙中，看见台上有一个黑的长胡子的背上插着四张旗，捏着长枪，和一群赤膊的人正打仗。双喜说，那就是有名的铁头老生，能连翻八十四个筋斗，他日里亲自数过的。

我们便都挤在船头上看打仗，但那铁头老生却又并不翻筋斗，只有几个赤膊的人翻，翻了一阵，都进去了，接着走出一个小旦来，咿咿呀呀的唱。双喜说，"晚上看客少，铁头老生也懈了，谁肯显本领给白地看呢？"我相信这话对，因为其时台下已经不很有人，乡下人为了明天的工作，熬不得夜，早都睡觉去了，疏疏朗朗的站着的不过是几十个本村和邻村的闲汉。乌篷船里的那些土财主的家眷固然在，然而他们也不在乎看戏，多半是专到戏台下来吃糕饼水果和瓜子的。所以简直可以算白地。

然而我的意思却也并不在乎看翻筋斗。我最愿意看的是一个人蒙了白布，两手在头上捧着一支棒似的蛇头的蛇精，其次是套了黄布衣跳老虎。但是等了许多时都不见，小旦虽然进去了，立刻又出来了一个很老的小生。我有些疲倦了，托桂生买豆浆去。他去了一刻，回来说，"没有。卖豆浆的聋子也回去了。日里倒有，我还喝了两碗呢。现在去舀一瓢水来给你喝罢。"

我不喝水，支撑着仍然看，也说不出见了些什么，只觉得戏子的脸都渐渐的有些希奇了，那五官渐不明显，似乎融成一片的再没有什么高低。年纪小的几个多打呵欠了，大的也各管自己谈话。忽而一个红衫的小丑被绑在台柱子上，给一个花白胡子的用马鞭打起来了，大家才又振作精神的笑着看。在这一夜里，我以为这实在要算是最好的一折。

然而老旦终于出台了。老旦本来是我所最怕的东西，尤其是怕他坐下了唱。这时候，看见大家也都很扫兴，才知道他们的意见是和我一致的。那老旦当初还只是踱来踱去的唱，后来竟在中间的一把交椅上坐下了。我很担心；双喜他们却就破口喃喃的骂。我忍耐的等着，许多工夫，只见那老旦将手一抬，我以为就要站起来了，不料他却又慢慢的放下在原地方，仍旧唱。全船里几个人不住的吁气，其余的也打起呵欠来。双喜终于熬不住了，说道，怕他会唱到天明还不完，还是我们走的好罢。大家立刻都赞成，和开船时候一样踊跃，三四人径奔船尾，拔了篙，点退几丈，回转船头，驾起橹，骂着老旦，又向那松柏林前进了。

月还没有落，仿佛看戏也并不很久似的，而一离赵庄，月光又显得格外的皎洁。回望戏台在灯火光中，却又如初来未到时候一般，又漂渺得像一座

仙山楼阁，满被红霞罩着了。吹到耳边来的又是横笛，很悠扬；我疑心老旦已经进去了，但也不好意思说再回去看。

不多久，松柏林早在船后了，船行也并不慢，但周围的黑暗只是浓，可知已经到了深夜。他们一面议论着戏子，或骂，或笑，一面加紧的摇船。这一次船头的激水声更其响亮了，那航船，就像一条大白鱼背着一群孩子在浪花里蹿，连夜渔的几个老渔父，也停了艇子看着喝彩起来。

离平桥村还有一里模样，船行却慢了，摇船的都说很疲乏，因为太用力，而且许久没有东西吃。这回想出来的是桂生，说是罗汉豆正旺相，柴火又现成，我们可以偷一点来煮吃的。大家都赞成，立刻近岸停了船；岸上的田里，乌油油的便都是结实的罗汉豆。

"阿阿，阿发，这边是你家的，这边是老六一家的，我们偷那一边的呢？"双喜先跳下去了，在岸上说。

我们也都跳上岸。阿发一面跳，一面说道，"且慢，让我来看一看罢，"他于是往来的摸了一回，直起身来说道，"偷我们的罢，我们的大得多呢。"一声答应，大家便散开在阿发家的豆田里，各摘了一大捧，抛入船舱中。双喜以为再多偷，倘给阿发的娘知道是要哭骂的，于是各人便到六一公公的田里又各偷了一大捧。

我们中间几个年长的仍然慢慢的摇着船，几个到后舱去生火，年幼的和我都剥豆。不久豆熟了，便任凭航船浮在水面上，都围起来用手撮着吃。吃完豆，又开船，一面洗器具，豆荚豆壳全抛在河水里，什么痕迹也没有了。双喜所虑的是用了八公公船上的盐和柴，这老头子很细心，一定要知道，会骂的。然而大家议论之后，归结是不怕。他如果骂，我们便要他归还去年在岸边拾去的一枝枯柏树，而且当面叫他"八癞子"。

"都回来了！那里会错。我原说过写包票的！"双喜在船头上忽而大声的说。

我向船头一望，前面已经是平桥。桥脚上站着一个人，却是我的母亲，双喜便是对伊说着话。我走出前舱去，船也就进了平桥了，停了船，我们纷纷都上岸。母亲颇有些生气，说是过了三更了，怎么回来得这样迟，但也就高兴了，笑着邀大家去吃炒米。

大家都说已经吃了点心，又渴睡，不如及早睡得好，各自回去了。

第二天，我向午才起来，并没有听到什么关系八公公盐柴事件的纠葛，下午仍然去钓虾。

"双喜，你们这班小鬼，昨天偷了我的豆了罢？又不肯好好的摘，踏坏了不少。"我抬头看时，是六一公公棹着小船，卖了豆回来了，船肚里还有剩下的一堆豆。

"是的。我们请客。我们当初还不要你的呢。你看,你把我的虾吓跑了!"双喜说。

六一公公看见我,便停了楫,笑道,"请客?——这是应该的。"于是对我说,"迅哥儿,昨天的戏可好么?"

我点一点头,说道,"好。"

"豆可中吃呢?"

我又点一点头,说道,"很好。"

不料六一公公竟非常感激起来,将大拇指一翘,得意的说道,"这真是大市镇里出来的读过书的人才识货!我的豆种是粒粒挑选过的,乡下人不识好歹,还说我的豆比不上别人的呢。我今天也要送些给我们的姑奶奶尝尝去……"他于是打着楫子过去了。

待到母亲叫我回去吃晚饭的时候,桌上便有一大碗煮熟了的罗汉豆,就是六一公公送给母亲和我吃的。听说他还对母亲极口夸奖我,说"小小年纪便有见识,将来一定要中状元。姑奶奶,你的福气是可以写包票的了。"但我吃了豆,却并没有昨夜的豆那么好。

真的,一直到现在,我实在再没有吃到那夜似的好豆,——也不再看到那夜似的好戏了。

一九二二年十月

秋夜

　　在我的后园,可以看见墙外有两株树,一株是枣树,还有一株也是枣树。

　　这上面的夜的天空,奇怪而高,我生平没有见过这样的奇怪而高的天空。他仿佛要离开人间而去,使人们仰面不再看见。然而现在却非常之蓝,闪闪的睐着几十个星星的眼,冷眼。他的口角上现出微笑,似乎自以为大有深意,而将繁霜洒在我的园里的野花草上。

　　我不知道那些花草真叫什么名字,人们叫他们什么名字。我记得有一种开过极细小的粉红花,现在还开着,但是更极细小了,她在冷的夜气中,瑟缩的作梦,梦见春的到来,梦见秋的到来,梦见瘦的诗人将眼泪擦在她最末的花瓣上,告诉她秋虽然来,冬虽然来,而此后接着还是春,胡蝶乱飞,蜜蜂都唱起春词来了。她于是一笑,虽然颜色冻得红惨惨的,仍然瑟缩着。

　　枣树,他们简直落尽了叶子。先前,还有一两个孩子来打他们别人打剩的枣子,现在是一个也不剩了,连叶子也落尽了。他知道小粉红花的梦,秋后要有春;他也知道落叶的梦,春后还是秋。他简直落尽叶子,单剩干子,然而脱了当初满树是果实和叶子时候的弧形,欠伸得很舒服。但是,有几枝还低亚着,护定他从打枣的竿梢所得的皮伤,而最直最长的几枝,却已默默的铁似的直刺着奇怪而高的天空,使天空闪闪的鬼映眼;直刺着天空中圆满的月亮,使月亮窘得发白。

鬼䀹眼的天空越加非常之蓝,不安了,仿佛想离去人间,避开枣树,只将月亮剩下。然而月亮也暗暗的躲到东边去了。而一无所有的干子,却仍然默默的铁似的直刺着奇怪而高的天空,一意要制他的死命,不管他各式各样的䀹着许多蛊惑的眼睛。

哇的一声,夜游的恶鸟飞过了。

我忽而听到夜半的笑声,吃吃的,似乎不愿意惊动睡着的人,然而四围的空气都应和着笑。夜半,没有别的人,我即刻听出这声音就在我嘴里,我也即刻被这笑声所驱逐,回进自己的房。灯火的带子也即刻被我旋高了。

后窗的玻璃上丁丁的响,还有许多小飞虫乱撞。不多久,几个进来了,许是从窗纸的破孔进来的。他们一进来,又在玻璃的灯罩上撞得丁丁的响。一个从上面撞进去了,他于是遇到火,而且我以为这火是真的。两三个却休息在灯的纸罩上喘气。那罩是昨晚新换的罩,雪白的纸,折出波浪纹的叠痕,一角还画出一枝猩红色的栀子。

猩红的栀子开花时,枣树又要作小粉红花的梦,青葱的弯成弧形了……我又听到夜半的笑声;我赶紧砍断我的心绪,看那老在白纸罩上的小青虫,头大尾小,向日葵子似的,只有半粒小麦那么大,遍身的颜色苍翠得可爱,可怜。

我打一个呵欠,点起一支纸烟,喷出烟来,对着灯默默的敬奠这些苍翠精致的英雄们。

一九二四年九月十五日

论雷峰塔的倒掉

听说,杭州西湖上的雷峰塔倒掉了,听说而已,我没有亲见。但我却见过未倒的雷峰塔,破破烂烂的映掩于湖光山色之间,落山的太阳照着这些四近的地方,就是"雷峰夕照",西湖十景之一。"雷峰夕照"的真景我也见过,并不见佳,我以为。

然而一切西湖胜迹的名目之中,我知道得最早的却是这雷峰塔。我的祖母曾经常常对我说,白蛇娘娘就被压在这塔底下。有个叫作许仙的人救了两条蛇,一青一白,后来白蛇便化作女人来报恩,嫁给许仙了;青蛇化作丫鬟,也跟着。一个和尚,法海禅师,得道的禅师,看见许仙脸上有妖气,——凡讨妖怪作老婆的人,脸上就有妖气的,但只有非凡的人才看得出,——便将他藏在金山寺的法座后,白蛇娘娘来寻夫,于是就"水满金山"。我的祖母讲起来还要有趣得多,大约是出于一部弹词叫作《义妖传》里的,但我没有看过这部书,所以也不知道"许仙""法海"究竟是否这样写。总而言之,白蛇娘娘终于中了法海的计策,被装在一个小小的钵盂里了。钵盂埋在地里,上面还造起一座镇压的塔来,这就是雷峰塔。此后似乎事情还很多,如"白状元祭塔"之类,但我现在都忘记了。

那时我唯一的希望,就在这雷峰塔的倒掉。后来我长大了,到杭州,看见这破破烂烂的塔,心里就不舒服。后来我看看书,说杭州人又叫这塔作保叔塔,其实应该写作"保俶塔",是钱王的儿子造的。那么,里面当然没有白蛇娘娘了,然而我

心里仍然不舒服,仍然希望他倒掉。

现在,他居然倒掉了,则普天之下的人民,其欣喜为何如?

这是有事实可证的。试到吴越的山间海滨,探听民意去。凡有田夫野老,蚕妇村氓,除了几个脑髓里有点贵恙的之外,可有谁不为白娘娘抱不平,不怪法海太多事的?

和尚本应该只管自己念经。白蛇自迷许仙,许仙自娶妖怪,和别人有什么相干呢?他偏要放下经卷,横来招是搬非,大约是怀着嫉妒罢,——那简直是一定的。

听说,后来玉皇大帝也就怪法海多事,以至荼毒生灵,想要拿办他了。他逃来逃去,终于逃在蟹壳里避祸,不敢再出来,到现在还如此。我对于玉皇大帝所作的事,腹诽的非常多,独于这一件却很满意,因为"水满金山"一案,的确应该由法海负责;他实在办得很不错。只可惜我那时没有打听这话的出处,或者不在《义妖传》中,却是民间的传说罢。

秋高稻熟时节,吴越间所多的是螃蟹,煮到通红之后,无论取那一只,揭开背壳来,里面就有黄,有膏;倘是雌的,就有石榴子一般鲜红的子。先将这些吃完,即一定露出一个圆锥形的薄膜,再用小刀小心的沿着锥底切下,取出,翻转,使里面向外,只要不破,便变成一个罗汉模样的东西,有头脸,身子,是坐着的,我们那里的小孩子都称他"蟹和尚",就是躲在里面避难的法海。

当初,白蛇娘娘压在塔底下,法海禅师躲在蟹壳里。现在却只有这位老禅师独自静坐了,非到螃蟹断种的那一天为止出不来。莫非他造塔的时候,竟没有想到塔是终究要倒的么?

活该。

一九二四年十月二十八日

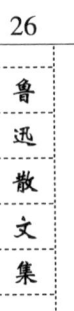

中国 20 世纪名家散文经典

说胡须

今年夏天游了一回长安,一个多月之后,胡里胡涂的回来了。知道的朋友便问我:"你以为那边怎样?"我这才栗然的回想长安,记得看见很多的白杨,很大的石榴树,道中喝了不少的黄河水。然而这些又有什么可谈呢?我于是说:"没有什么怎样。"他于是废然而去了,我仍旧废然而住,自愧无以对"不耻下问"的朋友们。

今天喝茶之后,便看书,书上沾了一点水,我知道上唇的胡须又长起来了。假如翻一翻《康熙字典》,上唇的,下唇的,颊旁的,下巴上的各种胡须,大约都有特别的名号谥法的罢,然而我没有这样闲情别致。总之是这胡子又长起来了,我又要照例的剪短他,先免得沾汤带水。于是寻出镜子,剪刀,动手就剪,其目的是在使他和上唇的上缘平齐,成一个隶书的一字。

我一面剪,一面却忽而记起长安,记起我的青年时代,发出连绵不断的感慨来。长安的事,已经不很记得清楚了,大约确乎是游历孔庙的时候,其中有一间房子,挂着许多印画,有李二曲像,有历代帝王像,其中有一张是宋太祖或是什么宗,我也记不清楚了,总之是穿一件长袍,而胡子向上翘起的。于是一位名士就毅然决然的说:"这都是日本人假造的,你看这胡子就是日本式的胡子。"

诚然,他们的胡子确乎如此翘上,他们也未必不假造宋太祖或什么宗的画像,但假造中国皇帝的肖像而必须对了镜子,以自己的胡子为法式,则其手段和思想之离奇,真可谓"出乎意表之外"了。清乾隆中,黄易掘出汉武梁祠石刻画像来,男子的胡须多翘上;我们现在所见北魏至唐的佛教造像中的信士像,凡有胡子的也多翘上,直到元明的画像,则胡子大抵受了地心的吸力作用,向下面拖下去了。日本人何其不惮烦,孳孳汲汲的造了这许多从汉到唐的假古董,来埋在中国的齐鲁燕晋秦陇巴蜀的深山邃谷废墟荒地里?

我以为拖下的胡子倒是蒙古式,是蒙古人带来的,然而我们的聪明的名士却当作国粹了。留学日本的学生因为恨日本,便神往于大元,说道:"那时倘非天幸,这岛国早被我们灭掉了!"则以拖下的胡子为国粹亦无不可。然而又何以是黄帝的子孙?又何以说台湾人在福建打中国人是奴隶根性?

我当时就想争辩,但我即刻又不想争辩了。留学德国的爱国者X君,——因为我忘记了他的名字,姑且以X代之,——不是说我的毁谤中国,是因为娶了日本女人,所以替他们宣传本国的坏处么?我先前不过单举几样中国的缺点,尚且要带累"贱内"改了国籍,何况现在是有关日本的问题?好在即使宋太祖或什么宗的胡子蒙些不白之冤,也不至于就有洪水,就有地震,有什么大相干。我于是连连点头,说道:"嗡,嗡,对啦。"因为我实在比先前似乎油滑得多了,——好了。

我剪下自己的胡子的左尖端毕,想,陕西人费心劳力,备饭化钱,用汽车载,用船装,用骡车拉,用自动车装,请到长安去讲演,大约万料不到我是一个虽对于决无杀身之祸的小事情,也不肯直抒自己的意见,只会"嗡,嗡,对啦"的罢。他们简直是受了骗了。

我再向着镜中的自己的脸,看定右嘴角,剪下胡子的右尖端,撒在地上,想起我的青年时代来——

那已经是老话,约有十六七年了罢。

我就从日本回到故乡来,嘴上就留着宋太祖或什么宗似的向上翘起的胡子,坐在小船里,和船夫谈天。

"先生,你的中国话说得真好。"后来,他说。

"我是中国人,而且和你是同乡,怎么会……"

"哈哈哈,你这位先生还会说笑话。"

记得我那时的没奈何,确乎比看见X君的通信要超过十倍。我那时随身并没有带着家谱,确乎不能证明我是中国人。即使带着家谱,而上面只有一个名字,并无画像,也不能证明这名字就是我。即使有画像,日本人会假造从汉到唐的石刻,宋太祖或什么宗的画像,难道偏不会假造一部木版的家谱么?

凡对于以真话为笑话的,以笑话为真话的,以笑话为笑话的,只有一个方法:就是不说话。

于是我从此不说话。

然而,倘使在现在,我大约还要说:"嗡,嗡,……今天天气多么好呀?……那边的村子叫什么名字?……"因为我实在比先前似乎油滑得多了,——好了。

现在我想,船夫的改变我的国籍,大概和X君的高见不同。其原因只在于胡子罢,因为我从此常常为胡子受苦。

国度会亡,国粹家是不会少的,而只要国粹家不少,这国度就不算亡。国粹家者,保存国粹者也;而国粹者,我的胡子是也。这虽然不知道是什么"逻辑"法,但当时的实情确是如此的。

"你怎么学日本人的样子,身体既矮小,胡子又这样,……"一位国粹家兼爱国者发过一篇崇论宏议之后,就达到这一个结论。

可惜我那时还是一个不识世故的少年,所以就愤愤的争辩。第一,我的身体是本来只有这样高,并非故意设法用什么洋鬼子的机器压缩,使他变成矮小,希图冒充。第二,我的胡子,诚然和许多日本人的相同,然而我虽然没有研究过他们的胡须样式变迁史,但曾经见过几幅古人的画像,都不向上,只是向外,向下,和我们的国粹差不多。维新以后,可是翘起来了,那大约是学了德国式。你看威廉皇帝的胡须,不是上指眼梢,和鼻梁正作平行么?虽然他后来因为吸烟烧了一边,只好将两边都剪平了。但在日本明治维新的时候,他这一边还没有失火……

这一场辩解大约要两分钟,可是总不能解国粹家之怒,因为德国也是洋鬼子,而况我的身体又矮小乎。而况国粹家很不少,意见又很统一,因此我的辩解也就很频繁,然而总无效,一回,两回,以至十回,十几回,连我自己也觉得无聊而且麻烦起来了。罢了,况且修饰胡须用的胶油在中国也难得,我便从此听其自然了。

听其自然之后,胡子的两端就显出毗心现象来,于是也就和地面成为九十度的直角。国粹家果然也不再说话,或者中国已经得救了罢。

然而接着就招了改革家的反感,这也是应该的。我于是又分疏,一回,两回,以致许多回,连我自己也觉得无聊而且麻烦起来了。

大约在四五年或七八年前罢,我独坐在会馆里,窃悲我的胡须的不幸的境遇,研究他所以得谤的原因,忽而恍然大悟,知道那祸根全在两边的尖端上。于是取出镜子,剪刀,即刻剪成一平,使他既不上翘,也难拖下,如一个隶书的一字。

"阿,你的胡子这样了?"当初也曾有人这样问。

"唔唔,我的胡子这样了。"

他可是没有话。我不知道是否因为寻不着两个尖端,所以失了立论的根据,还是我的胡子"这样"之后,就不负中国存亡的责任了。总之我从此太平无事的一直到现在,所麻烦者,必须时常剪剪而已。

一九二四年十月三十日

中国 20 世纪名家散文经典

论照相之类

一 材料之类

我幼小时候,在 S 城,——所谓幼小时候者,是三十年前,但从进步神速的英才看来,就是一世纪;所谓 S 城者,我不说他的真名字,何以不说之故,也不说。总之,是在 S 城,常常旁听大大小小男男女女谈论洋鬼子挖眼睛。曾有一个女人,原在洋鬼子家里佣工,后来出来了,据说她所以出来的原因,就因为亲见一坛盐渍的眼睛,小鲫鱼似的一层一层积叠着,快要和坛沿齐平了。她为远避危险起见,所以赶紧走。

S 城有一种习惯,就是凡是小康之家,到冬天一定用盐来腌一缸白菜,以供一年之需,其用意是否和四川的榨菜相同,我不知道。但洋鬼子之腌眼睛,则用意当然别有所在,唯独方法却大受了 S 城腌白菜法的影响,相传中国对外富于同化力,这也就是一个证据罢。然而状如小鲫鱼者何?答曰:此确为 S 城人之眼睛也。S 城庙宇中常有一种菩萨,号曰眼光娘娘。有眼病的,可以去求祷;愈,则用布或绸作眼睛一对,挂神龛上或左右,以答神庥。所以只要看所挂眼睛的多少,就知道这菩萨的灵不灵。而所挂的眼睛,则正是两头尖尖,如小鲫鱼,要寻一对和洋鬼子生理图上所画似的圆球形者,决不可得。黄帝岐伯尚矣;王莽诛翟义党,分解肢体,令医生们察看,曾否绘图

不可知，纵使绘过，现在已佚，徒令"古已有之"而已。宋的《析骨分经》，相传也据目验，《说郛》中有之，我曾看过它，多是胡说，大约是假的。否则，目验尚且如此胡涂，则S城人之将眼睛理想化为小鲫鱼，实也无足深怪了。

然而洋鬼子是吃腌眼睛来代腌菜的么？是不然，据说是应用的。一，用于电线，这是根据别一个乡下人的话，如何用法，他没有谈，但云用于电线罢了；至于电线的用意，他却说过，就是每年加添铁丝，将来鬼兵到时，使中国人无处逃走。二，用于照相，则道理分明，不必多赘，因为我们只要和别人对立，他的瞳子里一定有我的一个小照相的。

而且洋鬼子又挖心肝，那用意，也是应用。我曾旁听过一位念佛的老太太说明理由：他们挖了去，熬成油，点了灯，向地下各处去照去。人心总是贪财的，所以照到埋着宝贝的地方，火头便弯下去了。他们当即掘开来，取了宝贝去，所以洋鬼子都这样的有钱。

道学先生之所谓"万物旨备于我"的事，其实是全国，至少是S城的"目不识丁"的人们都知道，所以人为"万物之灵"。所以月经精液可以延年，毛发爪甲可以补血，大小便可以医许多病，臂膊上的肉可以养亲。然而这并非本论的范围，现在姑且不说。况且S城人极重体面，有许多事不许说；否则，就要用阴谋来惩治的。

二　形式之类

要之，照相似乎是妖术。咸丰年间，或一省里，还有因为能照相而家产被乡下人捣毁的事情。但当我幼小的时候，——即三十年前，S城却已有照相馆了，大家也不甚疑惧。虽然当闹"义和拳民"时，——即二十五年前，或一省里，还以罐头牛肉当作洋鬼子所杀的中国孩子的肉看。然而这是例外，万事万物，总不免有例外的。

要之，S城早有照相馆了，这是我每一经过，总须流连赏玩的地方，但一年中也不过经过四五回。大小长短不同颜色不同的玻璃瓶，又光滑又有刺的仙人掌，在我都是珍奇的物事；还有挂在壁上的框子里的照片：曾大人，李大人，左中堂，鲍军门。一个族中的好心的长辈，曾经借此来教育我，说这许多都是当今的大官，平"长毛"的功臣，你应该学学他们。我那时也很愿意学，然而想，也须赶快仍复有"长毛"。

但是，S城人却似乎不甚爱照相，因为精神要被照去的，所以运气正好的时候，尤不宜照，而精神则一名"威光"：我当时所知道的只有这一点。直到近年来，才又听到世上有因为怕失了元气而永不洗澡的名士，元气大约就是

威光罢,那么,我所知道的就更多了:中国人的精神一名威光即元气,是照得去,洗得下的。

然而虽然不多,那时却又确有光顾照相的人们,我也不明白是什么人物,或者运气不好之徒,或者是新党罢。只是半身像是大抵避忌的,因为像腰斩。自然,清朝是已经废去腰斩的了,但我们还能在戏文上看见包爷爷的铡包勉,一刀两段,何等可怕,则即使是国粹乎,而亦不欲人之加诸我也,诚然也以不照为宜。所以他们所照的多是全身,旁边一张大茶几,上有帽架,茶碗,水烟袋,花盆,几下一个痰盂,以表明这人的气管枝中有许多痰,总须陆续吐出。人呢,或立或坐,或者手执书卷,或者大襟上挂一个很大的时表,我们倘用放大镜一照,至今还可以知道他当时拍照的时辰,而且那时还不会用镁光,所以不必疑心是夜里。

然而名士风流,又何代蔑有呢? 雅人早不满于这样千篇一律的呆鸟了,于是也有赤身露体装作晋人的,也有斜领丝绦装作 X 人的,但不多。较为通行的是先将自己照下两张,服饰态度各不同,然后合照为一张,两个自己即或如宾主,或如主仆,名曰"二我图"。但设若一个自己傲然的坐着,一个自己卑劣可怜地,向了坐着的那一个自己跪着的时候,名色便又两样了:"求己图"。这类"图"晒出之后,总须题些诗,或者词如"调寄满庭芳""摸鱼儿"之类,然后在书房里挂起。至于贵人富户,则因为属于呆鸟一类,所以决计想不出如此雅致的花样来,即有特别举动,至多也不过自己坐在中间,膝下排列着他的一百个儿子,一千个孙子和一万个曾孙(下略)照一张"全家福"。

Th.Lipps 在他那《伦理学的根本问题》中,说过这样意思的话。就是凡是人主,也容易变成奴隶,因为他一面既承认可作主人,一面就当然承认可作奴隶,所以威力一坠,就死心塌地,俯首帖耳于新主人之前了。那书可惜我不在手头,只记得一个大意,好在中国已经有了译本,虽然是节译,这些话应该存在的罢。用事实来证明这理论的最显著的例是孙皓,治吴时候,如此骄纵酷虐的暴主,一降晋,却是如此卑劣无耻的奴才。中国常语说,临下骄者事上必谄,也就是看穿了这把戏的话。但表现得最透彻的却莫如"求己图",将来中国如要印《绘图伦理学的根本问题》,这实在是一张极好的插画,就是世界上最伟大的讽刺画家也万万想不到,画不出的。

但现在我们所看见的,已没有卑劣可怜的跪着的照相了,不是什么会纪念的一群,即是什么人放大的半个,都很凛凛的。我愿意我之常常将这些当作半张"求己图"看,乃是我的杞忧。

三　无题之类

照相馆选定一个或数个阔人的照相,放大了挂在门口,似乎是北京特有,或近来流行的。我在S城所见的曾大人之流,都不过六寸或八寸,而且挂着的永远是曾大人之流,也不像北京的时时掉换,年年不同。但革命以后,也许撤去了罢,我知道得不真确。

至于近十年北京的事,可是略有所知了,无非其人阔,则其像放大,其人"下野",则其像不见,比电光自然永久得多。倘若白昼明烛,要在北京城内寻求一张不像那些阔人似的缩小放大挂起挂倒的照相,则据鄙陋所知,实在只有一位梅兰芳君。而该君的麻姑一般的"天女散花""黛玉葬花"像,也确乎比那些缩小放大挂起挂倒的东西标致,即此就足以证明中国人实有审美的眼睛,其一面又放大挺胸凸肚的照相者,盖出于不得已。

我在先只读过《红楼梦》,没有看见"黛玉葬花"的照片的时候,是万料不到黛玉的眼睛如此之凸,嘴唇如此之厚的。我以为她该是一副瘦削的痨病脸,现在才知道她有些福相,也像一个麻姑。然而只要一看那些继起的模仿者们的拟天女照相,都像小孩子穿了新衣服,拘束得怪可怜的苦相,也就会立刻悟出梅兰芳君之所以永久之故了,其眼睛和嘴唇,盖出于不得已,即此也就足以证明中国人实有审美的眼睛。

印度的诗圣泰戈尔先生光临中国之际,像一大瓶好香水似的很熏上了几位先生们以文气和玄气,然而够到陪坐祝寿的程度的却只有一位梅兰芳君:两国的艺术家的握手。待到这位老诗人改姓换名,化为"竺震旦",离开了近于他的理想境的这震旦之后,震旦诗贤头上的印度帽也不大看见了,报章上也很少记他的消息,而装饰这近于理想境的震旦者,也仍旧只有那巍然的挂在照相馆玻璃窗里的一张"天女散花图"或"黛玉葬花图"。

唯有这一位"艺术家"的艺术,在中国是永久的。

我所见的外国名伶美人的照相并不多,男扮女的照相没有见过,别的名人的照相见过几十张。托尔斯泰,伊孛生,罗丹都老了,尼采一脸凶相,勖本华尔一脸苦相,淮尔特穿上他那审美的衣装的时候,已经有点呆相了,而罗曼·罗兰似乎带点怪气,戈尔基又简直像一个流氓。虽说都可以看出悲哀和苦斗的痕迹来罢,但总不如天女的"好"得明明白白。假使吴昌硕翁的刻印章也算雕刻家,加以作画的润格如是之贵,则在中国确是一位艺术家了,但他的照相我们看不见。林琴南翁负了那么大的文名,而天下也似乎不甚有热心于"识荆"的人,我虽然曾在一个药房的仿单上见过他的玉照,但那是

代表了他的"如夫人"函谢丸药的功效,所以印上的,并不因为他的文章。更就用了"引车卖浆者流"的文字来作文章的诸君而言,南亭亭长我佛山人往矣,且从略;近来则虽是奋战忿斗,作了这许多作品的如创造社诸君子,也不过印过很小的一张三人的合照,而且是铜板而已。

我们中国的最伟大最永久的艺术是男人扮女人。

异性大抵相爱。太监只能使别人放心,决没有人爱他,因为他是无性了,——假使我用了这"无"字还不算什么语病。然而也就可见虽然最难放心,但是最可贵的是男人扮女人了,因为从两性看来,都近于异性,男人看见"扮女人",女人看见"男人扮",所以这就永远挂在照相馆的玻璃窗里,挂在国民的心中。外国没有这样的完全的艺术家,所以只好任凭那些捏锤凿,调采色,弄墨水的人们跋扈。

我们中国的最伟大最永久,而且最普遍的艺术也就是男人扮女人。

一九二四年十一月十一日

中国 20 世纪名家散文经典

雪

　　暖国的雨,向来没有变过冰冷的坚硬的灿烂的雪花。博识的人们觉得他单调,他自己也以为不幸否耶?江南的雪,可是滋润美艳之至了;那是还在隐约着的青春的消息,是极壮健的处子的皮肤。雪野中有血红的宝珠山茶,白中隐青的单瓣梅花,深黄的磬口的蜡梅花;雪下面还有冷绿的杂草。胡蝶确乎没有;蜜蜂是否来采山茶花和梅花的蜜,我可记不真切了。但我的眼前仿佛看见冬花开在雪野中,有许多蜜蜂们忙碌的飞着,也听得他们嗡嗡的闹着。

　　孩子们呵着冻得通红,像紫芽姜一般的小手,七八个一齐来塑雪罗汉。因为不成功,谁的父亲也来帮忙了。罗汉就塑得比孩子们高得多,虽然不过是上小下大的一堆,终于分不清是壶卢还是罗汉,然而很洁白,很明艳,以自身的滋润相粘结,整个的闪闪的生光。孩子们用龙眼核给他作眼珠,又从谁的母亲的脂粉奁中偷得胭脂来涂在嘴唇上。这回确是一个大阿罗汉了。他也就目光灼灼的嘴唇通红的坐在雪地里。

　　第二天还有几个孩子来访问他;对了他拍手,点头,嘻笑。但他终于独自坐着了。晴天又来消释他的皮肤,寒夜又使他结一层冰,化作不透明的水晶模样,连续的晴天又使他成为不知道算什么,而嘴上的胭脂也褪尽了。

　　但是,朔方的雪花在纷飞之后,却永远如粉,如沙,他们决不粘连,撒在屋上,地上,枯草上,就是这样。屋上的雪是早已

就有消化了的,因为屋里居人的火的温热。别的,在晴天之下,旋风忽来,便蓬勃的奋飞,在日光中灿灿的生光,如包藏火焰的大雾,旋转而且升腾,弥漫太空,使太空旋转而且升腾的闪烁。

在无边的旷野上,在凛冽的天宇下,闪闪的旋转升腾着的是雨的精魂……

是的,那是孤独的雪,是死掉的雨,是雨的精魂。

一九二五年一月十八日

风筝

　　北京的冬季,地上还有积雪,灰黑色的秃树枝丫叉于晴朗的天空中,而远处有一二风筝浮动,在我是一种惊异和悲哀。

　　故乡的风筝时节,是春二月,倘听到沙沙的风轮声,仰头便能见看一个淡墨色的蟹风筝或嫩蓝色的蜈蚣风筝。还有寂寞的瓦片风筝,没有风轮,又放得很低,伶仃的显出憔悴可怜模样。但此时地上的杨柳已经发芽,早的山桃也多吐蕾,和孩子们的天上的点缀相照应,打成一片春日的温和。我现在在那里呢?四面都还是严冬的肃杀,而久经诀别的故乡的久经逝去的春天,却就在这天空中荡漾了。

　　但我是向来不爱放风筝的,不但不爱,并且嫌恶他,因为我以为这是没出息孩子所作的玩艺。和我相反的是我的小兄弟,他那时大概十岁内外罢,多病,瘦得不堪,然而最喜欢风筝,自己买不起,我又不许放,他只得张着小嘴,呆看着空中出神,有时至于小半日。远处的蟹风筝突然落下来了,他惊呼;两个瓦片风筝的缠绕解开了,他高兴得跳跃。他的这些,在我看来都是笑柄,可鄙的。

　　有一天,我忽然想起,似乎多日不很看见他了,但记得曾见他在后园拾枯竹。我恍然大悟似的,便跑向少有人去的一间堆积杂物的小屋去,推开门,果然就在尘封的什物堆中发现了他。他向着大方凳,坐在小凳上;便很惊惶的站了起来,失了色瑟缩着。大方凳旁靠着一个胡蝶风筝的竹骨,还没有糊

上纸,凳上是一对作眼睛用的小风轮,正用红纸条装饰着,将要完工了。我在破获秘密的满足中,又很愤怒他的瞒了我的眼睛,这样苦心孤诣的来偷作没出息孩子的玩艺。我即刻伸手折断了胡蝶的一支翅骨,又将风轮掷在地下,踏扁了。论长幼,论力气,他是都敌不过我的,我当然得到完全的胜利,于是傲然走出,留他绝望的站在小屋里。后来他怎样,我不知道,也没有留心。

然而我的惩罚终于轮到了,在我们离别得很久之后,我已经是中年。我不幸偶而看了一本外国的讲论儿童的书,才知道游戏是儿童最正当的行为,玩具是儿童的天使。于是二十年来毫不忆及的幼小时候对于精神的虐杀的这一幕,忽地在眼前展开,而我的心也仿佛同时变了铅块,很重很重的堕下去了。

但心又不竟堕下去而至于断绝,他只是很重很重的堕着,堕着。

我也知道补过的方法的:送他风筝,赞成他放,劝他放,我和他一同放。我们嚷着,跑着,笑着。——然而他其时已经和我一样,早已有了胡子了。

我也知道还有一个补过的方法的:去讨他的宽恕,等他说,"我可是毫不怪你呵。"那么,我的心一定就轻松了,这确是一个可行的方法。有一回,我们会面的时候,是脸上都已添刻了许多"生"的辛苦的条纹,而我的心很沉重。我们渐渐谈起儿时的旧事来,我便叙述到这一节,自说少年时代的胡涂。"我可是毫不怪你呵。"我想,他要说了,我即刻便受了宽恕,我的心从此也宽松了罢。

"有过这样的事么?"他惊异的笑着说,就像旁听着别人的故事一样。他什么也不记得了。

全然忘却,毫无怨恨,又有什么宽恕之可言呢?无怨的恕,说谎罢了。

我还能希求什么呢?我的心只得沉重着。

现在,故乡的春天又在这异地的空中了,既给我久经逝去的儿时的回忆,而一并也带着无可把握的悲哀。我倒不如躲到肃杀的严冬中去罢,——但是,四面又明明是严冬,正给我非常的寒威和冷气。

一九二五年一月二十四日

看镜有感

因为翻衣箱,翻出几面古铜镜子来,大概是民国初年初到北京时候买在那里的,"情随事迁",全然忘却,宛如见了隔世的东西了。

一面圆径不过二寸,很厚重,背面满刻蒲陶,还有跳跃的鼯鼠,沿边是一圈小飞禽。古董店家都称为"海马蒲陶镜"。但我的一面并无海马,其实和名称不相当。记得曾见过别一面,是有海马的,但贵极,没有买。这些都是汉代的镜子;后来也有模造或翻沙者,花纹可造粗拙得多了。汉武通大宛安息,以致天马蒲陶,大概当时是视为盛事的,所以便取作什器的装饰。古时,于外来物品,每加海字,如海榴,海红花,海棠之类。海即现在之所谓洋,海马译成今文,当然就是洋马。镜鼻是一个虾蟆,则因为镜如满月,月中有蟾蜍之故,和汉事不相干了。

遥想汉人多少闳放,新来的动植物,即毫不拘忌,来充装饰的花纹。唐人也还不算弱,例如汉人的墓前石兽,多是羊,虎,天禄,辟邪,而长安的昭陵上,却刻着带箭的骏马,还有一匹鸵鸟,则办法简直前无古人。现今在坟墓上不待言,即平常的绘画,可有人敢用一朵洋花一只洋鸟,即私人的印章,可有人肯用一个草书一个俗字么?许多雅人,连记年月也必是甲子,怕用民国纪元。不知道是没有如此大胆的艺术家;还是虽有而民众都加迫害,他于是乎只得萎缩,死掉了?

宋的文艺,现在似的国粹气味就熏人。然而辽金元陆续进来了,这消息很耐寻味。汉唐虽然也有边患,但魄力究竟雄大,人民具有不至于为异族奴隶的自信心,或者竟毫未想到,凡取用外来事物的时候,就如将彼俘来一样,自由驱使,绝不介怀。一到衰弊陵夷之际,神经可就衰弱过敏了,每遇外国东西,便觉得仿佛彼来俘我一样,推拒,惶恐,退缩,逃避,抖成一团,又必想一篇道理来掩饰,而国粹遂成为孱王和孱奴的宝贝。

　　无论从那里来的,只要是食物,壮健者大抵就无需思索,承认是吃的东西。惟有衰病的,却总常想到害胃,伤身,特有许多禁条,许多避忌;还有一大套比较利害而终于不得要领的理由,例如吃固无妨,而不吃尤稳,食之或当有益,然究以不吃为宜云云之类。但这一类人物总要日见其衰弱的,因为他终日战战兢兢,自己先已失了活气了。

　　不知道南宋比现今如何,但对外敌,却明明已经称臣,唯独在国内特多繁文缛节以及唠叨的碎话。正如倒霉人物,偏多忌讳一般,豁达闳大之风消歇净尽了。直到后来,都没有什么大变化。我曾在古物陈列所所陈列的古画上看见一颗印文,是几个罗马字母。但那是所谓"我圣祖仁皇帝"的印,是征服了汉族的主人,所以他敢;汉族的奴才是不敢的。便是现在,便是艺术家,可有敢用洋文的印的么?

　　清顺治中,时宪书上印有"依西洋新法"五个字,痛哭流涕来劾洋人汤若望的偏是汉人杨光先。直到康熙初,争胜了,就教他作钦天监正去,则又叩阍以"但知推步之理不知推步之数"辞。不准辞,则又痛哭流涕的来作《不得已》,说道"宁可使中夏无好历法,不可使中夏有西洋人。"然而终于连闰月都算错了,他大约以为好历法专属于西洋人,中夏人自己是学不得,也学不好的。但他竟论了大辟,可是没有杀,放归,死于途中了。汤若望入中国还在明崇祯初,其法终未见用;后来阮元论之曰:"明季君臣以大统寝疏,开局修正,既知新法之密,而讫未施行。圣朝定鼎,以其法造时宪书,颁行天下。彼十余年辩论翻译之劳,若以备我朝之采用者,斯亦奇矣!……我国家圣圣相传,用人行政,唯求其是,而不先设成心。即是一端,可以仰见如天之度量矣!"(《畴人传》四十五)

　　现在流传的古镜们,出自冢中者居多,原是殉葬品。但我也有一面日用镜,薄而且大,规抚汉制,也许是唐代的东西。那证据是:一、镜鼻已多磨损;二、镜面的沙眼都用别的铜来补好了。当时在妆阁中,曾照唐人的额黄和眉绿,现在却监禁在我的衣箱里,它或者大有今昔之感罢。

　　但铜镜的供用,大约道光咸丰时候还与玻璃镜并行;至于穷乡僻壤,也许至今还用着。我们那里,则除了婚丧仪式之外,全被玻璃镜驱逐了。然而也还有余烈可寻,倘街头遇见一位老翁,肩了长凳似的东西,上面缚着一块

猪肝色石和一块青色石,试伫听他的叫喊,就是"磨镜,磨剪刀!"

宋镜我没有见过好的,什九并无藻饰,只有店号或"正其衣冠"等类的迂铭词,真是"世风日下"。但是要进步或不退步,总须时时自出新裁,至少也必取材异域,倘若各种顾忌,各种小心,各种唠叨,这么作即违了祖宗,那么作又像了夷狄,终生惴惴如在薄冰上,发抖尚且来不及,怎么会作出好东西来。所以事实上"今不如古"者,正因为有许多唠叨着"今不如古"的诸位先生们之故。现在情形还如此。倘再不放开度量,大胆的,无畏的,将新文化尽量的吸收,则杨光先似的向西洋主人沥陈中夏的精神文明的时候,大概是不劳久待的罢。

但我向来没有遇见过一个排斥玻璃镜子的人。单知道咸丰年间,汪曰桢先生却在他的大著《湖雅》里攻击过的。他加以比较研究之后,终于决定还是铜镜好。最不可解的是:他说,照起面貌来,玻璃镜不如铜镜之准确。莫非那时的玻璃镜当真坏到如此,还是因为他老先生又带上了国粹眼镜之故呢?我没有见过古玻璃镜。这一点终于猜不透。

一九二五年二月九日

中国 20 世纪名家散文经典

好的故事

　　灯火渐渐的缩小了,在预告石油的已经不多;石油又不是老牌,早熏得灯罩很昏暗。鞭爆的繁响在四近,烟草的烟雾在身边:是昏沉的夜。

　　我闭了眼睛,向后一仰,靠在椅背上;捏着《初学记》的手搁在膝髁上。

　　我在蒙胧中,看见一个好的故事。

　　这故事很美丽,幽雅,有趣。许多美的人和美的事,错综起来像一天云锦,而且万颗奔星似的飞动着,同时又展开去,以至于无穷。

　　我仿佛记得曾坐小船经过山阴道,两岸边的乌桕,新禾,野花,鸡,狗,丛树和枯树,茅屋,塔,伽蓝,农夫和村妇,村女,晒着的衣裳,和尚,蓑笠,天,云,竹,……都倒影在澄碧的小河中,随着每一打桨,各各夹带了闪烁的日光,并水里的萍藻游鱼,一同荡漾。诸影诸物:无不解散,而且摇动,扩大,互相融和;刚一融和,却又退缩,复近于原形。边缘都参差如夏云头,镶着日光,发出水银色焰。凡是我所经过的河,都是如此。

　　现在我所见的故事也如此。水中的青天的底子,一切事物统在上面交错,织成一篇,永是生动,永是展开,我看不见这一篇的结束。

　　河边枯柳树下的几株瘦削的一丈红,该是村女种的罢。大红花和斑红花,都在水里面浮动,忽而碎散,拉长了,缕缕的胭脂水,然而没有晕。茅屋,狗,塔,村女,云,……也都浮动着。大红花一朵朵全被拉长了,这时是泼剌奔进的红锦带。带织入狗中,狗织入白云中,白云织入村女中……在一瞬间,他们又将退缩了。但斑红花影也已碎散,伸长,就要织进塔、村女、狗、茅屋、云里去。

现在我所见的故事清楚起来了,美丽,幽雅,有趣,而且分明。青天上面,有无数美的人和美的事,我一一看见,一一知道。

我就要凝视他们……

我正要凝视他们时,骤然一惊,睁开眼,云锦也已皱蹙,凌乱,仿佛有谁掷一块大石下河水中,水波陡然起立,将整篇的影子撕成片片了。我无意识的连忙捏住几乎坠地的《初学记》,眼前还剩着几点虹霓色的碎影。

我真爱这一篇好的故事,趁碎影还在,我要追回他,完成他,留下他。我抛了书,欠身伸手去取笔,——何尝有一丝碎影,只见昏暗的灯光,我不在小船里了。

但我总记得见过这一篇好的故事,在昏沉的夜……

一九二五年二月二十四日

夏三虫

夏天近了,将有三虫:蚤,蚊,蝇。

假如有谁提出一个问题,问我三者之中,最爱什么,而且非爱一个不可,又不准像"青年必读书"那样的缴白卷的。我便只得回答道:跳蚤。

跳蚤的来吮血,虽然可恶,而一声不响的就是一口,何等直截爽快。蚊子便不然了,一针叮进皮肤,自然还可以算得有点彻底的,但当未叮之前,要哼哼的发一篇大议论,却使人觉得讨厌。如果所哼的是在说明人血应该给它充饥的理由,那可更其讨厌了,幸而我不懂。

野雀野鹿,一落在人手中,总时时刻刻想要逃走。其实,在山林间,上有鹰鹯,下有虎狼,何尝比在人手里安全。为什么当初不逃到人类中来,现在却要逃到鹰鹯虎狼间去?或者,鹰鹯虎狼之于它们,正如跳蚤之于我们罢。肚子饿了,抓着就是一口,决不谈道理,弄玄虚。被吃者也无须在被吃之前,先承认自己之理应被吃,心悦诚服,誓死不二。人类,可是也颇擅长于哼哼的了,害中取小,它们的避之唯恐不速,正是绝顶聪明。

苍蝇嗡嗡的闹了大半天,停下来也不过舐一点油汗,倘有伤痕或疮疖,自然更占一些便宜;无论怎么好的,美的,干净的东西,又总喜欢一律拉上一点蝇矢。但因为只舐一点油汗,只添一点腌臜,在麻木的人们还没有切肤之痛,所以也就将它放

过了。中国人还不很知道它能够传播病菌,捕蝇运动大概不见得兴盛。它们的运命是长久的;还要更繁殖。

但它在好的,美的,干净的东西上拉了蝇矢之后,似乎还不至于欣欣然反过来嘲笑这东西的不洁:总要算还有一点道德的。

古今君子,每以禽兽斥人,殊不知便是昆虫,值得师法的地方也多着哪。

四月四日

中国20世纪名家散文经典

春末闲谈

　　北京正是春末,也许我过于性急之故罢,觉着夏意了,于是突然记起故乡的细腰蜂。那时候大约是盛夏,青蝇密集在凉棚索子上,铁黑色的细腰蜂就在桑树间或墙角的蛛网左近往来飞行,有时衔一支小青虫去了,有时拉一个蜘蛛。青虫或蜘蛛先是抵抗着不肯去,但终于乏力,被衔着腾空而去了,坐了飞机似的。

　　老前辈们开导我,那细腰蜂就是书上所说的果蠃,纯雌无雄,必须捉螟蛉去作继子的。她将小青虫封在窠里,自己在外面日日夜夜敲打着,祝道"像我像我",经过若干日,——我记不清了,大约七七四十九日罢,——那青虫也就成了细腰蜂了,所以《诗经》里说:"螟蛉有子,果蠃负之。"螟蛉就是桑上小青虫。蜘蛛呢?他们没有提。我记得有几个考据家曾经立过异说,以为她其实自能生卵;其捉青虫,乃是填在窠里,给孵化出来的幼蜂作食料的。但我所遇见的前辈们都不采用此说,还道是拉去作女儿。我们为存留天地间的美谈起见,倒不如这样好。当长夏无事,遭暑林阴,瞥见二虫一拉一拒的时候,便如睹慈母教女,满怀好意,而青虫的宛转抗拒,则活像一个不识好歹的毛鸦头。

　　但究竟是夷人可恶,偏要讲什么科学。科学虽然给我们许多惊奇,但也搅坏了我们许多好梦。自从法国的昆虫学大家发勃耳(Fabre)仔细观察之后,给幼蜂作食料的事可就证实了。而且,这细腰蜂不但是普通的凶手,还是一种很残忍的凶手,又是一个学识技术都极高明的解剖学家。她知道青虫的神经构造和作用,用了神奇的毒针,向那运动神经球上只一螫,它便麻痹为不死不活状态,这才在它身上生下蜂卵,封入窠中。青虫因为不死不活,所以不动,但也因为不活不死,所以不烂,直到她的子女孵化出来的时候,这食料还和被捕当日一样的新鲜。

三年前,我遇见神经过敏的俄国的E君,有一天他忽然发愁道,不知道将来的科学家,是否不至于发明一种奇妙的药品,将这注射在谁的身上,则这人即甘心永远去作服役和战争的机器了?那时我也就皱眉叹息,装作一齐发愁的模样,以示"所见略同"之至意,殊不知我国的圣君,贤臣,圣贤,圣贤之徒,却早已有过这一种黄金世界的理想了。不是"唯辟作福,唯辟作威,唯辟玉食"么?不是"君子劳心,小人劳力"么?不是"治于人者食(去声)人,治人者食于人"么?可惜理论虽已卓然,而终于没有发明十全的好方法。要服从作威就须不活,要贡献玉食就须不死;要被治就须不活,要供养治人者又须不死。人类升为万物之灵,自然是可贺的,但没有了细腰蜂的毒针,却很使圣君,贤臣,圣贤,圣贤之徒,以至现在的阔人,学者,教育家觉得棘手。将来未可知,若已往,则治人者虽然尽力施行过各种麻痹术,也还不能十分奏效,与果蠃并驱争先。即以皇帝一伦而言,便难免时常改姓易代,终没有"万年有道之长";"二十四史"而多至二十四,就是可悲的铁证。现在又似乎有些别开生面了,世上诞生了一种所谓"特殊知识阶级"的留学生,在研究室中研究之结果,说医学不发达是有益于人种改良的,中国妇女的境遇是极其平等的,一切道理都已不错,一切状态都已够好。E君的发愁,或者也不为无因罢,然而俄国是不要紧的,因为他们不像我们中国,有所谓"特别国情",还有所谓"特殊知识阶级"。

但这种工作,也怕终于像古人那样,不能十分奏效的罢,因为这实在比细腰蜂所作的要难得多。她于青虫,只须不动,所以仅在运动神经球上一螫,即告成功。而我们的工作,却求其能运动,无知觉,该在知觉神经中枢,加以完全的麻醉的。但知觉一失,运动也就随之失却主宰,不能贡献玉食,恭请上自"极峰"下至"特殊知识阶级"的赏收享用了。就现在而言,窃以为除了遗老的圣经贤传法,学者的进研究室主义,文学家和茶摊老板的莫谈国事律,教育家的勿视勿听勿言勿动论之外,委实还没有更好,更完全,更无流弊的方法。便是留学生的特别发见,其实也并未轶出了前贤的范围。

那么,又要"礼失而求诸野"了。夷人,现在因为想去取法,姑且称之为外国,他那里,可有较好的法子么?可惜,也没有。所有者,仍不外乎不准集

会,不许开口之类,和我们中华并没有什么很不同。然亦可见至道嘉猷,人同此心,心同此理,固无华夷之限也。猛兽是单独的,牛羊则结队;野牛的大队,就会排角成城以御强敌了,但拉开一匹,定只能牟牟的叫。人民与牛马同流,——此就中国而言,夷人别有分类法云,——治之之道,自然应该禁止集合:这方法是对的。其次要防说话。人能说话,已经是祸胎了,而况有时还要作文章。所以苍颉造字,夜有鬼哭。鬼且反对,而况于官?猴子不会说话,猴界即向无风潮,——可是猴界中也没有官,但这又作别论,——确应该虚心取法,反朴归真,则口且不开,文章自灭:这方法也是对的。然而上文也不过就理论而言,至于实效,却依然是难说。最显著的例,是连那么专制的俄国,而尼古拉二世"龙御上宾"之后,罗马诺夫氏竟已"覆宗绝祀"了。要而言之,那大缺点就在虽有二大良法,而还缺其一,便是:无法禁止人们的思想。

于是我们的造物主——假如天空真有这样的一位"主子"——就可恨了:一恨其没有永远分清"治者"与"被治者";二恨其不给治者生一枝细腰蜂那样的毒针;三恨其不将被治者造得即使砍去了藏着的思想中枢的脑袋而还能动作——服役。三者得一,阔人的地位即永久稳固,统御也永久省了气力,而天下于是乎太平。今也不然,所以即使单想高高在上,暂时维持阔气,也还得日施手段,夜费心机,实在不胜其委屈劳神之至……

假使没有了头颅,却还能作服役和战争的机械,世上的情形就何等的醒目呵!这时再不必用什么制帽勋章来表明阔人和窄人了,只要一看头之有无,便知道主奴,官民,上下,贵贱的区别。并且也不至于再闹什么革命,共和,会议等等的乱子了,单是电报,就要省下许多许多来。古人毕竟聪明,仿佛早想到过这样的东西,《山海经》上就记载着一种名叫"刑天"的怪物。他没有了能想的头,却还活着,"以乳为目,以脐为口",——这一点想得很周到,否则他怎么看,怎么吃呢,——实在是很值得奉为师法的。假使我们的国民都能这样,阔人又何等安全快乐?但他又"执干戚而舞",则似乎还是死也不肯安分,和我那专为阔人图便利而设的理想底好国民又不同。陶潜先生又有诗道:"刑天舞干戚,猛志固常在。"连这位貌似旷达的老隐士也这么说,可见无头也会仍有猛志,阔人的天下一时总怕难得太平的了。但有了太多的"特殊知识阶级"的国民,也许有特在例外的希望;况且精神文明太高了之后,精神的头就会提前飞去,区区物质的头的有无也算不得什么难问题。

一九二五年四月二十二日

死火

我梦见自己在冰山间奔驰。

这是高大的冰山，上接冰天，天上冻云弥漫，片片如鱼鳞模样。山麓有冰树林，枝叶都如松杉。一切冰冷，一切青白。

但我忽然坠在冰谷中。

上下四旁无不冰冷，青白。而一切青白冰上，却有红影无数，纠结如珊瑚网。我俯看脚下，有火焰在。

这是死火。有炎炎的形，但毫不摇动，全体冰结，像珊瑚枝；尖端还有凝固的黑烟，疑这才从火宅中出，所以枯焦。这样，映在冰的四壁，而且互相反映，化成无量数影，使这冰谷，成红珊瑚色。

哈哈！

当我幼小的时候，本就爱看快舰激起的浪花，洪炉喷出的烈焰。不但爱看，还想看清。可惜他们都息息变幻，永无定形。虽然凝视又凝视，总不留下怎样一定的迹象。

死的火焰，现在先得到了你了！

我拾起死火，正要细看，那冷气已使我的指头焦灼；但是，我还熬着，将他塞入衣袋中间。冰谷四面，登时完全青白。我一面思索着走出冰谷的法子。

我的身上喷出一缕黑烟，上升如铁线蛇。冰谷四面，又登时满有红焰流动，如大火聚，将我包围。我低头一看，死火已经燃烧，烧穿了我的衣裳，流在冰地上了。

"唉,朋友!你用了你的温热,将我惊醒了。"他说。

我连忙和他招呼,问他名姓。

"我原先被人遗弃在冰谷中,"他答非所问的说,"遗弃我的早已灭亡,消尽了。我也被冰冻冻得要死。倘使你不给我温热,使我重行烧起,我不久就须灭亡。"

"你的醒来,使我欢喜。我正在想着走出冰谷的方法;我愿意携带你去,使你永不冰结,永得燃烧。"

"唉唉!那么,我将烧完!"

"你的烧完,使我惋惜。我便将你留下,仍在这里罢。"

"唉唉!那么,我将冻灭了!"

"那么,怎么办呢?"

"但你自己,又怎么办呢?"他反而问。

"我说过了,我要出这冰谷……"

"那我就不如烧完!"

他忽而跃起,如红彗星,并我都出冰谷口外。有大石车突然驰来,我终于碾死在车轮底下,但我还来得及看见那车就坠入冰谷中。

"哈哈!你们是再也遇不着死火了!"我得意的笑着说,仿佛就愿意这样似的。

一九二五年四月二十三日

灯下漫笔

一

有一时,就是民国二三年时候,北京的几个国家银行的钞票,信用日见其好了,真所谓蒸蒸日上。听说连一向执迷于现银的乡下人,也知道这既便当,又可靠,很乐意收受,行使了。至于稍明事理的人,则不必是"特殊知识阶级",也早不将沉重累坠的银元装在怀中,来自讨无谓的苦吃。想来,除了多少对于银子有特别嗜好和爱情的人物之外,所有的怕大都是钞票了罢,而且多是本国的。但可惜后来忽然受了一个不小的打击。

就是袁世凯想作皇帝的那一年,蔡松坡先生溜出北京,到云南去起义。这边所受的影响之一,是中国和交通银行的停止兑现。虽然停止兑现,政府勒令商民照旧行用的威力却还有的;商民也自有商民的老本领,不说不要,却道找不出零钱。假如拿几十几百的钞票去买东西,我不知道怎样,但倘使只要买一枝笔,一盒烟卷呢,难道就付给一元钞票么?不但不甘心,也没有这许多票。那么,换铜元,少换几个罢,又都说没有铜元。那么,到亲戚朋友那里借现钱去罢,怎么会有?于是降格以求,不讲爱国了,要外国银行的钞票。但外国银行的钞票这时就等于现银,他如果借给你这钞票,也就借给你真的银元了。

我还记得那时我怀中还有三四十元的中交票,可是忽而变了一个穷人,几乎要绝食,很有些恐慌。俄国革命以后的藏着纸卢布的富翁的心情,恐怕也就这样的罢;至多,不过更深更大罢了。我只得探听,钞票可能折价换到现银呢?说是没有行市。幸而终于,暗暗的有了行市了:六折几。我非常高兴,赶紧去卖了一半。后来又涨到七折了,我更非常高兴,全去换了现银,沉垫垫的坠在怀中,似乎这就是我的性命的斤两。倘在平时,钱铺子如果少给我一个铜元,我是决不答应的。

但我当一包现银塞在怀中,沉垫垫的觉得安心,喜欢的时候,却突然起了另一思想,就是:我们极容易变成奴隶,而且变了之后,还万分喜欢。

假如有一种暴力,"将人不当人",不但不当人,还不及牛马,不算什么东西;待到人们羡慕牛马,发生"乱离人,不及太平犬"的叹息的时候,然后给与他略等于牛马的价格,有如元朝定律,打死别人的奴隶,赔一头牛,则人们便要心悦诚服,恭颂太平的盛世。为什么呢?因为他虽不算人,究竟已等于牛马了。

我们不必恭读《钦定二十四史》,或者入研究室,审察精神文明的高超。只要一翻孩子所读的《鉴略》,——还嫌烦重,则看《历代纪元编》,就知道"三千余年古国古"的中华,历来所闹的就不过是这一个小玩艺。但在新近编纂的所谓"历史教科书"一流东西里,却不大看得明白了,只仿佛说:咱们向来就很好的。

但实际上,中国人向来就没有争到过"人"的价格,至多不过是奴隶,到现在还如此,然而下于奴隶的时候,却是数见不鲜的。中国的百姓是中立的,战时连自己也不知道属于那一面,但又属于无论那一面。强盗来了,就属于官,当然该被杀掠;官兵既到,该是自家人了罢,但仍然要被杀掠,仿佛又属于强盗似的。这时候,百姓就希望有一个一定的主子,拿他们去作百姓,——不敢,是拿他们去作牛马,情愿自己寻草吃,只求他决定他们怎样跑。

假使真有谁能够替他们决定,定下什么奴隶规则来,自然就"皇恩浩荡"了。可惜的是往往暂时没有谁能定。举其大者,则如五胡十六国的时候,黄巢的时候,五代时候,宋末元末时候,除了老例的服役纳粮以外,都还要受意外的灾殃。张献忠的脾气更古怪了,不服役纳粮的要杀,服役纳粮的也要杀,敌他的要杀,降他的也要杀:将奴隶规则毁得粉碎。这时候,百姓就希望来一个另外的主子,较为顾及他们的奴隶规则的,无论仍旧,或者新颁,总之是有一种规则,使他们可上奴隶的轨道。

"时日曷丧,予及汝偕亡!"愤言而已,决心实行的不多见。实际上大概

是群盗如麻,纷乱至极之后,就有一个较强,或较聪明,或较狡猾,或是外族的人物出来,较有秩序的收拾了天下。厘定规则:怎样服役,怎样纳粮,怎样磕头,怎样颂圣。而且这规则是不像现在那样朝三暮四的。于是便"万姓胪欢"了;用成语来说,就叫作"天下太平"。

任凭你爱排场的学者们怎样铺张,修史时候设些什么"汉族发祥时代""汉族发达时代""汉族中兴时代"的好题目,好意诚然是可感的,但措辞太绕湾子了。有更其直捷了当的说法在这里——

一、想作奴隶而不得的时代;
二、暂时作稳了奴隶的时代。

这一种循环,也就是"先儒"之所谓"一治一乱";那些作乱人物,从后日的"臣民"看来,是给"主子"清道辟路的,所以说:"为圣天子驱除云尔。"

现在入了那一时代,我也不了然。但看国学家的崇奉国粹,文学家的赞叹固有文明,道学家的热心复古,可见于现状都已不满了。然而我们究竟正向着那一条路走呢?百姓是一遇到莫明其妙的战争,稍富的迁进租界,妇孺则避入教堂里去了,因为那些地方都比较的"稳",暂不至于想作奴隶而不得。总而言之,复古的,避难的,无智愚贤不肖,似乎都已神往于三百年前的太平盛世,就是"暂时作稳了奴隶的时代"了。

但我们也就都像古人一样,永久满足于"古已有之"的时代么?都像复古家一样,不满于现在,就神往于三百年前的太平盛世么?

自然,也不满于现在的,但是,无须反顾,因为前面还有道路在。而创造这中国历史上未曾有过的第三样时代,则是现在的青年的使命!

二

但是赞颂中国固有文明的人们多起来了,加之以外国人。我常常想,凡有来到中国的,倘能疾首蹙额而憎恶中国,我敢诚意的捧献我的感谢,因为他一定是不愿意吃中国人的肉的!

鹤见祐辅氏在《北京的魅力》中,记一个白人将到中国,预定的暂住时候是一年,但五年之后,还在北京,而且不想回去了。有一天,他们两人一同吃晚饭——

"在圆的桃花心木的食桌前坐定,川流不息的献着山海的珍

味,谈话就从古董,画,政治这些开头。电灯上罩着支那式的灯罩,淡淡的光洋溢于古物罗列的屋子中。什么无产阶级呀,Proletariat 呀那些事,就像不过在什么地方刮风。

"我一面陶醉在支那生活的空气中,一面深思着对于外人有着'魅力'的这东西。元人也曾征服支那,而被征服于汉人种的生活美了;满人也征服支那,而被征服于汉人种的生活美了。现在西洋人也一样,嘴里虽然说着 Democracy 呀,什么什么呀,而却被魅于支那人费六千年而建筑起来的生活的美。一经住过北京,就忘不掉那生活的味道。大风时候的万丈的沙尘,每三月一回的督军们的开战游戏,都不能抹去这支那生活的魅力。"

这些话我现在还无力否认他。我们的古圣先贤既给与我们保古守旧的格言,但同时也排好了用子女玉帛所作的奉献于征服者的大宴。中国人的耐劳,中国人的多子,都就是办酒的材料,到现在还为我们的爱国者所自诩的。西洋人初入中国时,被称为蛮夷,自不免个个蹙额,但是,现在则时机已至,到了我们将曾经献于北魏,献于金,献于元,献于清的盛宴,来献给他们的时候了。出则汽车,行则保护;虽遇清道,然而通行自由的;虽或被劫,然而必得赔偿的;孙美瑶掳去他们站在军前,还使官兵不敢开火。何况在华屋中享用盛宴呢?待到享受盛宴的时候,自然也就是赞颂中国固有文明的时候;但是我们的有些乐观的爱国者,也许反而欣然色喜,以为他们将要开始被中国同化了罢。古人曾以女人作苟安的城堡,美其名以自欺曰"和亲",今人还用子女玉帛为作奴的赞敬,又美其名曰"同化"。所以倘有外国的谁,到了已有赴宴的资格的现在,而还替我们诅咒中国的现状者,这才是真有良心的真可佩服的人!

但我们自己是早已布置妥帖了,有贵贱,有大小,有上下。自己被人凌虐,但也可以凌虐别人;自己被人吃,但也可以吃别人。一级一级的制驭着,不能动弹,也不想动弹了。因为倘一动弹,虽或有利,然而也有弊。我们且看古人的良法美意罢——

"天有十日,人有十等。下所以事上,上所以共神也。故王臣公,公臣大夫,大夫臣士,士臣皂,皂臣舆,舆臣隶,隶臣僚,僚臣仆,仆臣台。"(《左传》昭公七年)

但是"台"没有臣,不是太苦了么?无须担心的,有比他更卑的妻,更弱

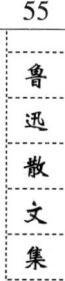

的子在。而且其子也很有希望,他日长大,升而为"台",便又有更卑更弱的妻子,供他驱使了。如此连环,各得其所,有敢非议者,其罪名曰不安分!

虽然那是古事,昭公七年离现在也太辽远了,但"复古家"尽可不必悲观的。太平的景象还在:常有兵燹,常有水旱,可有谁听到大叫唤么?打的打,革的革,可有处士来横议么?对国民如何专横,向外人如何柔媚,不犹是差等的遗风么?中国固有的精神文明,其实并未为共和二字所埋没,只有满人已经退席,和先前稍不同。

因此我们在目前,还可以亲见各式各样的筵宴,有烧烤,有翅席,有便饭,有西餐。但茅檐下也有淡饭,路傍也有残羹,野上也有饿莩;有吃烧烤的身价不资的阔人,也有饿得垂死的每斤八文的孩子(见《现代评论》二十一期)。所谓中国的文明者,其实不过是安排给阔人享用的人肉的筵宴。所谓中国者,其实不过是安排这人肉的筵宴的厨房。不知道而赞颂者是可恕的,否则,此辈当得永远的诅咒!

外国人中,不知道而赞颂者,是可恕的;占了高位,养尊处优,因此受了蛊惑,昧却灵性而赞叹者,也还可恕的。可是还有两种,其一是以中国人为劣种,只配悉照原来模样,因而故意称赞中国的旧物。其一是愿世间人各不相同以增自己旅行的兴趣,到中国看辫子,到日本看木屐,到高丽看笠子,倘若服饰一样,便索然无味了,因而来反对亚洲的欧化。这些都可憎恶。至于罗素在西湖见轿夫含笑,便赞美中国人,则也许别有意思罢。但是,轿夫如果能对坐轿的人不含笑,中国也早不是现在似的中国了。

这文明,不但使外国人陶醉,也早使中国一切人们无不陶醉而且至于含笑。因为古代传来而至今还在的许多差别,使人们各各分离,遂不能再感到别人的痛苦;并且因为自己各有奴使别人,吃掉别人的希望,便也就忘却自己同有被奴使被吃掉的将来。于是大小无数的人肉的筵宴,即从有文明以来一直排到现在,人们就在这会场中吃人,被吃,以凶人的愚妄的欢呼,将悲惨的弱者的呼号遮掩,更不消说女人和小儿。

这人肉的筵宴现在还排着,有许多人还想一直排下去。扫荡这些食人者,掀掉这筵席,毁坏这厨房,则是现在的青年的使命!

一九二五年四月二十九日

中国 20 世纪名家散文经典

死后

我梦见自己死在道路上。

这是那里,我怎么到这里来,怎么死的,这些事我全不明白。总之,待到我自己知道已经死掉的时候,就已经死在那里了。

听到几声喜鹊叫,接着是一阵乌老鸦。空气很清爽,——虽然也带些土气息,——大约正当黎明时候罢。我想睁开眼睛来,他却丝毫也不动,简直不像是我的眼睛;于是想抬手,也一样。

恐怖的利镞忽然穿透我的心了。在我生存时,曾经玩笑的设想:假使一个人的死亡,只是运动神经的废灭,而知觉还在,那就比全死了更可怕。谁知道我的预想竟的中了,我自己就在证实这预想。

听到脚步声,走路的罢。一辆独轮车从我的头边推过,大约是重载的,轧轧的叫得人心烦,还有些牙齿酸。很觉得满眼绯红,一定是太阳上来了。那么,我的脸是朝东的。但那都没有什么关系。切切嚓嚓的人声,看热闹的。他们踹起黄土来,飞进我的鼻孔,使我想打喷嚏了,但终于没有打,仅有想打的心。

陆陆续续的又是脚步声,都到近旁就停下,还有更多的低语声:看的人多起来了。我忽然很想听听他们的议论。但同时想,我生存时说的什么批评不值一笑的话,大概是违心之论

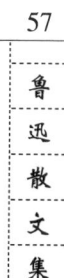

罢:才死,就露了破绽了。然而还是听;然而毕竟得不到结论,归纳起来不过是这样——

"死了?……"

"嗡。——这……"

"哼!……"

"啧。……唉!……"

我十分高兴,因为始终没有听到一个熟识的声音。否则,或者害得他们伤心;或则要使他们快意;或则要使他们加添些饭后闲谈的材料,多破费宝贵的工夫;这都会使我很抱歉。现在谁也看不见,就是谁也不受影响。好了,总算对得起人了!

但是,大约是一个蚂蚁,在我的脊梁上爬着,痒痒的。我一点也不能动,已经没有除去他的能力了;倘在平时,只将身子一扭,就能使他退避。而且,大腿上又爬着一个哩!你们是作什么的?虫豸!

事情可更坏了:嗡的一声,就有一个青蝇停在我的颧骨上,走了几步,又一飞,开口便舐我的鼻尖。我懊恼的想:足下,我不是什么伟人,你无须到我身上来寻作论的材料……但是不能说出来。他却从鼻尖跑下,又用冷舌头来舐我的嘴唇了,不知道可是表示亲爱。还有几个则聚在眉毛上,跨一步,我的毛根就一摇。实在使我烦厌得不堪,——不堪之至。

忽然,一阵风,一片东西从上面盖下来,他们就一同飞开了,临走时还说——

"惜哉!……"

我愤怒得几乎昏厥过去。

木材摔在地上的钝重的声音同着地面的震动,使我忽然清醒,前额上感着芦席的条纹。但那芦席就被掀去了,又立刻感到了日光的灼热。还听得有人说——

"怎么要死在这里?……"

这声音离我很近,他正弯着腰罢。但人应该死在那里呢?我先前以为人在地上虽没有任意生存的权利,却总有任意死掉的权利的。现在才知道并不然,也很难适合人们的公意。可惜我久没了纸笔;即有也不能写,而且即使写了也没有地方发表了。只好就这样的抛开。

有人来抬我,也不知道是谁。听到刀鞘声,还有巡警在这里罢,在我所不应该"死在这里"的这里。我被翻了几个转身,便觉得向上一举,又往下一沉;又听得盖了盖,钉着钉。但是,奇怪,只钉了两个。难道这里的棺材钉,是只钉两个的么?

我想:这回是六面碰壁,外加钉子。真是完全失败,呜呼哀哉了!……

"气闷!……"我又想。

然而我其实却比先前已经宁静得多,虽然知不清埋了没有。在手背上触到草席的条纹,觉得这尸衾倒也不恶。只不知道是谁给我化钱的,可惜!但是,可恶,收敛的小子们!我背后的小衫的一角皱起来了,他们并不给我拉平,现在抵得我很难受。你们以为死人无知,作事就这样的草率么?哈哈!

我的身体似乎比活的时候要重得多,所以压着衣皱便格外的不舒服。但我想,不久就可以习惯的;或者就要腐烂,不至于再有什么大麻烦。此刻还不如静静的静着想。

"您好?您死了么?"

是一个颇为耳熟的声音。睁眼看时,却是勃古斋旧书铺的跑外的小伙计。不见约有二十多年了,倒还是那一副老样子。我又看看六面的壁,委实太毛糙,简直毫没有加过一点修刮,锯绒还是毛氄氄的。

"那不碍事,那不要紧。"他说,一面打开暗蓝色布的包裹来。"这是明板《公羊传》,嘉靖黑口本,给您送来了。您留下他罢。这是……"

"你!"我诧异的看定他的眼睛,说,"你莫非真正胡涂了?你看我这模样,还要看什么明板?……"

"那可以看,那不碍事。"

我即刻闭上眼睛,因为对他很烦厌。停了一会,没有声息,他大约走了。但是似乎一个蚂蚁又在脖子上爬起来,终于爬到脸上,只绕着眼眶转圈子。

万不料人的思想,是死掉之后也还会变化的。忽而,有一种力将我的心的平安冲破;同时,许多梦也都作在眼前了。几个朋友祝我安乐,几个仇敌祝我灭亡。我却总是既不安乐,也不灭亡的不上不下的生活下来,都不能副任何一面的期望。现在又影一般死掉了,连仇敌也不使知道,不肯赠给他们一点惠而不费的欢欣。……

我觉得在快意中要哭出来。这大概是我死后第一次的哭。

然而终于也没有眼泪流下;只看见眼前仿佛有火花一闪,我于是坐了起来。

一九二五年七月十二日

狗·猫·鼠

从去年起,仿佛听得有人说我是仇猫的。那根据自然是在我的那一篇《兔和猫》;这是自画招供,当然无话可说,——但倒也毫不介意。一到今年,我可很有点担心了。我是常不免于弄弄笔墨的,写了下来,印了出去,对于有些人似乎总是搔着痒处的时候少,碰着痛处的时候多。万一不谨,甚而至于得罪了名人或名教授,或者更甚而至于得罪了"负有指导青年责任的前辈"之流,可就危险已极。为什么呢?因为这些大脚色是"不好惹"的。怎的"不好惹"呢?就是怕要浑身发热之后,作一封信登在报纸上,广告道:"看哪!狗不是仇猫的么?鲁迅先生却自己承认是仇猫的,而他还说要打'落水狗'!"这"逻辑"的奥义,即在用我的话,来证明我倒是狗,于是而凡有言说,全都根本推翻,即使我说二二得四,三三见九,也没有一字不错。这些既然都错,则绅士口头的二二得七,三三见千等等,自然就不错了。

我于是就间或留心着查考它们成仇的"动机"。这也并非敢妄学现下的学者以动机来褒贬作品的那些时髦,不过想给自己预先洗刷洗刷。据我想,这在动物心理学家,是用不着费什么力气的,可惜我没有这学问。后来,在覃哈特博士(Dr. O. Dähnhardt)的《自然史底国民童话》里,总算发见了那原因了。据说,是这么一回事:动物们因为要商议要事,开了一个会议,

鸟、鱼、兽都齐集了，单是缺了象。大家议定，派伙计去迎接它，拈到了当这差使的阄的就是狗。"我怎么找到那象呢？我没有见过它，也和它不认识。"它问。"那容易，"大众说，"它是驼背的。"狗去了，遇见一匹猫，立刻弓起脊梁来，它便招待，同行，将弓着脊梁的猫介绍给大家道："象在这里！"但是大家都嗤笑它了。从此以后，狗和猫便成了仇家。

日耳曼人走出森林虽然还不很久，学术文艺却已经很可观，便是书籍的装潢，玩具的工致，也无不令人心爱。独有这一篇童话却实在不漂亮；结怨也结得没有意思。猫的弓起脊梁，并不是希图冒充，故意摆架子的，其咎却在狗的自己没眼力。然而原因也总可以算作一个原因。我的仇猫，是和这大大两样的。

其实人禽之辨，本不必这样严。在动物界，虽然并不如古人所幻想的那样舒适自由，可是噜苏做作的事总比人间少。它们适性任情，对就对，错就错，不说一句分辩话。虫蛆也许是不干净的，但它们并没有自鸣清高；鸷禽猛兽以较弱的动物为饵，不妨说是凶残的罢，但它们从来就没有竖过"公理""正义"的旗子，使牺牲者直到被吃的时候为止，还是一味佩服赞叹它们。人呢，能直立了，自然是一大进步；能说话了，自然又是一大进步；能写字作文了，自然又是一大进步。然而也就堕落，因为那时也开始了说空话。说空话尚无不可，甚至于连自己也不知道说着违心之论，则对于只能嗥叫的动物，实在免不得"颜厚有忸怩"。假使真有一位一视同仁的造物主，高高在上，那么，对于人类的这些小聪明，也许倒以为多事，正如我们在万生园里，看见猴子翻筋斗，母象请安，虽然往往破颜一笑，但同时也觉得不舒服，甚至于感到悲哀，以为这些多余的聪明，倒不如没有的好罢。然而，既经为人，便也只好"党同伐异"，学着人们的说话，随俗来谈一谈，——辩一辩了。

现在说起我仇猫的原因来，自己觉得是理由充足，而且光明正大的。一、它的性情就和别的猛兽不同，凡捕食雀、鼠，总不肯一口咬死，定要尽情玩弄，放走，又捉住，捉住，又放走，直待自己玩厌了，这才吃下去，颇与人们的幸灾乐祸，慢慢的折磨弱者的坏脾气相同。二、它不是和狮虎同族的么？可是有这一副媚态！但这也许是限于天分之故罢，假使它的身材比现在大十倍，那就真不知道它所取的是怎么一种态度。然而，这些口实，仿佛又是现在提起笔来的时候添出来的，虽然也像是当时涌上心来的理由。要说得可靠一点，或者倒不如说不过因为它们配合时候的嗥叫，手续竟有这么繁重，闹得别人心烦，尤其是夜间要看书，睡觉的时候。当这些时候，我便要用长竹竿去攻击它们。狗们在大道上配合时,常有闲汉拿了木棍痛打;我曾见大勃吕该尔(P. Bruegel d. Ä)的一张铜版画 Allegorie der Wollust 上,也画着这回事,可见这样的举动,是中外古今一致的。自从那执拗的奥国学者弗罗特(S.Freud)提倡了精神分析说——Psychoanalysis,听说章士钊先生是译作"心解"的,虽然简古,可是实在难解得很——以来,我们的名人名教授也颇有隐隐约约,检来应用的了,这些事便不免又要归宿到性欲上去。打狗的事我不管,至于我的打猫,却只因为它们嚷嚷,此外并无恶意,我自信我的嫉妒心还没这么博大,当现下"动辄获咎"之秋,这是不可不预先声明的。例如人们当配合之前,也很有些手续,新的是写情书,少则一束,多则一捆;旧的是什么"问名""纳采",磕头作揖,去年海昌蒋氏在北京举行婚礼,拜来拜去,就十足拜了三天,还印有一本红面子的《婚礼节文》,《序论》里大发议论道:"平心论之,既名为礼,当必繁重。专图简易,何用礼为?……然则世之有志于礼者,可以兴矣!不可退居于礼所不下之庶人矣!"然而我毫不生气,这是因为无须我到场;因此也可见我的仇猫,理由实在简简单单,只为了它们在我的耳朵边尽嚷的缘故。人们的各种礼式,局外人可以不见不闻,我就满不管,但如果当我正要看书或睡觉的时候,有人来勒令朗诵情书,奉陪作揖,那是为自卫起见,还要用长竹竿来抵御的。还有,平素不大交往的人,忽而寄给我一个红帖子,上面印着"为舍妹出阁","小儿完姻","敬请观礼"或"阖第光临"这些含有"阴险的暗示"的句子,使我不花钱便总觉得有些过意不去的,我也不十分高兴。

但是,这都是近时的话。再一回忆,我的仇猫却远在能够说出这些理由之前,也许是还在十岁上下的时候了。至今还分明记得,那原因是极其简单的:只因为它吃老鼠,——吃了我饲养着的可爱的小小的隐鼠。

听说西洋是不很喜欢黑猫的,不知道可确;但 Edgar Allan 的 Poe 的小说里的黑猫,却实在有点骇人。日本的猫善于成精,传说中的"猫婆",那食人的惨酷确是更可怕。中国古时候虽然曾有"猫鬼",近来却很少听到猫的兴妖作怪,似乎古法已经失传,老实起来了。只是我在童年,总觉得它有点妖气,没有什么好感。那是一个我的幼时的夏夜,我躺在一株大桂树下的小板桌上乘凉,祖母摇着芭蕉扇坐在桌旁,给我猜谜,讲故事。忽然,桂树上沙沙的有趾爪的爬搔声,一对闪闪的眼睛在暗中随声而下,使我吃惊,也将祖母讲着的话打断,另讲猫的故事了——

"你知道么?猫是老虎的先生。"她说,"小孩子怎么会知道呢,猫是老虎

的师父。老虎本来是什么也不会的,就投到猫的门下来。猫就教给它扑的方法,捉的方法,吃的方法,像自己的捉老鼠一样。这些教完了;老虎想,本领都学到了,谁也比不过它了,只有老师的猫还比自己强,要是杀掉猫,自己便是最强的脚色了。它打定主意,就上前去扑猫。猫是早知道它的来意的,一跳,便上了树,老虎却只能眼睁睁的在树下蹲着。它还没有将一切本领传授完,还没有教给它上树。"

这是侥幸的,我想,幸而老虎很性急,否则从桂树上就会爬下一匹老虎来。然而究竟很怕人,我要进屋子里睡觉去了。夜色更加黯然;桂叶瑟瑟的作响,微风也吹动了,想来草席定已微凉,躺着也不至于烦得翻来复去了。

几百年的老屋中的豆油灯的微光下,是老鼠跳梁的世界,飘忽的走着,吱吱的叫着,那态度往往比"名人名教授"还轩昂。猫是饲养着的,然而吃饭不管事。祖母她们虽然常恨鼠子们啮破了箱柜,偷吃了东西,我却以为这也算不得什么大罪,也和我不相干,况且这类坏事大概是大个子的老鼠作的,决不能诬陷到我所爱的小鼠身上去。这类小鼠大抵在地上走动,只有拇指那么大,也不很畏惧人,我们那里叫它"隐鼠",与专住在屋上的伟大者是两种。我的床前就帖着两张花纸,一是"八戒招赘",满纸长嘴大耳,我以为不甚雅观;别的一张"老鼠成亲"却可爱,自新郎、新妇以至傧相、宾客、执事,没有一个不是尖腮细腿,像煞读书人的,但穿的都是红衫绿裤。我想,能举办这样大仪式的,一定只有我所喜欢的那些隐鼠。现在是粗俗了,在路上遇见人类的迎娶仪仗,也不过当作性交的广告看,不甚留心;但那时的想看"老鼠成亲"的仪式,却极其神往,即使像海昌蒋氏似的连拜三夜,怕也未必会看得心烦。正月十四的夜,是我不肯轻易便睡,等候它们的仪仗从床下出来的夜。然而仍然只看见几个光着身子的隐鼠在地面游行,不像正在办着喜事。直到我熬不住了,怏怏睡去,一睁眼却已经天明,到了灯节了。也许鼠族的婚仪,不但不分请帖,来收罗贺礼,虽是真的"观礼",也绝对不欢迎的罢,我想,这是它们向来的习惯,无法抗议的。

老鼠的大敌其实并不是猫。春后,你听到它"咋!咋咋咋咋!"的叫着,大家称为"老鼠数铜钱"的,便知道它的可怕的屠伯已经光临了。这声音是表现绝望的惊恐的,虽然遇见猫,还不至于这样叫。猫自然也可怕,但老鼠只要窜进一个小洞去,它也就奈何不得,逃命的机会还很多。独有那可怕的屠伯——蛇,身体是细长的,圆径和鼠子差不多,凡鼠子能到的地方,它也能到,追逐的时间也格外长,而且万难幸免,当"数钱"的时候,大概是已经没有

第二步办法的了。

有一回，我就听得一间空屋里有着这种"数钱"的声音，推门进去，一条蛇伏在横梁上，看地上，躺着一匹隐鼠，口角流血，但两胁还是一起一落的。取来给躺在一个纸盒子里，大半天，竟醒过来了，渐渐的能够饮食，行走，到第二日，似乎就复了原，但是不逃走。放在地上，也时时跑到人面前来，而且缘腿而上，一直爬到膝髁。给放在饭桌上，便检吃些菜渣，舔舔碗沿；放在我的书桌上，则从容的游行，看见砚台便舔吃了研着的墨汁。这使我非常惊喜了。我听父亲说过的，中国有一种墨猴，只有拇指一般大，全身的毛是漆黑而且发亮的。它睡在笔筒里，一听到磨墨，便跳出来，等着，等到人写完字，套上笔，就舔尽了砚上的余墨，仍旧跳进笔筒里去了。我就极愿意有这样的一个墨猴，可是得不到；问那里有，那里买的呢，谁也不知道。"慰情聊胜无"，这隐鼠总可以算是我的墨猴了罢，虽然它舔吃墨汁，并不一定肯等到我写完字。

现在已经记不分明，这样的大约有一两月；有一天，我忽然感到寂寞了，真所谓"若有所失"。我的隐鼠，是常在眼前游行的，或桌上，或地上。而这一日却大半天没有见，大家吃午饭了，也不见它走出来，平时，是一定出现的。我再等着，再等它一半天，然而仍然没有见。

长妈妈，一个一向带领着我的女工，也许是以为我等得太苦了罢，轻轻的来告诉我一句话。这即刻使我愤怒而且悲哀，决心和猫们为敌。她说：隐鼠是昨天晚上被猫吃去了！

当我失掉了所爱的，心中有着空虚时，我要充填以报仇的恶念！

我的报仇，就从家里饲养着的一匹花猫起手，逐渐推广，至于凡所遇见的诸猫。最先不过是追赶，袭击；后来却愈加巧妙了，能飞石击中它们的头，或诱入空屋里面，打得它垂头丧气。这作战继续得颇长久，此后似乎猫都不来近我了。但对于它们纵使怎样战胜，大约也算不得一个英雄；况且中国毕生和猫打仗的人也未必多，所以一切韬略、战绩，还是全部省略了罢。

但许多天之后，也许是已经经过了大半年，我竟偶然得到一个意外的消息：那隐鼠其实并非被猫所害，倒是它缘着长妈妈的腿要爬上去，被她一脚踏死了。

这确是先前所没有料想到的。现在我已经记不清当时是怎样一个感想，但和猫的感情却终于没有融合；到了北京，还因为它伤害了兔的儿女们，便旧隙夹新嫌，使出更辣的辣手。"仇猫"的话柄，也从此传扬开来。然而在

中国 20 世纪名家散文经典

现在,这些早已是过去的事了,我已经改变态度,对猫颇为客气,倘其万不得已,则赶走而已,决不打伤它们,更何况杀害。这是我近几年的进步。经验既多,一旦大悟,知道猫的偷鱼肉,拖小鸡,深夜大叫,人们自然十之九是憎恶的,而这憎恶是在猫身上。假如我出而为人们驱除这憎恶,打伤或杀害了它,它便立刻变为可怜,那憎恶倒移在我身上了。所以,目下的办法,是凡遇猫们捣乱,至于有人讨厌时,我便站出去,在门口大声叱曰:"嘘!滚!"小小平静,即回书房,这样,就长保着御侮保家的资格。其实这方法,中国的官兵就常在实作的,他们总不肯扫清土匪或扑灭敌人,因为这么一来,就要不被重视,甚至于因失其用处而被裁汰。我想,如果能将这方法推广应用,我大概也总可望成为所谓"指导青年"的"前辈"的罢,但现下也还未决心实践,正在研究而且推敲。

一九二六年二月二十一日

阿长与《山海经》

　　长妈妈,已经说过,是一个一向带领着我的女工,说得阔气一点,就是我的保姆。我的母亲和许多别的人都这样称呼她,似乎略带些客气的意思。只有祖母叫她阿长。我平时叫她"阿妈",连"长"字也不带;但到憎恶她的时候,——例如知道了谋死我那隐鼠的却是她的时候,就叫她阿长。

　　我们那里没有姓长的;她生得黄胖而矮,"长"也不是形容词。又不是她的名字,记得她自己说过,她的名字是叫作什么姑娘的。什么姑娘,我现在已经忘却了,总之不是长姑娘;也终于不知道她姓什么。记得她也曾告诉过我这个名称的来历:先前的先前,我家有一个女工,身材生得很高大,这就是真阿长。后来她回去了,我那什么姑娘才来补她的缺,然而大家因为叫惯了,没有再改口,于是她从此也就成为长妈妈了。

　　虽然背地里说人长短不是好事情,但倘使要我说句真心话,我可只得说:我实在不大佩服她。最讨厌的是常喜欢切切察察,向人们低声絮说些什么事。还竖起第二个手指,在空中上下摇动,或者点着对手或自己的鼻尖。我的家里一有些小风波,不知怎的我总疑心和这"切切察察"有些关系。又不许我走动,拔一株草,翻一块石头,就说我顽皮,要告诉我的母亲去了。一到夏天,睡觉时她又伸开两脚两手,在床中间摆成一个"大"字,挤得我没有余地翻身,久睡在一角的席子上,又已经烤得那么热。推她呢,不动;叫她呢,也不闻。

"长妈妈生得那么胖,一定很怕热罢?晚上的睡相,怕不见得很好罢?……"

母亲听到我多回诉苦之后,曾经这样的问过她。我也知道这意思是要她多给我一些空席。她不开口。但到夜里,我热得醒来的时候,却仍然看见满床摆着一个"大"字,一条臂膊还搁在我的颈子上。我想,这实在是无法可想了。

但是她懂得许多规矩;这些规矩,也大概是我所不耐烦的。一年中最高兴的时节,自然要数除夕了。辞岁之后,从长辈得到压岁钱,红纸包着,放在枕边,只要过一宵,便可以随意使用。睡在枕上,看着红包,想到明天买来的小鼓、刀枪、泥人、糖菩萨……然而她进来,又将一个福橘放在床头了。

"哥儿,你牢牢记住!"她极其郑重的说,"明天是正月初一,清早一睁开眼睛,第一句话就得对我说:'阿妈,恭喜恭喜!'记得么?你要记着,这是一年的运气的事情。不许说别的话!说过之后,还得吃一点福橘。"她又拿起那橘子来在我的眼前摇了两摇,"那么,一年到头,顺顺流流……"

梦里也记得元旦的,第二天醒得特别早,一醒,就要坐起来。她却立刻伸出臂膊,一把将我按住。我惊异的看她时,只见她惶急的看着我。

她又有所要求似的,摇着我的肩。我忽而记得了——

"阿妈,恭喜……。"

"恭喜恭喜!大家恭喜!真聪明!恭喜恭喜!"她于是十分喜欢似的,笑将起来,同时将一点冰冷的东西,塞在我的嘴里。我大吃一惊之后,也就忽而记得,这就是所谓福橘,元旦辟头的磨难,总算已经受完,可以下床玩耍去了。

她教给我的道理还很多,例如说人死了,不该说死掉,必须说"老掉了";死了人,生了孩子的屋子里,不应该走进去;饭粒落在地上,必须拣起来,最好是吃下去;晒裤子用的竹竿底下,是万不可钻过去的……此外,现在大抵忘却了,只有元旦的古怪仪式记得最清楚。总之:都是些烦琐之至,至今想起来还觉得非常麻烦的事情。

然而我有一时也对她发生过空前的敬意。她常常对我讲"长毛"。她之所谓"长毛"者,不但洪秀全军,似乎连后来一切土匪强盗都在内,但除却革命党,因为那时还没有。她说得长毛非常可怕,他们的话就听不懂。她说先前长毛进城的时候,我家全都逃到海边去了,只留一个门房和年老的煮饭老妈子看家。后来长毛果然进门来了,那老妈子便叫他们"大王",——据说对长毛就应该这样叫,——诉说自己的饥饿。长毛笑道:"那么,这东西就给你吃了罢!"将一个圆圆的东西掷了过来,还带着一条小辫子,正是那门房的头。煮饭老妈子从此就骇破了胆,后来一提起,还是立刻面如土色,自己轻

轻的拍着胸脯道:"阿呀,骇死我了,骇死我了……"

我那时似乎倒并不怕,因为我觉得这些事和我毫不相干的,我不是一个门房。但她大概也即觉到了,说道:"像你似的小孩子,长毛也要掳的,掳去作小长毛。还有好看的姑娘,也要掳。"

"那么,你是不要紧的。"我以为她一定最安全了,既不作门房,又不是小孩子,也生得不好看,况且颈子上还有许多炙疮疤。

"那里的话?!"她严肃地说,"我们就没有用处?我们也要被掳去。城外有兵来攻的时候,长毛就叫我们脱下裤子,一排一排的站在城墙上,外面的大炮就放不出来;再要放,就炸了!"

这实在是出于我意想之外的,不能不惊异。我一向只以为她满肚子是麻烦的礼节罢了,却不料她还有这样伟大的神力。从此对于她就有了特别的敬意,似乎实在深不可测;夜间的伸开手脚,占领全床,那当然是情有可原的了,倒应该我退让。

这种敬意,虽然也逐渐淡薄起来,但完全消失,大概是在知道她谋害了我的隐鼠之后。那时就极严重的诘问,而且当面叫她阿长。我想我又不真作小长毛,不去攻城,也不放炮,更不怕炮炸,我惧惮她什么呢!

但当我哀悼隐鼠,给它复仇的时候,一面又在渴慕着绘图的《山海经》了。这渴慕是从一个远房的叔祖惹起来的。他是一个胖胖的,和蔼的老人,爱种一点花木,如珠兰茉莉之类,还有极其少见的,据说从北边带回去的马缨花。他的太太却正相反,什么也莫明其妙,曾将晒衣服的竹竿搁在珠兰的枝条上,枝折了,还要愤愤的咒骂道:"死尸!"这老人是个寂寞者,因为无人可谈,就很爱和孩子们往来,有时简直称我们为"小友"。在我们聚族而居的宅子里,只有他书多,而且特别。制艺和试帖诗,自然也是有的;但我却只在他的书斋里,看见过陆玑的《毛诗草木鸟兽虫鱼疏》,还有许多名目很生的书籍。我那时最爱看的是《花镜》,上面有许多图。他说给我听,曾经有过一部绘图的《山海经》,画着人面的兽,九头的蛇,三脚的鸟,生着翅膀的人,没有头而以两乳当作眼睛的怪物,……可惜现在不知道放在那里了。

我很愿意看看这样的图画,但不好意思力逼他去寻找,他是很疏懒的。问别人呢,谁也不肯真实的回答我。压岁钱还有几百文,买罢,又没有好机会。有书买的大街离我家远得很,我一年中只能在正月间去玩一趟,那时候,两家书店都紧紧的关着门。

玩的时候倒是没有什么的,但一坐下,我就记得绘图的《山海经》。

大概是太过于念念不忘了,连阿长也来问《山海经》是怎么一回事。这是我向来没有和她说过的,我知道她并非学者,说了也无益;但既然来问,也

就都对她说了。

过了十多天,或者一个月罢,我还很记得,是她告假回家以后的四五天,她穿着新的蓝布衫回来了,一见面,就将一包书递给我,高兴的说道:——

"哥儿,有画儿的'三哼经',我给你买来了!"

我似乎遇着了一个霹雳,全体都震悚起来;赶紧去接过来,打开纸包,是四本小小的书,略略一翻,人面的兽,九头的蛇,……果然都在内。

这又使我发生新的敬意了,别人不肯作,或不能作的事,她却能够作成功。她确有伟大的神力。谋害隐鼠的怨恨,从此完全消灭了。

这四本书,乃是我最初得到,最为心爱的宝书。

书的模样,到现在还在眼前。可是从还在眼前的模样来说,却是一部刻印都十分粗拙的本子。纸张很黄;图像也很坏,甚至于几乎全用直线凑合,连动物的眼睛也都是长方形的。但那是我最为心爱的宝书,看起来,确是人面的兽;九头的蛇;一脚的牛;袋子似的帝江;没有头而"以乳为目,以脐为口",还要"执干戚而舞"的刑天。

此后我就更其搜集绘图的书,于是有了石印的《尔雅音图》和《毛诗品物图考》,又有了《点石斋丛画》和《诗画舫》。《山海经》也另买了一部石印的,每卷都有图赞,绿色的画,字是红的,比那木刻的精致得多了。这一部直到前年还在,是缩印的郝懿行疏。木刻的却已经记不清是什么时候失掉了。

我的保姆,长妈妈即阿长,辞了这人世,大概也有了三十年了罢。我终于不知道她的姓名,她的经历;仅知道有一个过继的儿子,她大约是青年守寡的孤孀。

仁厚黑暗的地母呵,愿在你怀里永安她的魂灵!

三月十日

记念刘和珍君

一

中华民国十五年三月二十五日,就是国立北京女子师范大学为十八日在段祺瑞执政府前遇害的刘和珍杨德群两君开追悼会的那一天,我独在礼堂外徘徊,遇见程君,前来问我道,"先生可曾为刘和珍写了一点什么没有?"我说"没有"。她就正告我,"先生还是写一点罢;刘和珍生前就很爱看先生的文章。"

这是我知道的,凡我所编辑的期刊,大概是因为往往有始无终之故罢,销行一向就甚为寥落,然而在这样的生活艰难中,毅然预定了《莽原》全年的就有她。我也早觉得有写一点东西的必要了,这虽然于死者毫不相干,但在生者,却大抵只能如此而已。倘使我能够相信真有所谓"在天之灵",那自然可以得到更大的安慰,——但是,现在,却只能如此而已。

可是我实在无话可说。我只觉得所住的并非人间。四十多个青年的血,洋溢在我的周围,使我艰于呼吸视听,那里还能有什么言语?长歌当哭,是必须在痛定之后的。而此后几个所谓学者文人的阴险的论调,尤使我觉得悲哀。我已经出离愤怒了。我将深味这非人间的浓黑的悲凉;以我的最大哀痛显示于非人间,使它们快意于我的苦痛,就将这作为后死者的菲薄的祭品,奉献于逝者的灵前。

中国 20 世纪名家散文经典

二

真的猛士,敢于直面惨淡的人生,敢于正视淋漓的鲜血。这是怎样的哀痛者和幸福者? 然而造化又常常为庸人设计,以时间的流驶,来洗涤旧迹,仅使留下淡红的血色和微漠的悲哀。在这淡红的血色和微漠的悲哀中,又给人暂得偷生,维持着这似人非人的世界。我不知道这样的世界何时是一个尽头!

我们还在这样的世上活着;我也早觉得有写一点东西的必要了。离三月十八日也已有两星期,忘却的救主快要降临了罢,我正有写一点东西的必要了。

三

在四十余被害的青年之中,刘和珍君是我的学生。学生云者,我向来这样想,这样说,现在却觉得有些踌躇了,我应该对她奉献我的悲哀与尊敬。她不是"苟活到现在的我"的学生,是为了中国而死的中国的青年。

她的姓名第一次为我所见,是在去年夏初杨荫榆女士作女子师范大学校长,开除校中六个学生自治会职员的时候。其中的一个就是她;但是我不认识。直到后来,也许已经是刘百昭率领男女武将,强拖出校之后了,才有人指着一个学生告诉我,说:这就是刘和珍。其时我才能将姓名和实体联合起来,心中却暗自诧异。我平素想,能够不为势利所屈,反抗一广有羽翼的校长的学生,无论如何,总该是有些桀骜锋利的,但她却常常微笑着,态度很温和。待到偏安于宗帽胡同,赁屋授课之后,她才始来听我的讲义,于是见面的回数就较多了,也还是始终微笑着,态度很温和。待到学校恢复旧观,往日的教职员以为责任已尽,准备陆续引退的时候,我才见她虑及母校前途,黯然至于泣下。此后似乎就不相见。总之,在我的记忆上,那一次就是永别了。

四

我在十八日早晨,才知道上午有群众向执政府请愿的事;下午便得到噩耗,说卫队居然开枪,死伤至数百人,而刘和珍君即在遇害者之列。但我对于这些传说,竟至于颇为怀疑。我向来是不惮以最坏的恶意,来推测中国人的,然而我还不料,也不信竟会下劣凶残到这地步。况且始终微笑着的和蔼的刘和珍君,更何至于无端在府门前喋血呢?

然而即日证明是事实了,作证的便是她自己的尸骸。还有一具,是杨德群君的。而且又证明着这不但是杀害,简直是虐杀,因为身体上还有棍棒的伤痕。

但段政府就有令,说她们是"暴徒"!

但接着就有流言,说她们是受人利用的。

惨象,已使我目不忍视了;流言,尤使我耳不忍闻。我还有什么话可说呢?我懂得衰亡民族之所以默无声息的缘由了。沉默呵,沉默呵!不在沉默中爆发,就在沉默中灭亡。

五

但是,我还有要说的话。

我没有亲见;听说,她,刘和珍君,那时是欣然前往的。自然,请愿而已,稍有人心者,谁也不会料到有这样的罗网。但竟在执政府前中弹了,从背部入,斜穿心肺,已是致命的创伤,只是没有便死。同去的张静淑君想扶起她,中了四弹,其一是手枪,立仆;同去的杨德群君又想去扶起她,也被击,弹从左肩入,穿胸偏右出,也立仆。但她还能坐起来,一个兵在她头部及胸部猛击两棍,于是死掉了。

始终微笑的和蔼的刘和珍君确是死掉了,这是真的,有她自己的尸骸为证;沉勇而友爱的杨德群君也死掉了,有她自己的尸骸为证;只有一样沉勇而友爱的张静淑君还在医院里呻吟。当三个女子从容的转辗于文明人所发明的枪弹的攒射中的时候,这是怎样的一个惊心动魄的伟大呵!中国军人的屠戮妇婴的伟绩,八国联军的惩创学生的武功,不幸全被这几缕血痕抹杀了。

但是中外的杀人者却居然昂起头来,不知道个个脸上有着血污……

六

时间永是流驶,街市依旧太平,有限的几个生命,在中国是不算什么的,至多,不过供无恶意的闲人以饭后的谈资,或者给有恶意的闲人作"流言"的种子。至于此外的深的意义,我总觉得很寥寥,因为这实在不过是徒手的请愿。人类的血战前行的历史,正如煤的形成,当时用大量的木材,结果却只是一小块,但请愿是不在其中的,更何况是徒手。

然而既然有了血痕了,当然不觉要扩大。至少,也当浸渍了亲族,师友,爱人的心,纵使时光流驶,洗成绯红,也会在微漠的悲哀中永存微笑的和蔼的旧影。陶潜说过,"亲戚或余悲,他人亦已歌,死去何所道,托体同山阿。"倘能如此,这也就够了。

七

我已经说过:我向来是不惮以最坏的恶意来推测中国人的。但这回却很有几点出于我的意外。一是当局者竟会这样的凶残,一是流言家竟至如此之下劣,一是中国的女性临难竟能如是之从容。

我目睹中国女子的办事,是始于去年的,虽然是少数,但看那干练坚决,百折不回的气概,曾经屡次为之感叹。至于这一回在弹雨中互相救助,虽殒身不恤的事实,则更足为中国女子的勇毅,虽遭阴谋秘计,压抑至数千年,而终于没有消亡的明证了。倘要寻求这一次死伤者对于将来的意义,意义就在此罢。

苟活者在淡红的血色中,会依稀看见微茫的希望;真的猛士,将更奋然而前行。

呜呼,我说不出话,但以此记念刘和珍君!

四月一日

二十四孝图

　　我总要上下四方寻求,得到一种最黑,最黑,最黑的咒文,先来诅咒一切反对白话,妨害白话者。即使人死了真有灵魂,因这最恶的心,应该堕入地狱,也将决不改悔,总要先来诅咒一切反对白话,妨害白话者。

　　自从所谓"文学革命"以来,供给孩子的书籍,和欧、美、日本的一比较,虽然很可怜,但总算有图有说,只要能读下去,就可以懂得的了。可是一班别有心肠的人们,便竭力来阻遏它,要使孩子的世界中,没有一丝乐趣。北京现在常用"马虎子"这一句话来恐吓孩子们。或者说,那就是《开河记》上所载的,给隋炀帝开河,蒸死小儿的麻叔谋;正确的写起来,须是"麻胡子"。那么,这麻叔谋乃是胡人了。但无论他是甚么人,他的吃小孩究竟也还有限,不过尽他的一生。妨害白话者的流毒却甚于洪水猛兽,非常广大,也非常长久,能使全中国化成一个麻胡,凡有孩子都死在他肚子里。

　　只要对于白话来加以谋害者,都应该灭亡!

　　这些话,绅士们自然难免要掩住耳朵的,因为就是所谓"跳到半天空,骂得体无完肤,——还不肯罢休"。而且文士们一定也要骂,以为大悖于"文格",亦即大损于"人格"。岂不是"言者心声也"么?"文"和"人"当然是相关的,虽然人间世本来千奇百怪,教授们中也有"不尊敬"作者的人格而不能"不说他的小说好"的特别种族。但这些我都不管,因为我幸而还没

有爬上"象牙之塔"去,正无须怎样小心。倘若无意中竟已撞上了,那就即刻跌下来罢。然而在跌下来的中途,当还未到地之前,还要说一遍:——

只要对于白话来加以谋害者,都应该灭亡!

每看见小学生欢天喜地的看着一本粗拙的《儿童世界》之类,另想到别国的儿童用书的精美,自然要觉得中国儿童的可怜。但回忆起我和我的同窗小友的童年,却不能不以为他幸福,给我们的永逝的韶光一个悲哀的吊唁。我们那时有什么可看呢,只要略有图画的本子,就要被塾师,就是当时的"引导青年的前辈"禁止,呵斥,甚而至于打手心。我的小同学因为专读"人之初性本善"读得要枯燥而死了,只好偷偷的翻开第一叶,看那题着"文星高照"四个字的恶鬼一般的魁星像,来满足他幼稚的爱美的天性。昨天看这个,今天也看这个,然而他们的眼睛里还闪出苏醒和欢喜的光辉来。

在书塾以外,禁令可比较的宽了,但这是说自己的事,各人大概不一样。我能在大众面前,冠冕堂皇的阅看的,是《文昌帝君阴骘文图说》和《玉历钞传》,都画着冥冥之中赏善罚恶的故事,雷公电母站在云中,牛头马面布满地下,不但"跳到半天空"是触犯天条的,即使半语不合,一念偶差,也都得受相当的报应。这所报的也并非"睚眦之怨",因为那地方是鬼神为君,"公理"作宰,请酒下跪,全都无功,简直是无法可想。在中国的天地间,不但作人,便是作鬼,也艰难极了。然而究竟很有比阳间更好的处所:无所谓"绅士",也没有"流言"。

阴间,倘要稳妥,是颂扬不得的。尤其是常常好弄笔墨的人,在现在的中国,流言的治下,而又大谈"言行一致"的时候。前车可鉴,听说阿尔志跋绥夫曾答一个少女的质问说,"唯有在人生的事实这本身中寻出欢喜者,可以活下去。倘若在那里什么也不见,他们其实倒不如死。"于是乎有一个叫作密哈罗夫的,寄信嘲骂他道,"……所以我完全诚实的劝你自杀来祸福你自己的生命,因为这第一是合于逻辑,第二是你的言语和行为不至于背驰。"

其实这论法就是谋杀,他就这样的在他的人生中寻出欢喜来。阿尔志跋绥夫只发了一大通牢骚,没有自杀。密哈罗夫先生后来不知道怎样,这一个欢喜失掉了,或者另外又寻到了"什么"了罢。诚然,"这些时候,勇敢,是安稳的;情热,是毫无危险的。"

然而,对于阴间,我终于已经颂扬过了,无法追改;虽有"言行不符"之嫌,但确没有受过阎王或小鬼的半文津贴,则差可以自解。总而言之,还是仍然写下去罢:——

我所看的那些阴间的图画,都是家藏的老书,并非我所专有。我所收得的最先的画图本子,是一位长辈的赠品:《二十四孝图》。这虽然不过薄薄的

一本书,但是下图上说,鬼少人多,又为我一人所独有,使我高兴极了。那里面的故事,似乎是谁都知道的;便是不识字的人,例如阿长,也只要一看图画便能够滔滔的讲出这一段的事迹。但是,我于高兴之余,接着就是扫兴,因为我请人讲完了二十四个故事之后,才知道"孝"有如此之难,对于先前痴心妄想,想作孝子的计划,完全绝望了。

"人之初,性本善"么?这并非现在要加研究的问题。但我还依稀记得,我幼小时候实未尝蓄意忤逆,对于父母,倒是极愿意孝顺的。不过年幼无知,只用了私见来解释"孝顺"的作法,以为无非是"听话","从命",以及长大之后,给年老的父母好好的吃饭罢了。自从得了这一本孝子的教科书以后,才知道并不然,而且还要难到几十几百倍。其中自然也有可以勉力仿效的,如"子路负米","黄香扇枕"之类。"陆绩怀橘"也并不难,只要有阔人请我吃饭。"鲁迅先生作宾客而怀橘乎?"我便跪答云,"吾母性之所爱,欲归以遗母。"阔人大佩服,于是孝子就作稳了,也非常省事。"哭竹生笋"就可疑,怕我的精诚未必会这样感动天地。但是哭不出笋来,还不过抛脸而已,一到"卧冰求鲤",可就有性命之虞了。我乡的天气是温和的,严冬中,水面也只结一层薄冰,即使孩子的重量怎样小,躺上去,也一定哗喇一声,冰破落水,鲤鱼还不及游过来。自然,必须不顾性命,这才孝感神明,会有出乎意料之外的奇迹,但那时我还小,实在不明白这些。

其中最使我不解,甚至于发生反感的,是"老莱娱亲"和"郭巨埋儿"两件事。

我至今还记得,一个躺在父母跟前的老头子,一个抱在母亲手上的小孩子,是怎样的使我发生不同的感想呵。他们一手都拿着"摇咕咚"。这玩意儿确是可爱的,北京称为小鼓,盖即鼗也,朱熹曰:"鼗,小鼓,两旁有耳;持其柄而摇之,则旁耳还自击",咕咚咕咚的响起来。然而这东西是不该拿在老莱子手里的,他应该扶一枝拐杖。现在这模样,简直是装佯,侮辱了孩子。我没有再看第二回,一到这一叶,便急速的翻过去了。

那时的《二十四孝图》,早已不知去向了,目下所有的只是一本日本小田海仙所画的本子,叙老莱子事云:"行年七十,言不称老,常著五色斑斓之衣,为婴儿戏于亲侧。又常取水上堂,诈跌仆地,作婴儿啼,以娱亲意。"大约旧本也差不多,而招我反感的便是"诈跌"。无论忤逆,无论孝顺,小孩子多不愿意"诈"作,听故事也不喜欢是谣言,这是凡有稍稍留心儿童心理的都知道的。

然而在较古的书上一查,却还不至于如此虚伪。师觉授《孝子传》云,"老莱子……常衣斑斓之衣,为亲取饮,上堂脚跌,恐伤父母之心,僵仆为婴

儿啼。"(《太平御览》四百十三引)较之今说,似稍近于人情。不知怎的,后之君子却一定要改得他"诈"起来,心里才能舒服。邓伯道弃子救侄,想来也不过"弃"而已矣,昏妄人也必须说他将儿子捆在树上,使他追不上来才肯歇手。正如将"肉麻当作有趣"一般,以不情为伦纪,诬蔑了古人,教坏了后人。老莱子即是一例,道学先生以为他白璧无瑕时,他却已在孩子的心中死掉了。

至于玩着"摇咕咚"的郭巨的儿子,却实在值得同情。他被抱在他母亲的臂膊上,高高兴兴的笑着;他的父亲却正在掘窟窿,要将他埋掉了。说明云,"汉郭巨家贫,有子三岁,母尝减食与之。巨谓妻曰,贫乏不能供母,子又分母之食。盍埋此子?"但是刘向《孝子传》所说,却又有些不同:巨家是富的,他都给了两弟;孩子是才生的,并没有到三岁。结末又大略相像了,"及掘坑二尺,得黄金一釜,上云:天赐郭巨,官不得取,民不得夺!"

我最初实在替这孩子捏一把汗,待到掘出黄金一釜,这才觉得轻松。然而我已经不但自己不敢再想作孝子,并且怕我父亲去作孝子了。家境正在坏下去,常听到父母愁柴米;祖母又老了,倘使我的父亲竟学了郭巨,那么,该埋的不正是我么?如果一丝不走样,也掘出一釜黄金来,那自然是如天之福,但是,那时我虽然年纪小,似乎也明白天下未必有这样的巧事。

现在想起来,实在很觉得傻气。这是因为现在已经知道了这些老玩意,本来谁也不实行。整饬伦纪的文电是常有的,却很少见绅士赤条条的躺在冰上面,将军跳下汽车去负米。何况现在早长大了,看过几部古书,买过几本新书,什么《太平御览》咧,《古孝子传》咧,《人口问题》咧,《节制生育》咧,《二十世纪是儿童的世界》咧,可以抵抗被埋的理由多得很。不过彼一时,此一时,彼时我委实有点害怕:掘好深坑,不见黄金,连"摇咕咚"一同埋下去,盖上土,踏得实实的,又有什么法子可想呢。我想,事情虽然未必实现,但我从此总怕听到我的父母愁穷,怕看见我的白发的祖母,总觉得她是和我不两立,至少,也是一个和我的生命有些妨碍的人。后来这印象日见其淡了,但总有一些留遗,一直到她去世——这大概是送给《二十四孝图》的儒者所万料不到的罢。

五月十日

五猖会

孩子们所盼望的,过年过节之外,大概要数迎神赛会的时候了。但我家的所在很偏僻,待到赛会的行列经过时,一定已在下午,仪仗之类,也减而又减,所剩的极其寥寥。往往伸着颈子等候多时,却只见十几个人抬着一个金脸或蓝脸红脸的神像匆匆的跑过去。于是,完了。

我常存着这样的一个希望:这一次所见的赛会,比前一次繁盛些。可是结果总是一个"差不多";也总是只留下一个纪念品,就是当神像还未抬过之前,化一文钱买下的,用一点烂泥,一点颜色纸,一枝竹签和两三枝鸡毛所作的,吹起来会发出一种刺耳的声音的哨子,叫作"吹都都"的,呲呲的吹它两三天。

现在看看《陶庵梦忆》,觉得那时的赛会,真是豪奢极了,虽然明人的文章,怕难免有些夸大。因为祷雨而迎龙王,现在也还有的,但办法却已经很简单,不过是十多人盘旋着一条龙,以及村童们扮些海鬼。那时却还要扮故事,而且实在奇拔得可观。他记扮《水浒传》中人物云:"……于是分头四出,寻黑矮汉,寻梢长大汉,寻头陀,寻胖大和尚,寻茁壮妇人,寻姣长妇人,寻青面,寻歪头,寻赤须,寻美髯,寻黑大汉,寻赤脸长须。大索城中;无,则之郭,之村。之山僻,之邻府州县。用重价聘之,得三十六人,梁山泊好汉,个个呵活,臻臻至至,人马称娖而行……"这样的白描的活古人,谁能不动一看的雅兴

呢?可惜这种盛举,早已和明社一同消灭了。

赛会虽然不像现在上海的旗袍,北京的谈国事,为当局所禁止,然而妇孺们是不许看的,读书人即所谓士子,也大抵不肯赶去看。只有游手好闲的闲人,这才跑到庙前或衙门前去看热闹;我关于赛会的知识,多半是从他们的叙述上得来的,并非考据家所贵重的"眼学"。然而记得有一回,也亲见过较盛的赛会。开首是一个孩子骑马先来,称为"塘报";过了许久,"高照"到了,长竹竿揭起一条很长的旗,一个汗流浃背的胖大汉用两手托着;他高兴的时候,就肯将竿头放在头顶或牙齿上,甚而至于鼻尖。其次是所谓"高跷"、"抬阁"、"马头"了;还有扮犯人的,红衣枷锁,内中也有孩子。我那时觉得这些都是有光荣的事业,与闻其事的即全是大有运气的人,——大概羡慕他们的出风头罢。我想,我为什么不生一场重病,使我的母亲也好到庙里去许下一个"扮犯人"的心愿的呢?……然而我到现在终于没有和赛会发生关系过。

要到东关看五猖会去了。这是我儿时所罕逢的一件盛事,因为那会是全县中最盛的会,东关又是离我家很远的地方,出城还有六十多里水路,在那里有两座特别的庙。一是梅姑庙,就是《聊斋志异》所记,室女守节,死后成神,却篡取别人的丈夫的;现在神座上确塑着一对少年男女,眉开眼笑,殊与"礼教"有妨。其一便是五猖庙了,名目就奇特。据有考据癖的人说,这就是五通神。然而也并无确据。神像是五个男人,也不见有什么猖獗之状;后面列坐着五位太太,却并不"分坐",远不及北京戏园里界限之谨严。其实呢,这也是殊与"礼教"有妨的,——但他们既然是五猖,便也无法可想,而且自然也就"又作别论"了。

因为东关离城远,大清早大家就起来。昨夜预定好的三道明瓦窗的大船,已经泊在河埠头,船椅、饭菜、茶炊、点心盒子,都在陆续搬下去了。我笑着跳着,催他们要搬得快。忽然,工人的脸色很谨肃了,我知道有些蹊跷,四面一看,父亲就站在我背后。

"去拿你的书来。"他慢慢地说。

这所谓"书",是指我开蒙时候所读的《鉴略》。因为我再没有第二本了。我们那里上学的岁数是多拣单数的,所以这使我记住我其时是七岁。

我忐忑着,拿了书来了。他使我同坐在堂中央的桌子前,教我一句一句的读下去。我担着心,一句一句的读下去。

两句一行,大约读了二三十行罢,他说:——

"给我读熟。背不出,就不准去看会。"

他说完,便站起来,走进房里去了。

我似乎从头上浇了一盆冷水。但是,有什么法子呢?自然是读着,读着,强记着,——而且要背出来。

粤自盘古,生于太荒,
首出御世,肇开混茫。

就是这样的书,我现在只记得前四句,别的都忘却了;那时所强记的二三十行,自然也一齐忘却在里面了。记得那时听人说,读《鉴略》比读《千字文》、《百家姓》有用得多,因为可以知道从古到今的大概。知道从古到今的大概,那当然是很好的,然而我一字也不懂。"粤自盘古"就是"粤自盘古",读下去,记住它,"粤自盘古"呵!"生于太荒"呵!……

应用的物件已经搬完,家中由忙乱转成静肃了。朝阳照着西墙,天气很清朗。母亲、工人、长妈妈即阿长,都无法营救,只默默的静候着我读熟,而且背出来。在百静中,我似乎头里要伸出许多铁钳,将什么"生于太荒"之流夹住;也听到自己急急诵读的声音发着抖,仿佛深秋的蟋蟀,在夜中鸣叫似的。

他们都等候着;太阳也升得更高了。

我忽然似乎已经很有把握,便即站了起来,拿书走进父亲的书房,一气背将下去,梦似的就背完了。

"不错。去罢。"父亲点着头,说。

大家同时活动起来,脸上都露出笑容,向河埠走去。工人将我高高的抱起,仿佛在祝贺我的成功一般,快步走在最前头。

我却并没有他们那么高兴。开船以后,水路中的风景,盒子里的点心,以及到了东关的五猖会的热闹,对于我似乎都没有什么大意思。

直到现在,别的完全忘却,不留一点痕迹了,只有背诵《鉴略》这一段,却还分明如昨日事。

我至今一想起,还诧异我的父亲何以要在那时候叫我来背书。

五月二十五日

无常

迎神赛会这一天出巡的神,如果是掌握生杀之权的,——不,这生杀之权四个字不大妥,凡是神,在中国仿佛都有些随意杀人的权柄似的,倒不如说是职掌人民的生死大事的罢,就如城隍和东岳大帝之类。那么,他的卤簿中间就另有一群特别的脚色:鬼卒、鬼王,还有活无常。

这些鬼物们,大概都是由粗人和乡下人扮演的。鬼卒和鬼王是红红绿绿的衣裳,赤着脚;蓝脸,上面又画些鱼鳞,也许是龙鳞或别的什么鳞罢,我不大清楚。鬼卒拿着钢叉,叉环振得琅琅的响,鬼王拿的是一块小小的虎头牌。据传说,鬼王是只用一只脚走路的;但他究竟是乡下人,虽然脸上已经画上些鱼鳞或者别的什么鳞,却仍然只得用了两只脚走路。所以看客对于他们不很敬畏,也不大留心,除了念佛老妪和她的孙子们为面面圆到起见,也照例给他们一个"不胜屏营待命之至"的仪节。

至于我们——我相信:我和许多人——所最愿意看的,却在活无常。他不但活泼而诙谐,单是那浑身雪白这一点,在红红绿绿中就有"鹤立鸡群"之概。只要望见一顶白纸的高帽子和他手里的破芭蕉扇的影子,大家就都有些紧张,而且高兴起来了。

人民之于鬼物,唯独与他最为稔熟,也最为亲密,平时也常常可以遇见他。譬如城隍庙或东岳庙中,大殿后面就有一间暗室,叫作"阴司间",在才可辨色的昏暗中,塑着各种鬼:吊死鬼、跌死鬼、虎伤鬼、科场鬼,……而一进门口所看见的长而白的东西就是他。我虽然也曾瞻仰过一回这"阴司间",但那时胆子小,没有看明白。听说他一手还拿着铁索,因为他是勾摄生魂的使者。相传樊江东岳庙的"阴司间"的构造,本来是极其特别的:门口是一块活板,人一进门,踏着活板的这一端,塑在那一端的他便扑过来,铁索正套在你的脖子上。后来吓死了一个人,钉实了,所以在我幼小的时候,这就已不能动。

倘使要看个分明,那么,《玉历钞传》上就画着他的像,不过《玉历钞传》也有繁简不同的本子的,倘是繁本,就一定有。身上穿的是斩衰凶服,腰间束的是草绳,脚穿草鞋,项挂纸锭;手上是破芭蕉扇、铁索、算盘;肩膀是耸起的,头发却披下来;眉眼的外梢都向下,像一个"八"字。头上一顶长方帽,下大顶小,按比例一算,该有二尺来高罢;在正面,就是遗老遗少们所戴瓜皮小帽的缀一粒珠子或一块宝石的地方,直写着四个字道:"一见有喜"。有一种本子上,却写的是"你也来了"。这四个字,是有时也见于包公殿的扁额上的,至于他的帽上是何人所写,他自己还是阎罗王,我可没有研究出。

《玉历钞传》上还有一种和活无常相对的鬼物,装束也相仿,叫作"死有分"。这在迎神时候也有的,但名称却讹作死无常了,黑脸、黑衣,谁也不爱看。在"阴死间"里也有的,胸口靠着墙壁,阴森森的站着;那才真真是"碰壁"。凡有进去烧香的人们,必须摩一摩他的脊梁,据说可以摆脱了晦气;我小时也曾摩过这脊梁来,然而晦气似乎终于没有脱,——也许那时不摩,现在的晦气还要重罢,这一节也还是没有研究出。

我也没有研究过小乘佛教的经典,但据耳食之谈,则在印度的佛经里,焰摩天是有的,牛首阿旁也有的,都在地狱里作主任。至于勾摄生魂的使者的这无常先生,却似乎于古无征,耳所习闻的只有什么"人生无常"之类的话。大概这意思传到中国之后,人们便将他具象化了。这实在是我们中国人的创作。

然而人们一见他,为什么就都有些紧张,而且高兴起来呢?

凡有一处地方,如果出了文士学者或名流,他将笔头一扭,就很容易变成"模范县"。我的故乡,在汉末虽曾经虞仲翔先生揄扬过,但是那究竟太早了,后来到底免不了产生所谓"绍兴师爷",不过也并非男女老小全是"绍兴师爷",别的"下等人"也不少。这些"下等人",要他们发什么"我们现在走的是一条狭窄险阻的小路,左面是一个广漠无际的泥潭,右面也是一片广漠无际的浮沙,前面是遥遥茫茫荫在薄雾的里面的目的地"那样热昏似的妙语,是办不到的,可是在无意中,看得往这"荫在薄雾的里面的目的地"的道

路很明白:求婚,结婚,养孩子,死亡。但这自然是专就我的故乡而言,若是"模范县"里的人民,那当然又作别论。他们——敝同乡"下等人"——的许多,活着,苦着,被流言,被反噬,因了积久的经验,知道阳间维持"公理"的只有一个会,而且这会的本身就是"遥遥茫茫",于是乎势不得不发生对于阴间的神往。人是大抵自以为衔些冤抑的;活的"正人君子"们只能骗鸟,若问愚民,他就可以不假思索的回答你:公正的裁判是在阴间!

想到生的乐趣,生固然可以留恋;但想到生的苦趣,无常也不一定是恶客。无论贵贱,无论贫富,其时都是"一双空手见阎王",有冤的得伸,有罪的就得罚。然而虽说是"下等人",也何尝没有反省?自己作了一世人,又怎么样呢?未曾"跳到半天空"么?没有"放冷箭"么?无常的手里就拿着大算盘,你摆尽臭架子也无益。对付别人要滴水不羼的公理,对自己总还不如虽在阴司里也还能够寻到一点私情。然而那又究竟是阴间,阎罗天子、牛首阿旁,还有中国人自己想出来的马面,都是并不兼差,真正主持公理的脚色,虽然他们并没有在报上发表过什么大文章。当还未作鬼之前,有时先不欺心的人们,遥想着将来,就又不能不想在整块的公理中,来寻一点情面的末屑,这时候,我们的活无常先生便见得可亲爱了,利中取大,害中取小,我们的古哲墨翟先生谓之"小取"云。

在庙里泥塑的,在书上墨印的模样上,是看不出他那可爱来的。最好是去看戏。但看普通的戏也不行,必须看"大戏"或者"目连戏"。目连戏的热闹,张岱在《陶庵梦忆》上也曾夸张过,说是要连演两三天。在我幼小时候可已经不然了,也如大戏一样,始于黄昏,到次日的天明便完结。这都是敬神禳灾的演剧,全本里一定有一个恶人,次日的将近天明便是这恶人的收场的时候,"恶贯满盈",阎王出票来勾摄了,于是乎这活的活无常便在戏台上出现。

我还记得自己坐在这一种戏台下的船上的情形,看客的心情和普通是两样的。平常愈夜深愈懒散,这时却愈起劲。他所戴的纸糊的高帽子,本来是挂在台角上的,这时预先拿进去了;一种特别乐器,也准备使劲的吹。这乐器好像喇叭,细而长,可有七八尺,大约是鬼物所爱听的罢,和鬼无关的时候就不用;吹起来,Nhatu, nhatu, nhatututuu 地响,所以我们叫它"目连瞎头"。在许多人期待着恶人的没落的凝望中,他出来了,服饰比画上还简单,不拿铁索,也不带算盘,就是雪白的一条莽汉,粉面朱唇,眉黑如漆,蹙着,不知道是在笑还是在哭。但他一出台就须打一百零八个嚏,同时也放一百零八个屁,这才自述他的履历。可惜我记不清楚了,其中有一段大概是这样:——

> "……
> 大王出了牌票,叫我去拿隔壁的癞子。
> 问了起来呢,原来是我堂房的阿侄。
> 生的是什么病?伤寒,还带痢疾。
> 看的是什么郎中?下方桥的陈念义la儿子。
> 开的是怎样的药方?附子、肉桂,外加牛膝。
> 第一煎吃下去,冷汗发出;
> 第二煎吃下去,两脚笔直。
> 我道nga阿嫂哭得悲伤,暂放他还阳半刻。
> 大王道我是得钱买放,就将我捆打四十!"

这叙述里的"子"字都读作入声。陈念义是越中的名医,俞仲华曾将他写入《荡寇志》里,拟为神仙;可是一到他的令郎,似乎便不大高明了。la者"的"也;"儿"读若"倪",倒是古音罢;nga者,"我的"或"我们的"之意也。

他口里的阎罗天子仿佛也不大高明,竟会误解他的人格,——不,鬼格。但连"还阳半刻"都知道,究竟还不失其"聪明正直之谓神"。不过这惩罚,却给了我们的活无常以不可磨灭的冤苦的印象,一提起,就使他更加蹙紧双眉,捏定破芭蕉扇,脸向着地,鸭子浮水似的跳舞起来。

Nhatu, nhatu, nhatu-nhatu-nhatutututuu!目连瞎头也冤苦不堪似的吹着。他因此决定了:——

> "难是弗放者个!
> 那怕你,铜墙铁壁!
> 那怕你,皇亲国戚!
> ……"

"难"者,"今"也;"者个"者"的了"之意,词之决也。"虽有忮心,不怨飘瓦",他现在毫不留情了,然而这是受了阎罗老子的督责之故,不得已也。一切鬼众中,就是他有点人情;我们不变鬼则已,如果要变鬼,自然就只有他可以比较的相亲近。

我至今还确凿记得,在故乡时候,和"下等人"一同,常常这样高兴的正视过这鬼而人,理而情,可怖而可爱的无常;而且欣赏他脸上的哭或笑,口头的硬语与谐谈……

迎神时候的无常,可和演剧上的又有些不同了。他只有动作,没有言

语,跟定了一个捧着一盘饭菜的小丑似的脚色走,他要去吃;他却不给他。另外还加添了两名脚色,就是"正人君子"之所谓"老婆儿女"。凡"下等人",都有一种通病:常喜欢以己之所欲,施之于人。虽是对于鬼,也不肯给他孤寂,凡有鬼神,大概总要给他们一对一对的配起来。无常也不在例外。所以,一个是漂亮的女人,只是很有些村妇样,大家都称她无常嫂;这样看来,无常是和我们平辈的,无怪他不摆教授先生的架子。一个是小孩子,小高帽,小白衣;虽然小,两肩却已经耸起了,眉目的外梢也向下。这分明是无常少爷了,大家却叫他阿领,对于他似乎都不很表敬意;猜起来,仿佛是无常嫂的前夫之子似的。但不知何以相貌又和无常有这么像?吁!鬼神之事,难言之矣,只得姑且置之弗论。至于无常何以没有亲儿女,到今年可很容易解释了;鬼神能前知,他怕儿女一多,爱说闲话的就要旁敲侧击的锻成他拿卢布,所以不但研究,还早已实行了"节育"了。

这捧着饭菜的一幕,就是"送无常"。因为他是勾魂使者,所以民间凡有一个人死掉之后,就得用酒饭恭送他。至于不给他吃,那是赛会时候的开玩笑,实际上并不然。但是,和无常开玩笑,是大家都有此意的,因为他爽直,爱发议论,有人情,——要寻真实的朋友,倒还是他妥当。

有人说,他是生人走阴,就是原是人,梦中却入冥去当差的,所以很有些人情。我还记得住在离我家不远的小屋子里的一个男人,便自称是"走无常",门外常常燃着香烛。但我看他脸上的鬼气反而多。莫非入冥作了鬼,倒会增加人气的么?吁!鬼神之事,难言之矣,这也只得姑且置之弗论了。

六月二十三日

记"发薪"

下午,在中央公园里和C君作点小工作,突然得到一位好意的老同事的警报,说,部里今天发给薪水了,计三成;但必须本人亲身去领,而且须在三天以内。

否则?

否则怎样,他却没有说。但这是"洞若观火"的,否则,就不给。

只要有银钱在手里经过,即使并非檀越的布施,人是也总爱逞逞威风的,要不然,他们也许要觉到自己的无聊,渺小。明明有物品去抵押,当铺却用这样的势利脸和高柜台;明明用银元去换铜元,钱摊却帖着"收买现洋"的纸条,隐然以"买主"自命。钱票当然应该可以到负责的地方去换现钱,而有时却规定了极短的时间,还要领签,排班,等候,受气;军警督压着,手里还有国粹的皮鞭。

不听话么?不但不得钱,而且要打了!

我曾经说过,中华民国的官,都是平民出身,并非特别种族。虽然高尚的文人学士或新闻记者们将他们看作异类,以为比自己格外奇怪,可鄙可噱;然而从我这几年的经验看来,却委实不很特别,一切脾气,却与普通的同胞差不多,所以一到经手银钱的时候,也还是照例有一点借此威风一下的嗜好。

"亲领"问题的历史,是起源颇古的,中华民国十一年,就因此引起过方玄绰的牢骚,我便将这写了一篇《端午节》。但

中国20世纪名家散文经典

历史虽说如同螺旋,却究竟并非印板,所以今之与昔,也还是小有不同。在昔盛世,主张"亲领"的是"索薪会"——呜呼,这些专门名词,恕我不暇一一解释了,而且纸张也可惜。——的骁将,昼夜奔走,向国务院呼号,向财政部坐讨,一旦到手,对于没有一同去索的人的无功受禄,心有不甘,因此给吃一点小苦头的。其意若曰,这钱是我们讨来的,就同我们的一样;你要,必得到这里来领布施。你看施衣施粥,有施主亲自送到受惠者的家里去的么?

然而那是盛世的事。现在是无论怎么"索",早已一文也不给了,如果偶然"发薪",那是意外的上头的嘉惠,和什么"索"丝毫无关。不过临时发布"亲领"命令的施主却还有,只是已非善于索薪的骁将,而是天天"画到",未曾另谋生活的"不贰之臣"了。所以,先前的"亲领"是对于没有同去索薪的人们的罚,现在的"亲领"是对于不能空着肚子,天天到部的人们的罚。

但这不过是一个大意。此外的事,倘非身临其境,实在有些说不清。譬如一碗酸辣汤,耳闻口讲的,总不如亲自呷一口的明白。近来有几个心怀叵测的名人间接忠告我,说我去年作文,专和几个人闹意见,不再论及文学艺术,天下国家是可惜的。殊不知我近来倒是明白了,身历其境的小事,尚且参不透,说不清,更何况那些高尚伟大,不甚了然的事业?我现在只能说说较为切己的私事,至于冠冕堂皇如所谓"公理"之类,就让公理专家去消遣罢。

总之,我以为现在的"亲领"主张家,已颇不如先前了,这就是"孤桐先生"之所谓"每况愈下"。而且便是空牢骚如方玄绰者,似乎也已经很寥寥了。

"去!"我一得警报,便走出公园,跳上车,径奔衙门去。

一进门,巡警就给我一个立正举手的敬礼,可见作官要作得较大,虽然阔别多日。他们也还是认识的。到里面,不见什么人,因为办公时间已经改在上午,大概都已亲领了回家了。觅得一位听差。问明了"亲领"的规则,是先到会计科去取得条子,然后拿了这条子,到花厅里去领钱。

就到会计科,一个部员看了一看我的脸,便翻出条子来。我知道他是老部员,熟识同人,负着"验明正身"的重大责任的;接过条子之后,我便特别多点了两个头,以表示告别和感谢之至意。

其次是花厅了,先经过一个边门,只见上贴纸条道:"丙组",又有一行小注是"不满百元"。我看自己的条子上,写的是九十九元,心里想,这真是"人生不满百,常怀千岁忧……"同时便直撞进去。看见一个和我差不多大的官,说道这"不满百元"是指全俸而言,我的并不在这里,是在里间。

就到里间,那里有两张大桌子,桌旁坐着几个人,一个熟识的老同事就招呼我了;拿出条子去,签了名,换得钱票,总算一帆风顺。这组的旁边还坐着一位很胖的官,大概是监督者,因为他敢于解开了官纱——也许是纺绸,

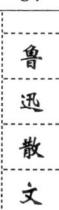

我不大认识这些东西。——小衫,露着胖得拥成折叠的胸肚,使汗珠雍容的越过了折叠往下流。

这时我无端有些感慨,心里想,大家现在都说"灾官""灾官",殊不知"心广体胖"的还不在少呢。便是两三年前教员正嚷索薪的时候,学校的教员豫备室里也还有人因为吃得太饱了,咳的一声,胃中的气体从嘴里反叛出来。

走出外间,那一位和我差不多大的官还在,便拉住他发牢骚。

"你们怎么又闹这些玩艺儿了?"我说。

"这是他的意思……"他和气的回答,而且笑嘻嘻的。

"生病的怎么办呢?放在门板上抬来么?"

"他说:这些都另法办理……"

我是一听便了然的,只是在"门——衙门之门——外汉"怕不易懂,最好是再加上一点注解。这所谓"他"者,是指总长或次长而言。此时虽然似乎所指颇蒙胧,但再掘下去,便可以得到指实,但如果再掘下去,也许又要更蒙胧。总而言之,薪水既经到手,这些事便应该"适可而止,毋贪心也"的,否则,怕难免有些危机。即如我的说了这些话,其实就已经不大妥。

于是我退出花厅,却又遇见几个旧同事,闲谈了一回。知道还有"戊组",是发给已经死了的人的薪水的,这一组大概无须"亲领"。又知道这一回提出"亲领"律者,不但"他",也有"他们"在内。所谓"他们"者,粗粗一听,很像"索薪会"的头领们,但其实也不然,因为衙门里早就没有什么"索薪会",所以这一回当然是别一批新人物了。

我们这回"亲领"的薪水,是中华民国十三年二月份的。因此,事前就有了两种学说。一,即作为十三年二月的薪水发给。然而还有新来的和新近加俸的呢,可就不免有向隅之感。于是第二种新学说自然起来:不管先前,只作为本年六月份的薪水发给。不过这学说也不大妥,只是"不管先前"这一句,就很有些疵病。

这个办法,先前也早有人苦心经营过。去年章士钊将我免职之后,自以为在地位上已经给了一个打击,连有些文人学士们也喜得手舞足蹈。然而他们究竟是聪明人,看过"满床满桌满地"的德文书的,即刻又悟到我单是抛了官,还不至于一败涂地,因为我还可以得欠薪,在北京生活。于是他们的司长刘百昭便在部务会议席上提出,要不发欠薪,何月领来,便作为何月的薪水。这办法如果实行,我的受打击是颇大的,因为就受着经济的迫压。然而终于也没有通过。那致命伤,就在"不管先前"上;而刘百昭们又不肯自称革命党,主张不管什么,都从新来一回。

所以现在每一领到政费,所发的也还是先前的钱;即使有人今年不在北

京了,十三年二月间却在,实在也有些难于说是现今不在,连那时的曾经在此也不算了。但是,既然又有新的学说起来,总得采纳一点,这采纳一点,也就是调和一些。因此,我们这回的收条上,年月是十三年二月的,钱的数目是十五年六月的。

这么一来,既然并非"不管先前",而新近升官或加俸的又可以多得一点钱,可谓比较的周到。于我是无益也无损,只要还在北京,拿得出"正身"来。

翻开我的简单日记一查,我今年已经收了四回俸钱了:第一次三元;第二次六元;第三次八十二元五角,即二成五,端午节的夜里收到的;第四次三成,九十九元,就是这一次。再算欠我的薪水,是大约还有九千二百四十元,七月份还不算。

我觉得已是一个精神上的财主;只可惜这"精神文明"是不很可靠的,刘百昭就来动摇过。将来遇见善于理财的人,怕还要设立一个"欠薪整理会",里面坐着几个人物,外面挂着一块招牌,使凡有欠薪的人们都到那里去接洽。几天或几月之后,人不见了,接着连招牌也不见了;于是精神上的财主就变了物质上的穷人了。

但现在却还的确收了九十九元,对于生活又较为放心,趁闲空来发一点议论再说。

七月二十一日

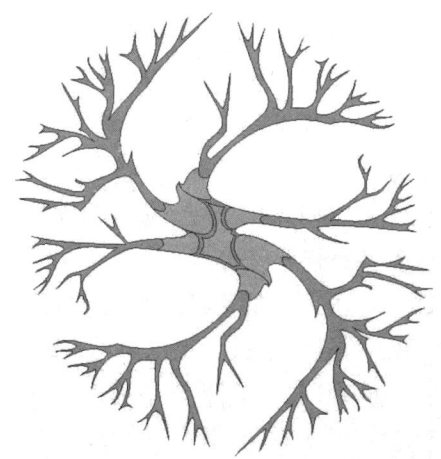

从百草园到三味书屋

　　我家的后面有一个很大的园,相传叫作百草园。现在是早已并屋子一起卖给朱文公的子孙了,连那最末次的相见也已经隔了七八年,其中似乎确凿只有一些野草;但那时却是我的乐园。

　　不必说碧绿的菜畦,光滑的石井栏,高大的皂荚树,紫红的桑椹;也不必说鸣蝉在树叶里长吟,肥胖的黄蜂伏在菜花上,轻捷的叫天子(云雀)忽然从草间直窜向云霄里去了。单是周围的短短的泥墙根一带,就有无限趣味。油蛉在这里低唱,蟋蟀们在这里弹琴。翻开断砖来,有时会遇见蜈蚣;还有斑蝥,倘若用手指按住它的脊梁,便会拍的一声,从后窍喷出一阵烟雾。何首乌藤和木莲藤缠络着,木莲有莲房一般的果实,何首乌有臃肿的根。有人说,何首乌根是有像人形的,吃了便可以成仙,我于是常常拔它起来,牵连不断的拔起来,也曾因此弄坏了泥墙,却从来没有见过有一块根像人样。如果不怕刺,还可以摘到覆盆子,像小珊瑚珠攒成的小球,又酸又甜,色味都比桑椹要好得远。

　　长的草里是不去的,因为相传这园里有一条很大的赤练蛇。

　　长妈妈曾经讲给我一个故事听:先前,有一个读书人住在古庙里用功,晚间,在院子里纳凉的时候,突然听到有人在叫他。答应着,四面看时,却见一个美女的脸露在墙头上,向他

一笑,隐去了。他很高兴;但竟给那走来夜谈的老和尚识破了机关。说他脸上有些妖气,一定遇见"美女蛇"了;这是人首蛇身的怪物,能唤人名,倘一答应,夜间便要来吃这人的肉的。他自然吓得要死,而那老和尚却道无妨,给他一个小盒子,说只要放在枕边,便可高枕而卧。他虽然照样办,却总是睡不着,——当然睡不着的。到半夜,果然来了,沙沙沙!门外像是风雨声。他正抖作一团时,却听得豁的一声,一道金光从枕边飞出,外面便什么声音也没有了,那金光也就飞回来,敛在盒子里。后来呢?后来,老和尚说,这是飞蜈蚣,它能吸蛇的脑髓,美女蛇就被它治死了。

结末的教训是:所以倘有陌生的声音叫你的名字,你万不可答应他。

这故事很使我觉得作人之险,夏夜乘凉,往往有些担心,不敢去看墙上,而且极想得到一盒老和尚那样的飞蜈蚣。走到百草园的草丛旁边时,也常常这样想。但直到现在,总还没有得到,但也没有遇见过赤练蛇和美女蛇。叫我名字的陌生声音自然是常有的,然而都不是美女蛇。

冬天的百草园比较的无味;雪一下,可就两样了。拍雪人(将自己的全形印在雪上)和塑雪罗汉需要人们鉴赏,这是荒园,人迹罕至,所以不相宜,只好来捕鸟。薄薄的雪,是不行的;总须积雪盖了地面一两天,鸟雀们久已无处觅食的时候才好。扫开一块雪,露出地面,用一枝短棒支起一面大的竹筛来,下面撒些秕谷,棒上系一条长绳,人远远的牵着,看鸟雀下来啄食,走到竹筛底下的时候,将绳子一拉,便罩住了。但所得的是麻雀居多,也有白颊的"张飞鸟",性子很躁,养不过夜的。

这是闰土的父亲所传授的方法,我却不大能用。明明见它们进去了,拉了绳,跑去一看,却什么都没有,费了半天力,捉住的不过三四只。闰土的父亲是小半天便能捕获几十只,装在叉袋里叫着撞着的。我曾经问他得失的缘由,他只静静的笑道:你太性急,来不及等它走到中间去。

我不知道为什么家里的人要将我送进书塾里去了,而且还是全城中称为最严厉的书塾。也许是因为拔何首乌毁了泥墙罢,也许是因为将砖头抛到间壁的梁家去了罢,也许是因为站在石井栏上跳了下来罢,……都无从知道。总而言之:我将不能常到百草园了。Ade,我的蟋蟀们!Ade,我的覆盆子们和木莲们!……

出门向东,不上半里,走过一道石桥,便是我的先生的家了。从一扇黑油的竹门进去,第三间是书房。中间挂着一块匾道:三味书屋;匾下面是一幅画,画着一只很肥大的梅花鹿伏在古树下。没有孔子牌位,我们便对着那匾和鹿行礼。第一次算是拜孔子，第二次算是拜先生。

第二次行礼时，先生便和蔼的在一旁答礼。他是一个高而瘦的老人，须发都花白了，还戴着大眼镜。我对他很恭敬，因为我早听到，他是本城中极方正，质朴，博学的人。

不知从那听来的，东方朔也很渊博，他认识一种虫，名曰"怪哉"，冤气所化，用酒一浇，就消释了。我很想详细的知道这故事，但阿长是不知道的，因为她毕竟不渊博。现在得到机会了，可以问先生。

"先生，'怪哉'这虫，是怎么一回事？……"我上了生书，将要退下来的时候，赶忙问。

"不知道！"他似乎很不高兴，脸上还有怒色了。

我才知道作学生是不应该问这些事的，只要读书，因为他是渊博的宿儒，决不至于不知道，所谓不知道者，乃是不愿意说。年纪比我大的人，往往如此，我遇见过好几回了。

我就只读书，正午习字，晚上对课。先生最初这几天对我很严厉，后来却好起来了，不过给我读的书渐渐加多，对课也渐渐的加上字去，从三言到五言，终于到七言。

三味书屋后面也有一个园，虽然小，但在那里也可以爬上花坛去折腊梅花，在地上或桂花树上寻蝉蜕。最好的工作是捉了苍蝇喂蚂蚁，静悄悄的没有声音。然而同窗们到园里的太多，太久，可就不行了，先生在书房里便大叫起来：——

"人都到那里去了？"

人们便一个一个陆续走回去；一同回去，也不行的。他有一条戒尺，但是不常用，也有罚跪的规矩，但也不常用，普通总不过瞪几眼，大声道：——

"读书！"

于是大家放开喉咙读一阵书，真是人声鼎沸。有念"仁远乎哉我欲仁斯仁至矣"的，有念"笑人齿缺曰狗窦大开"的，有念"上九潜龙勿用"的，有念"厥土下上上错厥贡苞茅橘柚"的……。先生自己也念书。后来，我们的声音便低下去，静下去了，只有他还大声朗读着：——

"铁如意，指挥倜傥，一坐皆惊呢……；金叵罗，颠倒淋漓噫，千杯未醉嚄……。"

我疑心这是极好的文章，因为读到这里，他总是微笑起来，而且将头仰起，摇着，向后面拗过去，拗过去。

中国 20 世纪名家散文经典

先生读书入神的时候,于我们是很相宜的。有几个便用纸糊的盔甲套在指甲上作戏。我是画画儿,用一种叫作"荆川纸"的,蒙在小说的绣像上一个个描下来,像习字时候的影写一样。读的书多起来,画的画也多起来;书没有读成,画的成绩却不少了,最成片段的是《荡寇志》和《西游记》的绣像,都有一大本。后来,因为要钱用,卖给一个有钱的同窗了。他的父亲是开锡箔店的;听说现在自己已经作了店主,而且快要升到绅士的地位了。这东西早已没有了罢。

九月十八日

父亲的病

大约十多年前罢，S城中曾经盛传过一个名医的故事：——

他出诊原来是一元四角，特拔十元，深夜加倍，出城又加倍。有一夜，一家城外人家的闺女生急病，来请他了，因为他其时已经阔得不耐烦，便非一百元不去。他们只得都依他。待去时，却只是草草的一看，说道"不要紧的"，开一张方，拿了一百元就走。那病家似乎很有钱，第二天又来请了。他一到门，只见主人笑面承迎，道，"昨晚服了先生的药，好得多了，所以再请你来复诊一回。"仍旧引到房里，老妈子便将病人的手拉出帐外来。他一按，冷冰冰的，也没有脉，于是点点头道，"唔，这病我明白了。"从从容容走到桌前，取了药方纸，提笔写道：——

"凭票付英洋壹百元正。"下面是署名，画押。

"先生，这病看来很不轻了，用药怕还得重一点罢。"主人在背后说。

"可以，"他说。于是另开了一张方：——

"凭票付英洋贰百元正。"下面仍是署名，画押。

这样，主人就收了药方，很客气的送他出来了。

我曾经和这名医周旋过两整年，因为他隔日一回，来诊我的父亲的病。那时虽然已经很有名，但还不至于阔得这样不耐烦；可是诊金却已经是一元四角。现在的都市上，诊金一次

十元并不算奇,可是那时是一元四角已是巨款,很不容易张罗的了;又何况是隔日一次。他大概的确有些特别,据舆论说,用药就与众不同。我不知道药品,所觉得的,就是"药引"的难得,新方一换,就得忙一大场。先买药,再寻药引。"生姜"两片,竹叶十片去尖,他是不用的了。起码是芦根,须到河边去掘;一到经霜三年的甘蔗,便至少也得搜寻两三天。可是说也奇怪,大约后来总没有购求不到的。

据舆论说,神妙就在这地方。先前有一个病人,百药无效;待到遇见了什么叶天士先生,只在旧方上加了一味药引:梧桐叶。只一服,便霍然而愈了。"医者,意也。"其时是秋天,而梧桐先知秋气。其先百药不投,今以秋气动之,以气感气,所以……我虽然并不了然,但也十分佩服,知道凡有灵药,一定是很不容易得到的,求仙的人,甚至于还要拼了性命,跑进深山里去采呢。

这样有两年,渐渐的熟识,几乎是朋友了。父亲的水肿是逐日利害,将要不能起床;我对于经霜三年的甘蔗之流也逐渐失了信仰,采办药引似乎再没有先前一般踊跃了。正在这时候,他有一天来诊,问过病状,便极其诚恳的说:——

"我所有的学问,都用尽了。这里还有一位陈莲河先生,本领比我高。我荐他来看一看,我可以写一封信。可是,病是不要紧的,不过经他的手,可以格外好得快……"

这一天似乎大家都有些不欢,仍然由我恭敬的送他上轿。进来时,看见父亲的脸色很异样,和大家谈论,大意是说自己的病大概没有希望的了;他因为看了两年,毫无效验,脸又太熟了,未免有些难以为情,所以等到危急时候,便荐一个生手自代,和自己完全脱了干系。但另外有什么法子呢?本城的名医,除他之外,实在也只有一个陈莲河了。明天就请陈莲河。

陈莲河的诊金也是一元四角。但前回的名医的脸是圆而胖的,他却长而胖了:这一点颇不同。还有用药也不同。前回的名医是一个人还可以办的,这一回却是一个人有些办不妥帖了,因为他一张药方上,总兼有一种特别的丸散和一种奇特的药引。

芦根和经霜三年的甘蔗,他就从来没有用过。最平常的是"蟋蟀一对",旁注小字道:"要原配,即本在一窠中者。"似乎昆虫也要贞节,续弦或再醮,连作药资格也丧失了。但这差使在我并不为难,走进百草园,十对也容易得,将它们用线一缚,活活的掷入沸汤中完事。然而还有"平地木十株"呢,这可谁也不知道是什么东西了,问药店,问乡下人,问卖草药的,问老年人,问读书人,问木匠,都只是摇摇头,临末才记起了那远房的叔祖,爱种一点花木的老人,跑去一问,他果然知道,是生在山中树下的一种小树,能结红子如小珊瑚珠的,普通都称为"老弗大"。

"踏破铁鞋无觅处,得来全不费工夫。"药引寻到了,然而还有一种特别的丸药:败鼓皮丸。这"败鼓皮丸"就是用打破的旧鼓皮作成;水肿一名鼓胀,一用打破的鼓皮自然就可以克伏他。清朝的刚毅因为憎恨"洋鬼子",预备打他们,练了些兵称作"虎神营",取虎能食羊,神能伏鬼的意思,也就是这道理。可惜这一种神药,全城中只有一家出售的,离我家就有五里,但这却不像平地木那样,必须暗中摸索了,陈莲河先生开方之后,就恳切详细的给我们说明。

"我有一种丹,"有一回陈莲河先生说,"点在舌上,我想一定可以见效。因为舌乃心之灵苗……价钱也并不贵,只要两块钱一盒……"

我父亲沉思了一会,摇摇头。

"我这样用药还会不大见效,"有一回陈莲河先生又说,"我想,可以请人看一看,可有什么冤愆……医能医病,不能医命,对不对?自然,这也许是前世的事……"

我的父亲沉思了一会,摇摇头。

凡国手,都能够起死回生的,我们走过医生的门前,常可以看见这样的扁额。现在是让步一点了,连医生自己也说道:"西医长于外科,中医长于内科。"但是S城那时不但没有西医,并且谁也还没有想到天下有所谓西医,因此无论什么,都只能由轩辕岐伯的嫡派门徒包办。轩辕时候是巫医不分的,所以直到现在,他的门徒就还见鬼,而且觉得"舌乃心之灵苗"。这就是中国人的"命",连名医也无从医治的。

不肯用灵丹点在舌头上,又想不出"冤愆"来,自然,单吃了一百多天的"败鼓皮丸"有什么用呢?依然打不破水肿,父亲终于躺在床上喘气了。还请一回陈莲河先生,这回是特拔,大洋十元。他仍旧泰然的开了一张方,但已停止败鼓皮丸不用,药引也不很神妙了,所以只消半天,药就煎好,灌下去,却从口角上回了出来。

从此我便不再和陈莲河先生周旋,只在街上有时看见他坐在三名轿夫的快轿里飞一般抬过;听说他现在还康健,一面行医,一面还作中医什么学报,正在和只长于外科的西医奋斗哩。

中西的思想确乎有一点不同。听说中国的孝子们,一到将要"罪孽深重祸延父母"的时候,就买几斤人参,煎汤灌下去,希望父母多喘几天气,即使半天也好。我的一位教医学的先生却教给我医生的职务道:可医的应该给他医治,不可医的应该给他死得没有痛苦。——但这先生自然是西医。

父亲的喘气颇长久,连我也听得很吃力,然而谁也不能帮助他。我有时竟至于电光一闪似的想道:"还是快一点喘完了罢……"立刻觉得这思想就不该,就是犯了罪;但同时又觉得这思想实在是正当的,我很爱我的父亲。便是现在,也还是这样想。

早晨,住在一门里的衍太太进来了。她是一个精通礼节的妇人,说我们不应该空等着。于是给他换衣服;又将纸锭和一种什么《高王经》烧成灰,用纸包了给他捏在拳头里……。

"叫呀,你父亲要断气了。快叫呀!"衍太太说。

"父亲!父亲!"我就叫起来。

"大声!他听不见。还不快叫? !"

"父亲!父亲! !"

他已经平静下去的脸,忽然紧张了,将眼微微一睁,仿佛有一些苦痛。

"叫呀!快叫呀!"她催促说。

"父亲! !"

"什么呢?……不要嚷。……不……"他低低地说,又较急的喘着气,好一会,这才复了原状,平静下去了。

"父亲! !"我还叫他,一直到他咽了气。

我现在还听到那时的自己的这声音,每听到时,就觉得这却是我对于父亲的最大的错处。

十月七日

琐记

衍太太现在是早已经作了祖母,也许竟作了曾祖母了;那时却还年青,只有一个儿子比我大三四岁。她对自己的儿子虽然狠,对别家的孩子却好的,无论闹出什么乱子来,也决不去告诉各人的父母,因此我们就最愿意在她家里或她家的四近玩。

举一个例说罢,冬天,水缸里结了薄冰的时候,我们大清早起一看见,便吃冰。有一回给沈四太太看到了,大声说道:"莫吃呀,要肚子疼的呢!"这声音又给我母亲听到了,跑出来我们都挨了一顿骂,并且有大半天不准玩。我们推论祸首,认定是沈四太太,于是提起她就不用尊称了,给她另外起了一个绰号,叫作"肚子疼"。

衍太太却决不如此。假如她看见我们吃冰,一定和蔼的笑着说,"好,再吃一块。我记着,看谁吃的多。"

但我对于她也有不满足的地方。一回是很早的时候了,我还很小,偶然走进她家去,她正在和她的男人看书。我走近去,她便将书塞在我的眼前道,"你看,你知道这是什么?"我看那书上画着房屋,有两个人光着身子仿佛在打架,但又不很像。正迟疑间,他们便大笑起来了。这使我很不高兴,似乎受了一个极大的侮辱,不到那里去大约有十多天。一回是我已经十多岁了,和几个孩子比赛打旋子,看谁旋得多。她就从旁计着数,说道;"好,八十二个了!再旋一个,八十三!好,八十四!……"但正在旋着的阿祥,忽然跌倒了,阿祥的婶母也恰恰走进来。她便接着说道,"你看,不是跌了么?不听我的话。我叫你不要旋,不要旋……"

虽然如此,孩子们总还喜欢到她那里去。假如头上碰得肿了一大块的时候,去寻母亲去罢,好的是骂一通,再给擦一点药;坏的是没有药擦,还添几个栗凿和一通骂。衍太太却决不埋怨,立刻给你用烧酒调了水粉,搽在疙瘩上,说这不但止痛,将来还没有瘢痕。

父亲故去之后,我也还常到她家里去,不过已不是和孩子们玩耍了,却是和衍太太或她的男人谈闲天。我其时觉得很有许多东西要买,看的和吃的,只是没有钱。有一天谈到这里,她便说道,"母亲的钱,你拿来用就是了,还不就是你的么?"我说母亲没有钱,她就说可以拿首饰去变卖;我说没有首饰,她却道,"也许你没有留心。到大厨的抽屉里,角角落落去寻去,总可以寻出一点珠子这类东西……"

这些话我听去似乎很异样,便又不到她那里去了,但有时又真想去打开大厨,细细的寻一寻。大约此后不到一月,就听到一种流言,说我已经偷了家里的东西去变卖了,这实在使我觉得有如掉在冷水里。流言的来源,我是明白的,倘是现在,只要有地方发表,我总要骂出流言家的狐狸尾巴来,但那时太年青,一遇流言,便连自己也仿佛觉得真是犯了罪,怕遇见人们的眼睛,怕受到母亲的爱抚。

好。那么,走罢!

但是,那里去呢?S城人的脸早经看熟,如此而已,连心肝也似乎有些了然。总得寻别一类人们去,去寻为S城人所诟病的人们,无论其为畜生或魔鬼。那时为全城所笑骂的是一个开得不久的学校,叫作中西学堂,汉文之外,又教些洋文和算学。然而已经成为众矢之的了;熟读圣贤书的秀才们,还集了《四书》的句子,作一篇八股来嘲诮它,这名文便即传遍了全城,人人当作有趣的话柄。我只记得那"起讲"的开头是:——

"徐子以告夷子曰:吾闻用夏变夷者,未闻变于夷者也。今也不然:鴃舌之音,闻其声,皆雅言也。……"

以后可忘却了,大概也和现今的国粹保存大家的议论差不多。但我对于这中西学堂,却也不满足,因为那里面只教汉文、算学、英文和法文。功课较为别致的,还有杭州的求是书院,然而学费贵。

无须学费的学校在南京,自然只好往南京去。第一个进去的学校,目下不知道称为什么了,光复以后,似乎有一时称为雷电学堂,很像《封神榜》上"太极阵"、"混元阵"一类的名目。总之,一进仪凤门,便可以看见它那二十丈高的桅杆和不知多高的烟囱。功课也简单,一星期中,几乎四整天是英文:"It is a cat。""Is it a rat?"一整天是读汉文:"君子曰,颍考叔可谓纯孝也已矣,爱其母,施及庄公。"一整天是作汉文:《知己知彼百战百胜论》,《颍考叔论》,《云从龙风从虎论》,《咬得菜根则百事可作论》。

初进去当然只能作三班生,卧室里是一桌一凳一床,床板只有两块。头二班学生就不同了,二桌二凳或三凳一床,床板多至三块。不但上讲堂时挟着一堆厚而且大的洋书,气昂昂地走着,决非只有一本"泼赖妈"和四本《左传》的三班生所敢正视;便是空着手,也一定将肘弯撑开,像一只螃蟹,低一班的在后面总不能走出他之前。这一种螃蟹式的名公巨卿,现在都阔别得很久了,前四五年,竟在教育部的破脚躺椅上,发见了这姿势,然而这位老爷却并非雷电学堂出身的,可见螃蟹态度,在中国也颇普遍。

可爱的是桅杆。但并非如"东邻"的"支那通"所说,因为它"挺然翘然",又是什么的象征。乃是因为它高,乌鸦喜鹊,都只能停在它的半途的木盘上。人如果爬到顶,便可以近看狮子山,远眺莫愁湖,——但究竟是否真可以眺得那么远,我现在可委实有点记不清楚了。而且不危险,下面张着网,即使跌下来,也不过如一条小鱼落在网子里;况且自从张网以后,听说也还没有人曾经跌下来。

原先还有一个池,给学生学游泳的,这里面却淹死了两个年幼的学生。当我进去时,早填平了,不但填平,上面还造了一所小小的关帝庙。庙旁是一座焚化字纸的砖炉,炉口上方横写着四个大字道:"敬惜字纸"。只可惜那两个淹死鬼失了池子,难讨替代,总在左近徘徊,虽然已有"伏魔大帝关圣帝君"镇压着。办学的人大概是好心肠的,所以每年七月十五,总请一群和尚到雨天操场来放焰口,一个红鼻而胖的大和尚戴上毗卢帽,捏诀,念咒:"回资罗,普弥耶吽!唵耶吽!唵!耶!吽! ! !"

我的前辈同学被关圣帝君镇压了一整年,就只在这时候得到一点好处,——虽然我并不深知是怎样的好处。所以当这些时,我每每想:作学生总得自己小心些。

总觉得不大合适,可是无法形容出这不合适来。现在是发现了大致相近的字眼了,"乌烟瘴气",庶几乎其可也。只得走开。近来是单是走开也就不容易,"正人君子"者流会说你骂人骂到了聘书,或者是发"名士"脾气,给你几句正经的俏皮话。不过那时还不打紧,学生所得的津贴,第一年不过二两银子,最初三个月的试习期内是零用五百文。于是毫无问题,去考矿路学

堂去了,也许是矿路学堂,已经有些记不真,文凭又不在手头,更无从查考。试验并不难,录取的。

这回不是 It is a cat 了,是 Der Mann,Die Weib,Das Kind。汉文仍旧是"颍考叔可谓纯孝也已矣",但外加《小学集注》。论文题目也小有不同,譬如《工欲善其事必先利其器论》,是先前没有作过的。

此外还有所谓格致、地学、金石学……都非常新鲜。但是还得声明:后两项,就是现在之所谓地质学和矿物学,并非讲舆地和钟鼎碑版的。只是画铁轨横断面图却有些麻烦,平行线尤其讨厌。但第二年的总办是一个新党,他坐在马车上的时候大抵看着《时务报》,考汉文也自己出题目,和教员出的很不同。有一次是《华盛顿论》,汉文教员反而惴惴的来问我们道:"华盛顿是什么东西呀?……"

看新书的风气便流行起来,我也知道了中国有一部书叫《天演论》。星期日跑到城南去买了来,白纸石印的一厚本,价五百文正。翻开一看,是写得很好的字,开首便道:——

"赫胥黎独处一室之中,在英伦之南,背山而面野,槛外诸境,历历如在机下。乃悬想二千年前,当罗马大将恺撒未到时,此间有何景物?计唯有天造草昧……"

哦,原来世界上竟还有一个赫胥黎坐在书房里那么想,而且想得那么新鲜?一口气读下去,"物竞""天择"也出来了,苏格拉第、柏拉图也出来了,斯多噶也出来了。学堂里又设立了一个阅报处,《时务报》不待言,还有《译学汇编》,那书面上的张廉卿一流的四个字,就蓝得很可爱。

"你这孩子有点不对了,拿这篇文章去看去,抄下来去看去。"一位本家的老辈严肃的对我说,而且递过一张报纸来。接来看时,"臣许应骙跪奏……。"那文章现在是一句也不记得了,总之是参康有为变法的,也不记得可曾抄了没有。

仍然自己不觉得有什么"不对",一有闲空,就照例的吃侉饼、花生米、辣椒,看《天演论》。

但我们也曾经有过一个很不平安的时期。那是第二年,听说学校就要裁撤了。这也无怪,这学堂的设立,原是因为两江总督(大约是刘坤一罢)听到青龙山的煤矿出息好,所以开手的。待到开学时,煤矿那面却已将原先的技师辞退,换了一个不甚了然的人了。理由是:一、先前的技师薪水太贵;二、他们觉得开煤矿并不难。于是不到一年,就连煤在那里也不甚了然起

来,终于是所得的煤,只能供烧那两架抽水机之用,就是抽了水掘煤,掘出煤来抽水,结一笔出入两清的账。既然开矿无利,矿路学堂自然也就无须乎开了,但是不知怎的,却又并不裁撤。到第三年我们下矿洞去看的时候,情形实在颇凄凉,抽水机当然还在转动,矿洞里积水却有半尺深,上面也点滴而下,几个矿工便在这里面鬼一般工作着。

毕业,自然大家都盼望的,但一到毕业,却又有些爽然若失。爬了几次桅,不消说不配作半个水兵;听了几年讲,下了几回矿洞,就能掘出金、银、铜、铁、锡来么?实在连自己也茫无把握,没有作《工欲善其事必先利其器论》的那么容易。爬上天空二十丈和钻下地面二十丈,结果还是一无所能,学问是"上穷碧落下黄泉,两处茫茫皆不见"了。所余的还只有一条路:到外国去。

留学的事,官僚也许可了,派定五名到日本去。其中的一个因为祖母哭得死去活来,不去了,只剩了四个。日本是同中国很两样的,我们应该如何准备呢?有一个前辈同学在,比我们早一年毕业,曾经游历过日本,应该知道些情形。跑去请教之后,他郑重地说:——

"日本的袜是万不能穿的,要多带些中国袜。我看纸票也不好,你们带去的钱不如都换了他们的现银。"

四个人都说遵命。别人不知其详,我是将钱都在上海换了日本的银元,还带了十双中国袜——白袜。

后来呢?后来,要穿制服和皮鞋,中国袜完全无用;一元的银圆日本早已废置不用了,又赔钱换了半元的银圆和纸票。

十月八日

藤野先生

东京也无非是这样。上野的樱花烂熳的时节,望去确也像绯红的轻云,但花下也缺不了成群结队的"清国留学生"的速成班,头顶上盘着大辫子,顶得学生制帽的顶上高高耸起,形成一座富士山。也有解散辫子,盘得平的,除下帽来,油光可鉴,宛如小姑娘的发髻一般,还要将脖子扭几扭。实在标致极了。

中国留学生会馆的门房里有几本书买,有时还值得去一转;倘在上午,里面的几间洋房里倒也还可以坐坐的。但到傍晚,有一间的地板便常不免要咚咚咚的响得震天,兼以满房烟尘斗乱;问问精通时事的人,答道,"那是在学跳舞。"

到别的地方去看看,如何呢?

我就往仙台的医学专门学校去。从东京出发,不久便到一处驿站,写道:日暮里。不知怎地,我到现在还记得这名目。其次却只记得水户了,这是明的遗民朱舜水先生客死的地方。仙台是一个市镇,并不大;冬天冷得利害;还没有中国的学生。

大概是物以希为贵罢。北京的白菜运往浙江,便用红头绳系住菜根,倒挂在水果店头,尊为"胶菜";福建野生着的芦荟,一到北京就请进温室,且美其名曰"龙舌兰"。我到仙台也颇受了这样的优待,不但学校不收学费,几个职员还为我的食宿操心。我先是住在监狱旁边一个客店里的,初冬已经颇冷,蚊子却还多,后来用被盖了全身,用衣服包了头脸,只留两个鼻孔出气。在这呼吸不息的地方,蚊子竟无从插嘴,居然睡安稳了。饭食也不坏。但一位先生却以为这客店也包办囚人的饭食,我住在那里不相宜,几次三番,几次三番的说。我虽然觉得客店兼办囚人的饭食和我不相干,然而好意难却,也只得别寻相宜的住处了。于是搬到别一家,离监狱也很远,可惜每天总要喝难以下咽的芋梗汤。

从此就看见许多陌生的先生,听到许多新鲜的讲义。解剖学是两个教授分任的。最初是骨学。其时进来的是一个黑瘦的先生,八字须,戴着眼镜,挟着一迭大大小小的书。一将书放在讲台上,便用了缓慢而很有顿挫的声调,向学生介绍自己道:——

"我就是叫作藤野严九郎的……。"

后面有几个人笑起来了。他接着便讲述解剖学在日本发达的历史,那些大大小小的书,便是从最初到现今关于这一门学问的著作。起初有几本是线装的;还有翻刻中国译本的,他们的翻译和研究新的医学,并不比中国早。

那坐在后面发笑的是上学年不及格的留级学生,在校已经一年,掌故颇为熟悉的了。他们便给新生讲演每个教授的历史。这藤野先生,据说是穿衣服太模胡了,有时竟会忘记带领结;冬天是一件旧外套,寒颤颤的,有一回上火车去,致使管车的疑心他是扒手,叫车里的客人大家小心些。

他们的话大概是真的,我就亲见他有一次上讲堂没有带领结。

过了一星期,大约是星期六,他使助手来叫我了。到得研究室,见他坐在人骨和许多单独的头骨中间,——他其时正在研究着头骨,后来有一篇论文在本校的杂志上发表出来。

"我的讲义,你能抄下来么?"他问。

"可以抄一点。"

"拿来我看!"

我交出所抄的讲义去,他收下了,第二三天便还我,并且说,此后每一星期要送给他看一回。我拿下来打开看时,很吃了一惊,同时也感到一种不安和感激。原来我的讲义已经从头到末,都用红笔添改过了,不但增加了许多脱漏的地方,连文法的错误,也都一一订正。这样一直继续到教完了他所担任的功课:骨学、血管学、神经学。

可惜我那时太不用功,有时也很任性。还记得有一回藤野先生将我叫到他的研究室里去,翻出我那讲义上的一个图来,是下臂的血管,指着,向我和蔼的说道:——

"你看,你将这条血管移了一点位置了。——自然,这样一移,的确比较的好看些,然而解剖图不是美术,实物是那么样的,我们没法改换它。现在

我给你改好了,以后你要全照着黑板上那样的画。"

但是我还不服气,口头答应着,心里却想道:——

"图还是我画的不错;至于实在的情形,我心里自然记得的。"

学年试验完毕之后,我便到东京玩了一夏天,秋初再回学校,成绩早已发表了,同学一百余人之中,我在中间,不过是没有落第。这回藤野先生所担任的功课,是解剖实习和局部解剖学。

解剖实习了大概一星期,他又叫我去了,很高兴的,仍用了极有抑扬的声调对我说道:——

"我因为听说中国人是很敬重鬼的,所以很担心,怕你不肯解剖尸体。现在总算放心了,没有这回事。"

但他也偶有使我很为难的时候。他听说中国的女人是裹脚的,但不知道详细,所以要问我怎么裹法,足骨变成怎样的畸形,还叹息道,"总要看一看才知道。究竟是怎么一回事呢?"

有一天,本级的学生会干事到我寓里来了,要借我的讲义看。我捡出来交给他们,却只翻检了一通,并没有带走。但他们一走,邮差就送到一封很厚的信,拆开看时,第一句是:——

"你改悔罢!"

这是《新约》上的句子罢,但经托尔斯泰新近引用过的。其时正值日俄战争,托老先生便写了一封给俄国和日本的皇帝的信,开首便是这一句。日本报纸上很斥责他的不逊,爱国青年也愤然,然而暗地里却早受了他的影响了。其次的话,大略是说上年解剖学试验的题目,是藤野先生讲义上作了记号,我预先知道的,所以能有这样的成绩。末尾是匿名。

我这才回忆到前几天的一件事。因为要开同级会,干事便在黑板上写广告,末一句是"请全数到会勿漏为要",而且在"漏"字旁边加了一个圈。我当时虽然觉到圈得可笑,但是毫不介意,这回才悟出那字也在讥刺我了,犹言我得了教员漏泄出来的题目。

我便将这事告知了藤野先生;有几个和我熟识的同学也很不平,一同去诘责干事托辞检查的无礼,并且要求他们将检查的结果,发表出来。终于这流言消灭了,干事却又竭力运动,要收回那一封匿名信去。结末是我便将这托尔斯泰式的信退还了他们。

中国是弱国,所以中国人当然是低能儿,分数在六十分以上,便不是自己的能力了:也无怪他们疑惑。但我接着便有参观枪毙中国人的命运了。第二年添教霉菌学,细菌的形状是全用电影来显示的,一段落已完而还没有到下课的时候,便影几片时事的片子,自然都是日本战胜俄国的情形。但偏

有中国人夹在里边:给俄国人作侦探,被日本军捕获,要枪毙了,围着看的也是一群中国人;在讲堂里的还有一个我。

"万岁!"他们都拍掌欢呼起来。

这种欢呼,是每看一片都有的,但在我,这一声却特别听得刺耳。此后回到中国来,我看见那些闲看枪毙犯人的人们,他们也何尝不酒醉似的喝采,——呜呼,无法可想!但在那时那地,我的意见却变化了。

到第二学年的终结,我便去寻藤野先生,告诉他我将不学医学,并且离开这仙台。他的脸色仿佛有些悲哀,似乎想说话,但竟没有说。

"我想去学生物学,先生教给我的学问,也还有用的。"其实我并没有决意要学生物学,因为看得他有些凄然,便说了一个慰安他的谎话。

"为医学而教的解剖学之类,怕于生物学也没有什么大帮助。"他叹息说。

将走的前几天,他叫我到他家里去,交给我一张照相,后面写着两个字道:"惜别",还说希望将我的也送他。但我这时适值没有照相了;他便叮嘱我将来照了寄给他,并且时时通信告诉他此后的状况。

我离开仙台之后,就多年没有照过相,又因为状况也无聊,说起来无非使他失望,便连信也怕敢写了。经过的年月一多,话更无从说起,所以虽然有时想写信,却又难以下笔,这样的一直到现在,竟没有寄过一封信和一张照片。从他那一面看起来,是一去之后,杳无消息了。

但不知怎地,我总还时时记起他,在我所认为我师的之中,他是最使我感激,给我鼓励的一个。有时我常常想:他的对于我的热心的希望,不倦的教诲,小而言之,是为中国,就是希望中国有新的医学;大而言之,是为学术,就是希望新的医学传到中国去。他的性格,在我的眼里和心里是伟大的,虽然他的姓名并不为许多人所知道。

他所改正的讲义,我曾经订成三厚本,收藏着的,将作为永久的纪念。不幸七年前迁居的时候,中途毁坏了一口书箱,失去半箱书,恰巧这讲义也遗失在内了。责成运送局去找寻,寂无回信。只有他的照相至今还挂在我北京寓居的东墙上,书桌对面。每当夜间疲倦,正想偷懒时,仰面在灯光中瞥见他黑瘦的面貌,似乎正要说出抑扬顿挫的话来,便使我忽又良心发现,而且增加勇气了,于是点上一枝烟,再继续写些为"正人君子"之流所深恶痛疾的文字。

十月十二日

中国 20 世纪名家散文经典

写在《坟》后面

在听到我的杂文已经印成一半的消息的时候,我曾经写了几行题记,寄往北京去。当时想到便写,写完便寄,到现在还不满二十天,早已记不清说了些甚么了。今夜周围是这么寂静,屋后面的山脚下腾起野烧的微光;南普陀寺还在作牵丝傀儡戏,时时传来锣鼓声,每一间隔中,就更加显得寂静。电灯自然是辉煌着,但不知怎地忽有淡淡的哀愁来袭击我的心,我似乎有些后悔印行我的杂文了。我很奇怪我的后悔;这在我是不大遇到的,到如今,我还没有深知道所谓悔者究竟是怎么一回事。但这心情也随即逝去,杂文当然仍在印行,只为想驱逐自己目下的哀愁,我还要说几句话。

记得先已说过:这不过是我的生活中的一点陈迹。如果我的过往,也可以算作生活,那么,也就可以说,我也曾工作过了。但我并无喷泉一般的思想,伟大华美的文章,既没有主义要宣传,也不想发起一种什么运动。不过我曾经尝得,失望无论大小,是一种苦味,所以几年以来,有人希望我动动笔的,只要意见不很相反,我的力量能够支撑,就总要勉力写几句东西,给来者一些极微末的欢喜。人生多苦辛,而人们有时却极容易得到安慰,又何必惜一点笔墨,给多尝些孤独的悲哀呢?于是除小说杂感之外,逐渐又有了长长短短的杂文十多篇。其间自然也有为卖钱而作的。这回就都混在一处。我的生命的一部分,就这样的用去了,也就是作了这样的工作。然而我至今终于不明白我一向是在作什么。比方作土工的罢,作着作着,而不明白是在筑台呢还在掘坑。所知道的是即使是筑

台,也无非要将自己从那上面跌下来或者显示老死;倘是掘坑,那就当然不过是埋掉自己。总之:逝去,逝去,一切一切,和光阴一同早逝去,在逝去,要逝去了。——不过如此,但也为我所十分甘愿的。

然而这大约也不过是一句话。当呼吸还在时,只要是自己的,我有时却也喜欢将陈迹收存起来,明知不值一文,总不能绝无眷恋,集杂文而名之曰《坟》,究竟还是一种取巧的掩饰。刘伶喝得酒气熏天,使人荷锸跟在后面,道:死便埋我。虽然自以为放达,其实是只能骗骗极端老实人的。

所以这书的印行,在自己就是这么一回事。至于对别人,记得在先也已说过,还有愿使偏爱我的文字的主顾得到一点喜欢;憎恶我的文字的东西得到一点呕吐,——我自己知道,我并不大度,那些东西因我的文字而呕吐,我也很高兴的。别的就什么意思也没有了。倘若硬要说出好处来,那么,其中所介绍的几个诗人的事,或者还不妨一看;最末的论"费厄泼赖"这一篇,也许可供参考罢,因为这虽然不是我的血所写,却是见了我的同辈和比我年幼的青年们的血而写的。

偏爱我的作品的读者,有时批评说,我的文字是说真话的。这其实是过誉,那原因就因为他偏爱。我自然不想太欺骗人,但也未尝将心里的话照样说尽,大约只要看得可以交卷就算完。我的确时时解剖别人,然而更多的是更无情面的解剖我自己,发表一点,酷爱温暖的人物已经觉得冷酷了,如果全露出我的血肉来,末路正不知要到怎样。我有时也想就此驱除旁人,到那时还不唾弃我的,即使是枭蛇鬼怪,也是我的朋友,这才真是我的朋友。倘使并这个也没有,则就是我一个人也行。但现在我并不。因为,我还没有这样勇敢,那原因就是我还想生活,在这社会里。还有一种小缘故,先前也曾屡次声明,就是偏要使所谓正人君子也者之流多不舒服几天,所以自己便特地留几片铁甲在身上,站着,给他们的世界上多有一点缺陷,到我自己厌倦了,要脱掉了的时候为止。

倘说为别人引路,那就更不容易了,因为连我自己还不明白应当怎么走。中国大概很有些青年的"前辈"和"导师"罢,但那不是我,我也不相信他们。我只很确切的知道一个终点,就是:坟。然而这是大家都知道的,无须谁指引。问题是在从此到那的道路。那当然不只一条,我可正不知那一条好,虽然至今有时也还在寻求。在寻求中,我就怕我未熟的果实偏偏毒死了偏爱我的果实的人,而憎恨我的东西如所谓正人君子也者偏偏都矍铄,所以我说话常不免含胡,中止,心里想:对于偏爱我的读者的赠献,或者最好倒不如是一个"无所有"。我的译著的印本,最初,印一次是一千,后来加五百,近时是二千至四千,每一增加,我自然是愿意的,因为能赚钱,但也伴着哀愁,

怕于读者有害,因此作文就时常更谨慎,更踌躇。有人以为我信笔写来,直抒胸臆,其实是不尽然的,我的顾忌并不少。我自己早知道毕竟不是什么战士了,而且也不能算前驱,就有这么多的顾忌和回忆。还记得三四年前,有一个学生来买我的书,从衣袋里掏出钱来放在我手里,那钱上还带着体温。这体温便烙印了我的心,至今要写文字时,还常使我怕毒害了这类的青年,迟疑不敢下笔。我毫无顾忌地说话的日子,恐怕要未必有了罢。但也偶尔想,其实倒还是毫无顾忌的说话,对得起这样的青年。但至今也还没有决心这样作。

今天所要说的话也不过是这些,然而比较的却可以算得真实。此外,还有一点余文。

记得初提倡白话的时候,是得到各方面剧烈的攻击的。后来白话渐渐通行了,势不可遏,有些人便一转而引为自己之功,美其名曰"新文化运动"。又有些人便主张白话不妨作通俗之用;又有些人却道白话要作得好,仍须看古书。前一类早已二次转舵,又反过来嘲骂"新文化"了;后二类是不得已的调和派,只希图多留几天僵尸,到现在还不少。我曾在杂感上掊击过的。

新近看见一种上海出版的期刊,也说起要作好白话须读好古文,而举例为证的人名中,其一却是我。这实在使我打了一个寒噤。别人我不论,若是自己,则曾经看过许多旧书,是的确的,为了教书,至今也还在看。因此耳濡目染,影响到所作的白话上,常不免流露出它的字句,体格来。但自己却正苦于背了这些古老的鬼魂,摆脱不开,时常感到一种使人气闷的沉重。就是思想上,也何尝不中些庄周韩非的毒,时而很随便,时而很峻急。孔孟的书我读得最早,最熟,然而倒似乎和我不相干。大半也因为懒惰罢,往往自己宽解,以为一切事物,在转变中,是总有多少中间物的。动植之间,无脊椎和脊椎动物之间,都有中间物;或者简直可以说,在进化的链子上,一切都是中间物。当开首改革文章的时候,有几个不三不四的作者,是当然的,只能这样,也需要这样。他的任务,是在有些警觉之后,喊出一种新声;又因为从旧垒中来,情形看得较为分明,反戈一击,易制强敌的死命。但仍应该和光阴偕逝,逐渐消亡,至多不过是桥梁中的一木一石,并非什么前途的目标,范本。跟着起来便该不同了,倘非天纵之圣,积习当然也不能顿然荡除,但总得更有新气象。以文字论,就不必更在旧书里讨生活,却将活人的唇舌作为源泉,使文章更加接近语言,更加有生气。至于对于现在人民的语言的穷乏欠缺,如何救济,使他丰富起来,那也是一个很大的问题,或者必须在旧文中取得若干资料,以供使役,但这并不在我现在所要说的范围以内,姑且不论。

我以为我倘十分努力,大概也还能够博采口语,来改革我的文章。但因

为懒而且忙,至今没有作。我常疑心这和读了古书很有些关系,因为我觉得古人写在书上的可恶思想,我的心里也常有,能否忽而奋勉,是毫无把握的。我常常诅咒我的这思想,也希望不再见于后来的青年。去年我主张青年少读,或者简直不读中国书,乃是用许多苦痛换来的真话,决不是聊且快意,或什么玩笑,愤激之辞。古人说,不读书便成愚人,那自然也不错的。然而世界却正由愚人造成,聪明人决不能支持世界,尤其是中国的聪明人。现在呢,思想上且不说,便是文辞,许多青年作者又在古文,诗词中摘些好看而难懂的字面,作为变戏法的手巾,来装潢自己的作品了。我不知这和劝读古文说可有相关,但正在复古,也就是新文艺的试行自杀,是显而易见的。

不幸我的古文和白话合成的杂集,又恰在此时出版了,也许又要给读者若干毒害。只是在自己,却还不能毅然决然将他毁灭,还想借此暂时看看逝去的生活的余痕。唯愿偏爱我的作品的读者也不过将这当作一种纪念,知道这小小的丘陇中,无非埋着曾经活过的躯壳。待再经若干岁月,又当化为烟埃,并纪念也从人间消去,而我的事也就完毕了。上午也正在看古文,记起了几句陆士衡的吊曹孟德文,便拉来给我的这一篇作结——

  既睎古以遗累,信简礼而薄葬。
  彼裘绂于何有,贻尘谤于后王。
  嗟大恋之所存,故虽哲而不忘。
  览遗籍以慷慨,献兹文而凄伤!

一九二六年十一月十一日夜鲁迅

中国 20 世纪名家散文经典

范爱农

在东京的客店里,我们大抵一起来就看报。学生所看的多是《朝日新闻》和《读卖新闻》,专爱打听社会上琐事的就看《二六新闻》。一天早晨,辟头就看见一条从中国来的电报,大概是:——

"安徽巡抚恩铭被 Jo Shiki Rin 刺杀,刺客就擒。"

大家一怔之后,便容光焕发的互相告语,并且研究这刺客是谁,汉字是怎样三个字。但只要是绍兴人,又不专看教科书的,却早已明白了。这是徐锡麟,他留学回国之后,在作安徽候补道,办着巡警事务,正合于刺杀巡抚的地位。

大家接着就预测他将被极刑,家族将被连累。不久,秋瑾姑娘在绍兴被杀的消息也传来了,徐锡麟是被挖了心,给恩铭的亲兵炒食净尽。人心很愤怒。有几个人便秘密的开一个会,筹集川资;这时用得着日本浪人了,撕乌贼鱼下酒,慷慨一通之后,他便登程去接徐伯荪的家属去。

照例还有一个同乡会,吊烈士,骂满洲;此后便有人主张打电报到北京,痛斥满政府的无人道。会众即刻分成两派:一派要发电,一派不要发。我是主张发电的,但当我说出之后,即有一种钝滞的声音跟着起来:——

"杀的杀掉了,死的死掉了,还发什么屁电报呢。"

这是一个高大身材,长头发,眼球白多黑少的人,看人总像在渺视。他蹲在席子上,我发言大抵就反对;我早觉得奇怪,注意着他了,到这时才打听别人:说这话的是谁呢,有那么冷?认识的人告诉我说:他叫范爱农,是徐伯荪的学生。

我非常愤怒了,觉得他简直不是人,自己的先生被杀了,连打一个电报还害怕,于是便坚执的主张要发电,同他争起来。结果是主张发电的居多数,他屈服了。其次要推出人来拟电稿。

"何必推举呢?自然是主张发电的人啰……"他说。

我觉得他的话又在针对我,无理倒也并非无理的。但我便主张这一篇悲壮的文章必须深知烈士生平的人作,因为他比别人关系更密切,心里更悲愤,作出来就一定更动人。于是又争起来。结果是他不作,我也不作,不知谁承认作去了;其次是大家走散,只留下一个拟稿的和一两个干事的,等候作好之后去拍发。

从此我总觉得这范爱农离奇,而且很可恶。天下可恶的人,当初以为是满人,这时才知道还在其次;第一倒是范爱农。中国不革命则已,要革命,首先就必须将范爱农除去。

然而这意见后来似乎逐渐淡薄,到底忘却了,我们从此也没有再见面。直到革命的前一年,我在故乡作教员,大概是春末时候罢,忽然在熟人的客座上看见了一个人,互相熟视了不过两三秒钟,我们便同时说:——

"哦哦,你是范爱农!"

"哦哦,你是鲁迅!"

不知怎地我们便都笑了起来,是互相的嘲笑和悲哀。他眼睛还是那样,然而奇怪,只这几年,头上却有了白发了,但也许本来就有,我先前没有留心到。他穿着很旧的布马褂,破布鞋,显得很寒素。谈起自己的经历来,他说他后来没有了学费,不能再留学,便回来了。回到故乡之后,又受着轻蔑,排斥,迫害,几乎无地可容。现在是躲在乡下,教着几个小学生糊口。但因为有时觉得很气闷,所以也趁了航船进城来。

他又告诉我现在爱喝酒,于是我们便喝酒。从此他每一进城,必定来访我,非常相熟了。我们醉后常谈些愚不可及的疯话,连母亲偶然听到了也发笑。一天我忽而记起在东京开同乡会时的旧事,便问他:——

"那一天你专门反对我,而且故意似的,究竟是什么缘故呢?"

"你还不知道?我一向就讨厌你的,——不但我,我们。"

"你那时之前,早知道我是谁么?"

"怎么不知道。我们到横滨,来接的不就是子英和你么?你看不起我们,摇摇头,你自己还记得么?"

我略略一想,记得的,虽然是七八年前的事。那时是子英来约我的,说

到横滨去接新来留学的同乡。汽船一到,看见一大堆,大概一共有十多人,一上岸便将行李放到税关上去候查检,关吏在衣箱中翻来翻去,忽然翻出一双绣花的弓鞋来,便放下公事,拿着仔细的看。我很不满,心里想,这些鸟男人,怎么带这东西来呢。自己不注意,那时也许就摇了摇头。检验完毕,在客店小坐之后,即须上火车。不料这一群读书人又在客车上让起坐位来了,甲要乙坐在这位子,乙要丙去坐,揖让未终,火车已开,车身一摇,即刻跌倒了三四个。我那时也很不满,暗地里想:连火车上的坐位,他们也要分出尊卑来……自己不注意,也许又摇了摇头。然而那群雍容揖让的人物中就有范爱农,却直到这一天才想到。岂但他呢,说起来也惭愧,这一群里,还有后来在安徽战死的陈伯平烈士,被害的马宗汉烈士;被囚在黑狱里,到革命后才见天日而身上永带着匪刑的伤痕的也还有一两人。而我都茫无所知,摇着头将他们一并运上东京了。徐伯荪虽然和他们同船来,却不在这车上,因为他在神户就和他的夫人坐车走了陆路了。

  我想我那时摇头大约有两回,他们看见的不知道是那一回。让坐时喧闹,检查时幽静,一定是在税关上的那一回了,试问爱农,果然是的。

  "我真不懂你们带这东西作什么?是谁的?"

  "还不是我们师母的?"他瞪着他多白的眼。

  "到东京就要假装大脚,又何必带这东西呢?"

  "谁知道呢?你问她去。"

  到冬初,我们的景况更拮据了,然而还喝酒,讲笑话。忽然是武昌起义,接着是绍兴光复。第二天爱农就上城来,戴着农夫常用的毡帽,那笑容是从来没有见过的。

  "老迅,我们今天不喝酒了。我要去看看光复的绍兴。我们同去。"

  我们便到街上去走了一通,满眼是白旗。然而貌虽如此,内骨子是依旧的,因为还是几个旧乡绅所组织的军政府,什么铁路股东是行政司长,钱店掌柜是军械司长……这军政府也到底不长久,几个少年一嚷,王金发带兵从杭州进来了,但即使不嚷或者也会来。他进来以后,也就被许多闲汉和新进的革命党所包围,大作王都督。在衙门里的人物,穿布衣来的,不上十天也大概换上皮袍子了,天气还并不冷。

  我被摆在师范学校校长的饭碗旁边,王都督给了我校款二百元。爱农作监学,还是那件布袍了,但不大喝酒了,也很少有工夫谈闲天。他办事,兼教书,实在勤快得可以。

  "情形还是不行,王金发他们。"一个去年听过我的讲义的少年来访问我,慷慨地说,"我们要办一种报来监督他们。不过发起人要借用先生的名字。还有一个是子英先生,一个是德清先生。为社会,我们知道你决不推却的。"

我答应他了。两天后便看见出报的传单,发起人诚然是三个。五天后便见报,开首便骂军政府和那里面的人员;此后是骂都督,都督的亲戚、同乡、姨太太……

这样的骂了十多天,就有一种消息传到我的家里来,说都督因为你们诈取了他的钱,还骂他,要派人用手枪来打死你们了。

别人倒还不打紧,第一个着急的是我的母亲,叮嘱我不要再出去。但我还是照常走,并且说明,王金发是不来打死我们的,他虽然绿林大学出身,而杀人却不很轻易。况且我拿的是校款,这一点他还能明白的,不过说说罢了。

果然没有来杀。写信去要经费,又取了二百元。但仿佛有些怒意,同时传令道:再来要,没有了!

不过爱农得到了一种新消息,却使我很为难。原来所谓"诈取"者,并非指学校经费而言,是指另有送给报馆的一笔款。报纸上骂了几天之后,王金发便叫人送去了五百元。于是乎我们的少年们便开起会议来,第一个问题是:收不收?决议曰:收。第二个问题是:收了之后骂不骂?决议曰:骂。理由是:收钱之后,他是股东;股东不好,自然要骂。

我即刻到报馆去问这事的真假。都是真的。略说了几句不该收他钱的话,一个名为会计的便不高兴了,质问我道:——

"报馆为什么不收股本?"

"这不是股本……"

"不是股本是什么?"

我就不再说下去了,这一点世故是早已知道的,倘我再说出连累我们的话来,他就会面斥我太爱惜不值钱的生命,不肯为社会牺牲,或者明天在报上就可以看见我怎样怕死发抖的记载。

然而事情很凑巧,季茀写信来催我往南京了。爱农也很赞成,但颇凄凉,说:——

"这里又是那样,住不得。你快去罢……。"

我懂得他无声的话,决计往南京。先到都督府去辞职,自然照准,派来了一个拖鼻涕的接收员,我交出账目和余款一角又两铜元,不是校长了。后任是孔教会会长傅力臣。

报馆案是我到南京后两三个星期了结的,被一群兵们捣毁。子英在乡下,没有事;德清适值在城里,大腿上被刺了一尖刀。他大怒了。自然,这是很有些痛的,怪他不得。他大怒之后,脱下衣服,照了一张照片,以显示一寸

来宽的刀伤,并且作一篇文章叙述情形,向各处分送,宣传军政府的横暴。我想,这种照片现在是大约未必还有人收藏着了,尺寸太小,刀伤缩小到几乎等于无,如果不加说明,看见的人一定以为是带些疯气的风流人物的裸体照片,倘遇见孙传芳大帅,还怕要被禁止的。

我从南京移到北京的时候,爱农的学监也被孔教会会长的校长设法去掉了。他又成了革命前的爱农。我想为他在北京寻一点小事作,这是他非常希望的,然而没有机会。他后来便到一个熟人的家里去寄食,也时时给我信,景况愈困穷,言辞也愈凄苦。终于又非走出这熟人的家不可,便在各处飘浮。不久,忽然从同乡那里得到一个消息,说他已经掉在水里,淹死了。

我疑心他是自杀。因为他是浮水的好手,不容易淹死的。

夜间独坐在会馆里,十分悲凉,又疑心这消息并不确,但无端又觉得这是极其可靠的,虽然并无证据。一点法子都没有,只作了四首诗,后来曾在一种日报上发表,现在是将要忘记完了。只记得一首里的六句,起首四句是:"把酒论天下,先生小酒人,大圜犹酩酊,微醉合沉沦。"中间忘掉两句,末了是"旧朋云散尽,余亦等轻尘。"

后来我回故乡去,才知道一些较为详细的事。爱农先是什么事也没得作,因为大家讨厌他。他很困难,但还喝酒,是朋友请他的。他已经很少和人们来往,常见的只剩下几个后来认识的较为年青的人了,然而他们似乎也不愿意多听他的牢骚,以为不如讲笑话有趣。

"也许明天就收到一个电报,拆开来一看,是鲁迅来叫我的。"他时常这样说。

一天,几个新的朋友约他坐船去看戏,回来已过夜半,又是大风雨,他醉着,却偏要到船舷上去小解。大家劝阻他,也不听,自己说是不会掉下去的。但他掉下去了,虽然能浮水,却从此不起来。

第二天打捞尸体,是在菱荡里找到的,直立着。

我至今不明白他究竟是失足还是自杀。

他死后一无所有,遗下一个幼女和他的夫人。有几个人想集一点钱作他女孩将来的学费的基金,因为一经提议,即有族人来争这笔款的保管权,——其实还没有这笔款,大家觉得无聊,便无形消散了。

现在不知他唯一的女儿景况如何?倘在上学,中学已该毕业了罢。

十一月十八日

略论中国人的脸

　　大约人们一遇到不大看惯的东西，总不免以为他古怪。我还记得初看见西洋人的时候，就觉得他脸太白，头发太黄，眼珠太淡，鼻梁太高。虽然不能明明白白的说出理由来，但总而言之：相貌不应该如此。至于对于中国人的脸，是毫无异议；即使有好丑之别，然而都不错的。

　　我们的古人，倒似乎并不放松自己中国人的相貌。周的孟轲就用眸子来判胸中的正不正，汉朝还有《相人》二十四卷。后来闹这玩艺儿的尤其多；分起来，可以说有两派罢：一是从脸上看出他的智愚贤不肖；一是从脸上看出他过去、现在和将来的荣枯。于是天下纷纷，从此多事，许多人就都战战兢兢的研究自己的脸。我想，镜子的发明，恐怕这些人和小姐们是大有功劳的。不过近来前一派已经不大有人讲究，在北京上海这些地方捣鬼的都只是后一派了。

　　我一向只留心西洋人。留心的结果，又觉得他们的皮肤未免太粗；毫毛有白色的，也不好。皮上常有红点，即因为颜色太白之故，倒不如我们之黄。尤其不好的是红鼻子，有时简直像是将要熔化的蜡烛油，仿佛就要滴下来，使人看得栗栗危惧，也不及黄色人种的较为隐晦，也见得较为安全。总而言之：相貌还是不应该如此的。

　　后来，我看见西洋人所画的中国人，才知道他们对于我们的相貌也很不敬。那似乎是《天方夜谈》或者《安徒生童话》中

的插画,现在不很记得清楚了。头上戴着拖花翎的红缨帽,一条辫子在空中飞扬,朝靴的粉底非常之厚。但这些都是满洲人连累我们的。独有两眼歪斜,张嘴露齿,却是我们自己本来的相貌。不过我那时想,其实并不尽然,外国人特地要奚落我们,所以格外形容得过度了。

但此后对于中国一部分人们的相貌,我也逐渐感到一种不满,就是他们每看见不常见的事件或华丽的女人,听到有些醉心的说话的时候,下巴总要慢慢挂下,将嘴张了开来。这实在不大雅观;仿佛精神上缺少着一样什么机件。据研究人体的学者们说,一头附着在上颚骨上,那一头附着在下颚骨上的"咬筋",力量是非常之大的。我们幼小时候想吃核桃,必须放在门缝里将它的壳夹碎。但在成人,只要牙齿好,那咬筋一收缩,便能咬碎一个核桃。有着这么大的力量的筋,有时竟不能收住一个并不沉重的自己的下巴,虽然正在看得出神的时候,倒也情有可原,但我总以为究竟不是十分体面的事。

日本的长谷川如是闲是善于作讽刺文字的。去年我见过他的一本随笔集,叫作《猫·狗·人》;其中有一篇就说到中国人的脸。大意是初见中国人,即令人感到较之日本人或西洋人,脸上总欠缺着一点什么。久而久之,看惯了,便觉得这样已经尽够,并不缺少东西;倒是看得西洋人之流的脸上,多余着一点什么。这多余着的东西,他就给它一个不大高妙的名目:兽性。中国人的脸上没有这个,是人,则加上多余的东西,即成了下列的算式:

人 + 兽性 = 西洋人

他借了称赞中国人,贬斥西洋人,来讥刺日本人的目的,这样就达到了,自然不必再说这兽性的不见于中国人的脸上,是本来没有的呢,还是现在已经消除。如果是后来消除的,那么,是渐渐净尽而只剩了人性的呢,还是不过渐渐成了驯顺。野牛成为家牛,野猪成为猪,狼成为狗,野性是消失了,但只足使牧人喜欢,于本身并无好处。人不过是人,不再夹杂着别的东西,当然再好没有了。倘不得已,我以为还不如带些兽性,如果合于下列的算式倒是不很有趣的:

人 + 家畜性 = 某一种人

中国人的脸上真可有兽性的记号的疑案,暂且中止讨论罢。我只要说近来却在中国人所理想的古今人的脸上,看见了两种多余。一到广州,我觉得比我所从来的厦门丰富得多的,是电影,而且大半是"国片",有古装的,有

时装的。因为电影是"艺术",所以电影艺术家便将这两种多余加上去了。

古装的电影也可以说是好看,那好看不下于看戏;至少,决不至于有大锣大鼓将人的耳朵震聋。在"银幕"上,则有身穿不知何时何代的衣服的人物,缓慢的动作;脸正如古人一般死,因为要显得活,便只好加上些旧式戏子的昏庸。

时装人物的脸,只要见过清朝光绪年间上海的吴友如的《画报》的,便会觉得神态非常相像。《画报》所画的大抵不是流氓拆梢,便是妓女吃醋,所以脸相都狡猾。这精神似乎至今不变,国产影片中的人物,虽是作者以为善人杰士者,眉宇间也总带些上海洋场式的狡猾。可见不如此,是连善人杰士也作不成的。

听说,国产影片之所以多,是因为华侨欢迎,能够获利,每一新片到,老的便带了孩子去指点给他们看道:"看哪,我们的祖国的人们是这样的。"在广州似乎也受欢迎,日夜四场,我常见看客坐得满满。

广州现在也如上海一样,正在这样的修养他们的趣味。可惜电影一开演,电灯一定熄灭,我不能看见人们的下巴。

四月六日

中国 20 世纪名家散文经典

谈所谓"大内档案"

所谓"大内档案"这东西,在清朝的内阁里积存了三百多年,在孔庙里塞了十多年,谁也一声不响。自从历史博物馆将这残余卖给纸铺子,纸铺子转卖给罗振玉,罗振玉转卖给日本人,于是乎大有号鸱之声,仿佛国宝已失,国脉随之似的。前几年,我也曾见过几个人的议论,所记得的一个是金梁,登在《东方杂志》上;还有罗振玉和王国维,随时发感慨。最近的是《北新半月刊》上的《论档案的售出》,蒋彝潜先生作的。

我觉得他们的议论都不大确。金梁,本是杭州的驻防旗人,早先主张排汉的,民国以来,便算是遗老了,凡有民国所作的事,他自然都以为很可恶。罗振玉呢,也算是遗老,曾经立誓不见国门,而后来仆仆京津间,痛责后生不好古,而偏将古董卖给外国人的,只要看他的题跋,大抵有"广告"气扑鼻,便知道"于意云何"了。独有王国维已经在水里将遗老生活结束,是老实人;但他的感喟,却往往和罗振玉一鼻孔出气,虽然所出的气,有真假之分。所以他被弄成夹广告的 Sandwich,是常有的事,因为他老实到像火腿一般。蒋先生是例外,我看并非遗老,只因为 sentimental 一点,所以受了罗振玉辈的骗了。你想,他要将这卖给日本人,肯说这不是宝贝的么?

那么,这不是好东西么?不好,怎么你也要买,我也要买呢?我想,这是谁也要发的质问。

答曰:唯唯,否否。这正如败落大户家里的一堆废纸,说好也行,说无用也行的。因为是废纸,所以无用;因为是败落大户家里的,所以也许夹些好东西。况且这所谓好与不好,也因人的看法而不同,我的寓所近旁的一个垃圾箱,里面都是住户所弃的无用的东西,但我看见早上总有几个背着竹篮的人,从那里面一片一片,一块一块,捡了什么东西去了,还有用。更何况现在的时候,皇帝也还尊贵,只要在"大内"里放几天,或者带一个"宫"字,就容易使人另眼相看的,这真是说也不信,虽然在民国。

"大内档案"也者,据深通"国朝"掌故的罗遗老说,是他的"国朝"时堆在内阁里的乱纸,大家主张焚弃,经他力争,这才保留下来的。但到他的"国朝"退位,民国元年我到北京的时候,它们已经被装为八千(?)麻袋,塞在孔庙之中的敬一亭里了,的确满满的埋满了大半亭子。其时孔庙里设了一个历史博物馆筹备处,处长是胡玉缙先生。"筹备处"云者,即里面并无"历史博物"的意思。

我却在教育部,因此也就和麻袋们发生了一点关系,眼见它们的升沉隐显。可气可笑的事是有的,但多是小玩意;后来看见外面的议论说得天花乱坠起来,也颇想作几句记事,叙出我所目睹的情节。可是胆子小,因为牵涉着的阔人很有几个,没有敢动笔。这是我的"世故",在中国作人,骂民族,骂国家,骂社会,骂团体……都可以的,但不可涉及个人,有名有姓。广州的一种期刊上说我只打叭儿狗,不骂军阀。殊不知我正因为骂了叭儿狗,这才有逃出北京的运命。泛骂军阀,谁来管呢? 军阀是不看杂志的,就靠叭儿狗嗅,候补叭儿狗吠。阿,说下去又不好了,赶快带住。

现在是寓在南方,大约不妨说几句了,这些事情,将来恐怕也未必另外有人说。但我对于有关面子的人物,仍然都不用真姓名,将罗马字来替代。既非欧化,也不是"隐恶扬善",只不过"远害全身"。这也是我的"世故",不要以为自己在南方,他们在北方,或者不知所在,就小觑他们。他们是突然会在你眼前阔起来的,真是神奇得很。这时候,恐怕就会死得连自己也莫明其妙了。所以要稳当,最好是不说。但我现在来"折衷",既非不说,而不尽说,而代以罗马字,——如果这样还不妥,那么,也只好听天由命了。上帝安我魂灵!

却说这些麻袋们躺在敬一亭里,就很令历史博物馆筹备处长胡玉缙先生担忧,日夜提防工役们放火。为什么呢? 这事谈起来可有些繁复了。弄些所谓"国学"的人大概都知道,胡先生原是南菁书院的高材生,不但深研旧学,并且博识前朝掌故的。他知道清朝武英殿里藏过一副铜活字,后来太监们你也偷,我也偷,偷得"不亦乐乎",待到王爷们似乎要来查考的时候,就放了一把火。自然,连武英殿也没有了,更何况铜活字的多少。而不幸敬一亭

中的麻袋,也仿佛常常减少,工役们不是国学家,所以他将内容的宝贝倒在地上,单拿麻袋去卖钱。胡先生因此想到武英殿失火的故事,深怕麻袋缺得多了之后,敬一亭也照例烧起来;就到教育部去商议一个迁移,或整理,或销毁的办法。

专管这一类事情的是社会教育司,然而司长是夏曾佑先生。弄些什么"国学"的人大概也都知道的,我们不必看他另外的论文,只要看他所编的两本《中国历史教科书》,就知道他看中国人有怎地清楚。他是知道中国的一切事万不可"办"的;即如档案罢,任其自然,烂掉,霉掉,蛀掉,偷掉,甚而至于烧掉,倒是天下太平;倘一加人为,一"办",那就舆论沸腾,不可开交了。结果是办事的人成为众矢之的,谣言和逸谤,百口也分不清。所以他的主张是"这个东西万万动不得"。

这两位熟于掌故的"要办"和"不办"的老先生,从此都知道各人的意思,说说笑笑,……但竟拖延下去了。于是麻袋们又安稳的躺了十来年。

这回是F先生来作教育总长了,他是藏书和"考古"的名人。我想,他一定听到了什么谣言,以为麻袋里定有好的宋版书——"海内孤本"。这一类谣言是常有的,我早先还听得人说,其中且有什么妃的绣鞋和什么王的头骨哩。有一天,他就发一个命令,教我和G主事试看麻袋。即日搬了二十个到西花厅,我们俩在尘埃中看宝贝,大抵是贺表,黄绫封,要说好是也可以说好的,但太多了,倒觉得不希奇。还有奏章,小刑名案子居多,文字是半满半汉,只有几个是也特别的,但满眼都是了,也觉得讨厌。殿试卷是一本也没有;另有几箱,原在教育部,不过都是二三甲的卷子,听说名次高一点的在清朝便已被人偷去了,何况乎状元。至于宋版书呢,有是有的,或则破烂的半本,或是撕破的几张。也有清初的黄榜,也有实录的稿本。朝鲜的贺正表,我记得也发见过一张。

我们后来又看了两天,麻袋的数目,记不清楚了,但奇怪,这时以考察欧美教育驰誉的Y次长,以讲大话出名的C参事,忽然都变为考古家了。他们和F总长,都"念兹在兹",在尘埃中间和破纸旁边离不开。凡有我们检起在桌上的,他们总要拿进去,说是去看看。等到送还的时候,往往比原先要少一点,上帝在上,那倒是真的。

大约是几叶宋版书作怪罢,F总长要大举整理了,另派了部员几十人,我倒幸而不在内。其时历史博物馆筹备处已经迁在午门,处长早换了YT;麻袋们便在午门上被整理。YT是一个旗人,京腔说得极漂亮,文字从来不谈的,但是,奇怪之至,他竟也忽然变成考古家了,对于此道津津有味。后来还珍藏着一本宋版的什么《司马法》,可惜缺了角,但已经都用古色纸补了起来。

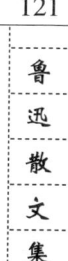

那时的整理法我不大记得了,要之,是分为"保存"和"放弃",即"有用"和"无用"的两部分。从此几十个部员,即天天在尘埃和破纸中出没,渐渐完工——出没了多少天,我也记不清楚了。"保存"的一部分,后来给北京大学又分了一大部分去。其余的仍藏博物馆。不要的呢,当时是散放在午门的门楼上。

那么,这些不要的东西,应该可以销毁了罢,免得失火。不,据"高等作官教科书"所指示,不能如此草草的。派部员几十人办理,虽说倘有后患,即应由他们负责,和总长无干。但究竟还只一部,外面说起话来,指摘的还是某部,而非某部的某某人。既然只是"部",就又不能和总长无干了。

于是办公事,请各部都派员会同再行检查。这宗公事是灵的,不到两星期,各部都派来了,从两个至四个,其中很多的是新从外洋回来的留学生,还穿着崭新的洋服。于是济济跄跄,又在灰土和废纸之间钻来钻去。但是,说也奇怪,好几个崭新的留学生又都忽然变了考古家了,将破烂的纸张,绢片,塞到洋裤袋里——但这是传闻之词,我没有目睹。

这一种仪式既经举行,即倘有后患,各部都该负责,不能超然物外,说风凉话了。从此午门楼上的空气,便再没有先前一般紧张,只见一大群破纸寂寞地铺在地面上,时有一二工役,手执长木棍,搅着,拾取些黄绫表签和别的他们所要的东西。

那么,这些不要的东西,应该可以销毁了罢,免得失火。不。F总长是深通"高等作官学"的,他知道万不可烧,一烧必至于变成宝贝,正如人们一死,讣文上即都是第一等好人一般。况且他的主义本来并不在避火,所以他便不管了,接着,他也就"下野"了。

这些废纸从此便又没有人再提起,直到历史博物馆自行卖掉之后,才又掀起了一阵神秘的风波。

我的话实在也未免有些煞风景,近乎说,这残余的废纸里,已没有什么宝贝似的。那么,外面惊心动魄的什么唐画呀,蜀石经呀,宋版书呀,何从而来的呢?我想,这也是别人必发的质问。

我想,那是这样的。残余的破纸里,大约总不免有所谓东西留遗,但未必会有蜀刻和宋版,因为这正是大家所注意搜索的。现在好东西的层出不穷者,一,是因为阔人先前陆续偷去的东西,本不敢示人,现在却得了可以发表的机会;二,是许多假造的古董,都挂了出于八千麻袋中的招牌而上市了。

还有,蒋先生以为国立图书馆"五六年来一直到此刻,每次战争的胜败去总得糟蹋得很多。"那可也不然的。从元年到十五年,每次战争,图书馆从未遭过损失。只当袁世凯称帝时,曾经几乎遭一个皇室中人攘夺,然而幸

免了。它的厄运,是在好书被有权者用相似的本子来掉换,年深月久,弄得面目全非,但我不想在这里多说了。

中国公共的东西,实在不容易保存。如果当局者是外行,他便将东西糟完,倘是内行,他便将东西偷完。而其实也并不单是对于书籍或古董。

一九二七年十二月二十四日

再谈香港

我经过我所视为"畏途"的香港,算起来九月二十八日是第三回。

第一回带着一点行李,但并没有遇见什么事。第二回是单身往来,那情状,已经写过一点了。这回却比前两次仿佛先就感到不安,因为曾在《创造月刊》上王独清先生的通信中,见过英国雇用的中国同胞上船"查关"的威武:非骂则打,或者要几块钱。而我是有十只书箱在统舱里,六只书箱和衣箱在房舱里的。

看看挂英旗的同胞的手腕,自然也可说是一种经历,但我又想,这代价未免太大了,这些行李翻动之后,单是重行整理捆扎,就须大半天;要实验,最好只有一两件。然而已经如此,也就随他如此罢。只是给钱呢,还是听他逐件查验呢? 倘查验,我一个人一时怎么收拾呢?

船是二十八日到香港的,当日无事。第二天午后,茶房匆匆跑来了,在房外用手招我道:

"查关! 开箱子去!"

我拿了钥匙,走进统舱,果然看见两位穿深绿色制服的英属同胞,手执铁签,在箱堆旁站着。我告诉他这里面是旧书,他似乎不懂,嘴里只有三个字:

"打开来!"

"这是对的,"我想,"他怎能相信漠不相识的我的话呢。"

自然打开来,于是靠了两个茶房的帮助,打开来了。

他一动手,我立刻觉得香港和广州的查关的不同。我出广州,也曾受过检查。但那边的检查员,脸上是有血色的,也懂得我的话。每一包纸或一部书,抽出来看后,便放在原地方,所以毫不凌乱。的确是检查。而在这"英人的乐园"的香港可大两样了。检查员的脸是青色的,也似乎不懂我的话。他只将箱子的内容倒出,翻搅一通,倘是一个纸包,便将包纸撕破,于是一箱书籍,经他搅松之后,便高出箱面有六七寸了。

"打开来!"

其次是第二箱。我想,试一试罢。

"可以不看么?"我低声说。

"给我十块钱。"他也低声说。他懂得我的话的。

"两块。"我原也肯多给几块的,因为这检查法委实可怕,十箱书收拾妥帖,至少要五点钟。可惜我一元的钞票只有两张了,此外是十元的整票,我一时还不肯献出去。

"打开来!"

两个茶房将第二箱抬到舱面上,他如法炮制,一箱书又变了一箱半,还撕碎了几个厚纸包。一面"查关",一面磋商,我添到五元,他减到七元,即不肯再减。其时已经开到第五箱,四面围满了一群看热闹的旁观者。

箱子已经开了一半了,索性由他看去罢,我想着,便停止了商议,只是"打开来"。但我的两位同胞也仿佛有些厌倦了似的,渐渐不像先前一般翻箱倒箧,每箱只抽二三十本书,抛在箱面上,便画了查讫的记号了。其中有一束旧信札,似乎颇惹起他们的兴味,振了一振精神,但看过四五封之后,也就放下了。此后大抵又开了一箱罢,他们便离开了乱书堆:这就是终结。

我仔细一看,已经打开的是八箱,两箱丝毫未动。而这两个硕果,却全是伏园的书箱,由我替他带回上海来的。至于我自己的东西,是全部乱七八糟。

"吉人自有天相,伏园真福将也!而我的华盖运却还没有走完,嚄吁唏……"我想着,蹲下去随手去拾乱书。拾不几本,茶房又在舱口大声叫我了:

"你的房里查关,开箱子去!"

我将收拾书箱的事托了统舱的茶房,跑回房舱去。果然,两位英属同胞早在那里等我了。床上的铺盖已经掀得稀乱,一个凳子躺在被铺上。我一进门,他们便搜我身上的皮夹。我以为意在看看名刺,可以知道姓名。然而并不看名刺,只将里面的两张十元钞票一看,便交还我了。还嘱咐我好好拿着,仿佛很怕我遗失似的。

其次是开提包,里面都是衣服,只抖开了十来件,乱堆在床铺上。其次是看提篮,有一个包着七元大洋的纸包,打开来数了一回,默然无话。还有一包十元的在底里,却不被发见,漏网了。其次是看长椅子上的手巾包,内有角子一包十元,散的四五元,铜子数十枚,看完之后,也默然无话。其次是开衣箱。这回可有些可怕了。我取锁匙略迟,同胞已经捏着铁签作将要毁坏铰链之势,幸而钥匙已到,始庆安全。里面也是衣服,自然还是照例的抖乱,不在话下。

"你给我们十块钱,我们不搜查你了。"一个同胞一面搜衣箱,一面说。

我就抓起手巾包里的散角子来,要交给他。但他不接受,回过头去再"查关"。

话分两头。当这一位同胞在查提包和衣箱时,那一位同胞是在查网篮。但那检查法,和在统舱里查书箱的时候又两样了。那时还不过捣乱,这回却变了毁坏。他先将鱼肝油的纸匣撕碎,掷在地板上,还用铁签在蒋径三君送我的装着含有荔枝香味的茶叶的瓶上钻了一个洞。一面钻,一面四顾,在桌上见了一把小刀。这是在北京时用十几个铜子从白塔寺买来,带到广州,这回削过杨桃的。事后一量,连柄长华尺五寸三分。然而据说是犯了罪了。

"这是凶器,你犯罪的。"他拿起小刀来,指着向我说。

我不答话,他便放下小刀,将盐煮花生的纸包用指头挖了一个洞。接着又拿起一盒蚊烟香。

"这是什么?"

"蚊烟香。盒子上不写着么?"我说。

"不是。这有些古怪。"

他于是抽出一枝来,嗅着。后来不知如何,因为这一位同胞已经搜完衣箱,我须去开第二只了。这时却使我非常为难,那第二只里并不是衣服或书籍,是极其零碎的东西:照片,钞本,自己的译稿,别人的文稿,剪存的报章,研究的资料……我想,倘一毁坏或搅乱,那损失可太大了。而同胞这时忽又去看了一回手巾包。我于是大悟,决心拿起手巾包里十元整封的角子,给他看了一看。他回头向门外一望,然后伸手接过去,在第二只箱上画了一个查讫的记号,走向那一位同胞去。大约打了一个暗号罢,——然而奇怪,他并不将钱带走,却塞在我的枕头下,自己出去了。

这时那一位同胞正在用他的铁签,恶狠狠地刺入一个装着饼类的坛子的封口去。我以为他一听到暗号,就要中止了。而孰知不然。他仍然继续工作,挖开封口,将盖着的一片木板摔在地板上,碎为两片,然后取出一个饼,捏了一捏,掷入坛中,这才也扬长而去了。

天下太平。我坐在烟尘陡乱,乱七八糟的小房里,悟出我的两位同胞开手的捣乱,倒并不是恶意。即使议价,也须在小小乱七八糟之后,这是所以"掩人耳目"的,犹言如此凌乱,可见已经检查过。王独清先生不云乎?同胞之外,是还有一位高鼻子,白皮肤的主人翁的。当收款之际,先看门外者大约就为此。但我一直没有看见这一位主人翁。

后来的毁坏,却很有一点恶意了。然而也许倒要怪我自己不肯拿出钞票去,只给银角子。银角子放在制服的口袋里,沉垫垫地,确是易为主人翁所发见的,所以只得暂且放在枕头下。我想,他大概须待公事办毕,这才再来收账罢。

皮鞋声橐橐地自远而近,停在我的房外了,我看时,是一个白人,颇胖,大概便是两位同胞的主人翁了。

"查过了?"他笑嘻嘻地问我。

的确是的,主人翁的口吻。但是,一目了然,何必问呢?或者因为看见我的行李特别乱七八糟,在慰安我,或在嘲弄我罢。

他从房外拾起一张《大陆报》附送的图画,本来包着什物,由同胞撕下来抛出去的,倚在壁上看了一回,就又慢慢地走过去了。

我想,主人翁已经走过,"查关"该已收场了,于是先将第一只衣箱整理,捆好。

不料还是不行。一个同胞又来了,叫我"打开来",他要查。接着是这样的问答——

"他已经看过了。"我说。

"没有看过。没有打开过。打开来!"

"我刚刚捆好的。"

"我不信。打开来!"

"这里不画着查过的符号么?"

"那么,你给了钱了罢?你用贿赂……"

"…………"

"你给了多少钱?"

"你去问你的一伙去。"

他去了。不久,那一个又忙忙走来,从枕头下取了钱,此后便不再看见,——真正天下太平。

我才又慢慢地收拾那行李。只见桌子上聚集着几件东西,是我的一把剪刀,一个开罐头的家伙,还有一把木柄的小刀。大约倘没有那十元小洋,便还要指这为"凶器",加上"古怪"的香,来恐吓我的罢。但那一枝香却不在桌子上。

船一走动,全船反显得更闲静了,茶房和我闲谈,却将这翻箱倒箧的事,归咎于我自己。

"你生得太瘦了,他疑心你是贩雅片的。"他说。

我实在有些愕然。真是人寿有限,"世故"无穷。我一向以为和人们抢饭碗要碰钉子,不要饭碗是无妨的。去年在厦门,才知道吃饭固难,不吃亦殊为"学者"所不悦,得了不守本分的批评。胡须的形状,有国粹和欧式之别,不易处置,我是早经明白的。今年到广州,才又知道虽颜色也难以自由,有人在日报上警告我,叫我的胡子不要变灰色,又不要变红色。至于为人不可太瘦,则到香港才省悟,先前是梦里也未曾想到的。

的确,监督着同胞"查关"的一个西洋人,实在吃得很肥胖。

香港虽只一岛,却活画着中国许多地方现在和将来的小照:中央几位洋主子,手下是若干颂德的"高等华人"和一伙作伥的奴气同胞。此外即全是默默吃苦的"土人",能耐的死在洋场上,耐不住的逃入深山中,苗瑶是我们的前辈。

九月二十九之夜海上

在钟楼上

——夜记之二

也还是我在厦门的时候,柏生从广州来,告诉我说,爱而君也在那里了。大概是来寻求新的生命的罢,曾经写了一封长信给K委员,说明自己的过去和将来的志望。

"你知道有一个叫爱而的么?他写了一封长信给我,我没有看完。其实,这种文学家的样子,写长信,就是反革命的!"有一天,K委员对柏生说。

又有一天,柏生又告诉了爱而,爱而跳起来道:"怎么?……怎么说我是反革命的呢?!"

厦门还正是和暖的深秋,野石榴开在山中,黄的花——不知道叫什么名字——开在楼下。我在用花刚石墙包围着的楼屋里听到这小小的故事,K委员的眉头打结的正经的脸,爱而的活泼中带着沉闷的年青的脸,便一齐在眼前出现,又仿佛如见当K委员的眉头打结的面前,爱而跳了起来,——我不禁从窗隙间望着远天失笑了。

但同时也记起了苏俄曾经有名的诗人,《十二个》的作者勃洛克的话来:

"共产党不妨碍作诗,但于觉得自己是大作家的事却有妨碍。大作家者,是感觉自己一切创作的核心,在自己里面保持着规律的。"

共产党和诗,革命和长信,真有这样的不相容么?我想。

以上是那时的我想。这时我又想,在这里有插入几句声明的必要:

我不过说是变革和文艺之不相容,并非在暗示那时的广州政府是共产政府或委员是共产党。这些事我一点不知道。只有若干已经"正法"的人们,至今不听见有人鸣冤或冤鬼诉苦,想来一定是真的共产党罢。至于有一些,则一时虽然从一方面得了这样的谥号,但后来两方相见,杯酒言欢,就明白先前都是误解,其实是本来可以合作的。

必要已毕,于是放心回到本题。却说爱而君不久也给了我一封信,通知我已经有了工作了。信不甚长,大约还有被冤为"反革命"的余痛罢。但又发出牢骚来:一,给他坐在饭锅旁边,无聊得很;二,有一回正在按风琴,一个漠不相识的女郎来送给他一包点心,就弄得他神经过敏,以为北方女子太死板而南方女子太活泼,不禁"感慨系之矣"了。

关于第一点,我在秋蚊围攻中所写的回信中置之不答。夫面前无饭锅而觉得无聊,觉得苦痛,人之常情也,现在已见饭锅,还要无聊,则明明是发了革命热。老实说,远地方在革命,不相识的人们在革命,我是的确有点高兴听的,然而——没有法子,索性老实说罢,——如果我的身边革起命来,或者我所熟识的人去革命,我就没有这么高兴听。有人说我应该拼命去革命,我自然不敢不以为然,但如叫我静静的坐下,调给我一杯罐头牛奶喝,我往往更感激。但是,倘说,你就死心塌地的从饭锅里装饭吃罢,那是不像样的;然而叫他离开饭锅去拼命,却又说不出口,因为爱而是我的极熟的熟人。于是只好袭用仙传的古法,装聋作哑,置之不问不闻之列。只对于第二点加以猛烈的教诫,大致是说他"死板"和"活泼"既然都不赞成,即等于主张女性应该不死不活,那是万分不对的。

约略一个多月之后,我抱着和爱而一类的梦,到了广州,在饭锅旁边坐下时,他早已不在那里了,也许竟并没有接到我的信。

我住的是中山大学中最中央而最高的处所,通称"大钟楼"。一月之后,听得一个戴瓜皮小帽的秘书说,才知道这是最优待的住所,非"主任"之流是不准住的。但后来我一搬出,又听说给一位办事员住进去了,莫明其妙。不过当我住在那里的时候,总还是非主任之流即不准住的地方,所以直到知道办事员搬进去了的那一天为止,我总是常常又感激,又惭愧。

然而这优待室却并非容易居住的所在,至少的缺点,是不很能够睡觉的。一到夜间,便有十多匹——也许二十来匹罢,我不能知道确数——老鼠出现,驰骋文坛,什么都不管。只要可吃的,它就吃,并且能开盒子盖,广州中山大学里非主任之流即不准住的楼上的老鼠,仿佛也特别聪明似的,我在

别地方未曾遇到过。到清晨呢,就有"工友"们大声唱歌,——我所不懂的歌。

白天来访的本省的青年,却大抵怀着非常的好意的。有几个热心于改革的,还希望我对于广州的缺点加以激烈的攻击。这热诚很使我感动,但我终于说是还未熟悉本地的情形,而且已经革命,觉得无甚可以攻击之处,轻轻的推却了。那当然要使他们很失望的。过了几天,尸一君就在《新时代》上说:

"……我们中几个很不以他这句话为然,我们以为我们还有许多可骂的地方,我们正想骂骂自己,难道鲁迅先生竟看不出我们的缺点么?……"

其实呢,我的话一半是真的。我何尝不想了解广州,批评广州呢,无奈慨自被供在大钟楼上以来,工友以我为教授,学生以我为先生,广州人以我为"外江佬",孤子特立,无从考查。而最大的阻碍则是言语。直到我离开广州的时候止,我所知道的言语,除一二三四……等数目外,只有一句凡有"外江佬"几乎无不因为特别而记住的 Hanbaran(统统)和一句凡有学习异地言语者几乎无不最容易学得而记住的骂人话 Tiu—na—ma 而已。

这两句有时也有用。那是我已经搬在白云路寓屋里的时候了,有一天,巡警捉住了一个窃取电灯的偷儿,那管屋的陈公便跟着一面骂,一面打。骂了一大套,而我从中只听懂了这两句。然而似乎已经全懂得,心里想:"他所说的,大约是因为屋外的电灯几乎 Han baran 被他偷去,所以要 Tiu-na-ma 了。"于是就仿佛解决了一件大问题似的,即刻安心归坐,自去再编我的《唐宋传奇集》。

但究竟不知道是否真如此。私自推测是无妨的,倘若据以论广州,却未免太卤莽罢。

但虽只这两句,我却发见了吾师太炎先生的错处了。记得先生在日本给我们讲文字学时,曾说《山海经》上"其州在尾上"的"州"是女性生殖器。这古语至今还留存在广东,读若 Tiu。故 Tiuhei 二字,当写作"州戏",名词在前,动词在后的。我不记得他后来可曾将此说记在《新方言》里,但由今观之,则"州"乃动词,非名同也。

至于我说无甚可以攻击之处的话,那可的确是虚言。其实是,那时我于广州无爱憎,因而也就无欣戚,无褒贬。我抱着梦幻而来,一遇实际,便被从梦境放逐了,不过剩下些索漠。我觉得广州究竟是中国的一部分,虽然奇异的花果,特别的语言,可以淆乱游子的耳目,但实际是和我所走过的别处都

差不多的。倘说中国是一幅画出的不类人间的图,则各省的图样实无不同,差异的只在所用的颜色。黄河以北的几省,是黄色和灰色画的,江浙是淡墨和淡绿,厦门是淡红和灰色,广州是深绿和深红。我那时觉得似乎其实未曾游行,所以也没有特别的骂詈之辞,要专一倾注在素馨和香蕉上。——但这也许是后来的回忆的感觉,那时其实是还没有如此分明的。

到后来,却有些改变了,往往斗胆说几句坏话。然而有什么用呢?在一处演讲时,我说广州的人民并无力量,所以这里可以作"革命的策源地",也可以作反革命的策源地⋯⋯当译成广东话时,我觉得这几句话似乎被删掉了。给一处作文章时,我说青天白日旗插远去,信徒一定加多。但有如大乘佛教一般,待到居士也算佛子的时候,往往戒律荡然,不知道是佛教的弘通,还是佛教的败坏?⋯⋯然而终于没有印出,不知所往了⋯⋯

广东的花果,在"外江佬"的眼里,自然依然是奇特的。我所最爱吃的是"杨桃",滑而脆,酸而甜,作成罐头的,完全失却了本味。汕头的一种较大,却是"三廉",不中吃了。我常常宣传杨桃的功德,吃的人大抵赞同,这是我这一年中最卓著的成绩。

在钟楼上的第二月,即戴了"教务主任"的纸冠的时候,是忙碌的时期。学校大事,盖无过于补考与开课也,与别的一切学校同。于是点头开会,排时间表,发通知书,秘藏题目,分配卷子,⋯⋯于是又开会,讨论,计分,发榜。工友规矩,下午五点以后是不作工的,于是一个事务员请门房帮忙,连夜贴一丈多长的榜。但到第二天的早晨,就被撕掉了,于是又写榜。于是辩论:分数多寡的辩论;及格与否的辩论;教员有无私心的辩论;优待革命青年,优待的程度,我说已优,他说未优的辩论;补救落第,我说权不在我,他说在我,我说无法,他说有法的辩论;试题的难易,我说不难,他说太难的辩论;还有因为有族人在台湾,自己也可以算作台湾人,取得优待"被压迫民族"的特权与否的辩论;还有人本无名,所以无所谓冒名顶替的玄学底辩论⋯⋯这样的一天一天的过去,而每夜是十多匹——或二十匹——老鼠的驰骋,早上是三位工友的响亮的歌声。

现在想起那时的辩论来,人是多么和有限的生命开着玩笑呵。然而那时却并无怨尤,只有一事觉得颇为变得特别:对于收到的长信渐渐有些仇视了。

这种长信,本是常常收到的,一向并不为奇。但这时竟渐嫌其长,如果看完一张,还未说出本意,便觉烦厌。有时见熟人在旁,就托付他,请他看后告诉我信中的主旨。

"不错。'写长信,就是反革命的'!"我一面想。

我当时是否也如K委员似的眉头打结呢,未曾照镜,不得而知。仅记得

即刻也自觉到我的开会和辩论的生涯,似乎难以称为"在革命",为自便计,将前判加以修正了:

"不。'反革命'太重,应该说是'不革命'的。然而还太重。其实是,——写长信,不过是吃得太闲空罢了。"

有人说,文化之兴,须有余裕,据我在钟楼上的经验,大致是真的罢。闲人所造的文化,自然只适宜于闲人,近来有些人摩拳擦掌,大鸣不平,正是毫不足怪,——其实,便是这钟楼,也何尝不造得蹊跷。但是,四万万男女同胞,侨胞,异胞之中,有的是"饱食终日,无所用心",有的是"群居终日,言不及义"。怎不造出相当的文艺来呢?只说文艺,范围小,容易些。那结论只好是这样:有余裕,未必能创作;而要创作,是必须有余裕的。故"花呀月呀",不出于啼饥号寒者之口,而"一手奠定中国的文坛",亦为苦工猪仔所不敢望也。

我以为这一说于我倒是很好的,我已经自觉到自己久已不动笔,但这事却应该归罪于匆忙。

大约就在这时候,《新时代》上又发表了一篇《鲁迅先生往那里躲》,宋云彬先生作的。文中有这样的对于我的警告:

"他到了中大,不但不曾恢复他'呐喊'的勇气,并且似乎在说'在北方时受着种种迫压,种种刺激,到这里来没有压迫和刺激,也就无话可说了'。噫嘻!异哉!鲁迅先生竟跑出了现社会,躲向牛角尖里去了。旧社会死去的苦痛,新社会生出的苦痛,多多少放在他眼前,他竟熟视无睹!他把人生的镜子藏起来了,他把自己回复到过去时代去了,噫嘻!异哉!鲁迅先生躲避了。"

而编辑者还很客气,用案语声明着这是对于我的好意的希望和怂恿,并非恶意的笑骂的文章。这是我很明白的,记得看见时颇为感动。因此也曾想如上文所说的那样,写一点东西,声明我虽不呐喊,却正在辩论和开会,有时一天只吃一顿饭,有时只吃一条鱼,也还未失掉了勇气。《在钟楼上》就是豫定的题目。然而一则还是因为辩论和开会,二则因为篇首引有拉狄克的两句话,另外又引起了我许多杂乱的感想,很想说出,终于反而搁下了。那两句话是:

"在一个最大的社会改变的时代,文学家不能作旁观者!"

但拉狄克的话,是为了叶遂宁和梭波里的自杀而发的。他那一篇《无家可归的艺术家》译载在一种期刊上时,曾经使我发生过暂时的思索。我因此知道凡有革命以前的幻想或理想的革命诗人,很可有碰死在自己所讴歌希望的现实上的运命;而现实的革命倘不粉碎了这类诗人的幻想或理想,则这革命也还是布告上的空谈。但叶遂宁和梭波里是未可厚非的,他们先后给自己唱了挽歌,他们有真实。他们以自己的沉没,证明着革命的前行。他们到底并不是旁观者。

但我初到广州的时候,有时确也感到一点小康。前几年在北方,常常看见迫压党人,看见捕杀青年,到那里可都看不见了。后来才悟到这不过是"奉旨革命"的现象,然而在梦中时是委实有些舒服的。假使我早作了《在钟楼上》,文字也许不如此。无奈已经到了现在,又经过目睹"打倒反革命"的事实,纯然的那时的心情,实在无从追蹑了。现在就只好是这样罢。

看司徒乔君的画

我知道司徒乔君的姓名还在四五年前,那时是在北京,知道他不管功课,不寻导师,以他自己的力,终日在画古庙,土山,破屋,穷人,乞丐……

这些自然应该最会打动南来的游子的心。在黄埃漫天的人间,一切都成土色,人于是和天然争斗,深红和绀碧的栋宇,白石的栏干,金的佛像,肥厚的棉袄,紫糖色脸,深而多的脸上的皱纹……凡这些,都在表示人们对于天然并不降服,还在争斗。

在北京的展览会里,我已经见过作者表示了中国人的这样的对于天然的倔强的魂灵。我曾经得到他的一幅"四个警察和一个女人"。现在还记得一幅"耶稣基督",有一个女性的口,在他荆冠上接吻。

这回在上海相见,我便提出质问:

"那女性是谁?"

"天使。"他回答说。

这回答不能使我满足。

因为这回我发见了作者对于北方的景物——人们和天然苦斗而成的景物——又加以争斗,他有时将他自己所固有的明丽,照破黄埃。至少,是使我觉得有"欢喜"(Joy)的萌芽,如胁下的矛伤,尽管流血,而荆冠上却有天使——照他自己所说——的嘴唇。无论如何,这是胜利。

后来所作的爽朗的江浙风景,热烈的广东风景,倒是作者的本色。和北方风景相对照,可以知道他挥写之际,盖谙熟而高兴,如逢久别的故人。但我却爱看黄埃,因为由此可见这抱着明丽之心的作者,怎样为人和天然的苦斗的古战场所惊,而自己也参加了战斗。

中国全土必须沟通。倘将来不至于割据,则青年的背着历史而竭力拂去黄埃的中国彩色,我想,首先是这样的。

一九二八年三月十四日夜于上海

柔石作《二月》小引

冲锋的战士,天真的孤儿,年青的寡妇,热情的女人,各有主义的新式公子们,死气沉沉而交头接耳的旧社会,倒也并非如蜘蛛张网,专一在待飞翔的游人,但在寻求安静的青年的眼中,却化为不安的大苦痛。这大苦痛,便是社会的可怜的椒盐,和战士孤儿等辈一同,给无聊的社会一些味道,使他们无聊的持续下去。

浊浪在拍岸,站在山冈上者和飞沫不相干,弄潮儿则于涛头且不在意,唯有衣履尚整,徘徊海滨的人,一溅水花,便觉得有所沾湿,狼狈起来。这从上述的两类人们看来,是都觉得诧异的。但我们书中的青年萧君,便正落在这境遇里。他极想有为,怀着热爱,而有所顾惜,过于矜持,终于连安住几年之处,也不可得。他其实并不能成为一小齿轮,跟着大齿轮转动,他仅是外来的一粒石子,所以轧了几下,发几声响,便被挤到女佛山——上海去了。

他幸而还坚硬,没有变成润泽齿轮的油。

但是,瞿昙(释迦牟尼)从夜半醒来,目睹宫女们睡态之丑,于是慨然出家,而霍善斯坦因以为是醉饱后的呕吐。那么,萧君的决心遁走,恐怕是胃弱而禁食的了,虽然我还无从明白其前因,是由于气质的本然,还是战后的暂时的劳顿。

我从作者用了工妙的技术所写成的草稿上,看见了近代

青年中这样的一种典型,周遭的人物,也都生动,便写下一些印象,算是序文。大概明敏的读者,所得必当更多于我,而且由读时所生的诧异或同感,照见自己的姿态的罢?那实在是很有意义的。

一九二九年八月二十日鲁迅记于上海

我和《语丝》的始终

同我关系较为长久的，要算《语丝》了。

大约这也是原因之一罢，"正人君子"们的刊物，曾封我为"语丝派主将"，连急进的青年所作的文章，至今还说我是《语丝》的"指导者"。去年，非骂鲁迅便不足以自救其没落的时候，我曾蒙匿名氏寄给我两本中途的《山雨》，打开一看，其中有一篇短文，大意是说我和孙伏园君在北京因被晨报馆所压迫，创办《语丝》，现在自己一作编辑，便在投稿后面乱加按语，曲解原意，压迫别的作者了，孙伏园君却有绝好的议论，所以此后鲁迅应该听命于伏园。这听说是张孟闻先生的大文，虽然署名是另外两个字。看来好像一群人，其实不过一两个，这种事现在是常有的。

自然，"主将"和"指导者"，并不是坏称呼，被晨报馆所压迫，也不能算是耻辱，老人该受青年的教训，更是进步的好现象，还有什么话可说呢。但是，"不虞之誉"，也和"不虞之毁"一样的无聊，如果生平未曾带过一兵半卒，而有人拱手颂扬道，"你真像拿破仑呀！"则虽是志在作军阀的未来的英雄，也不会怎样舒服的。我并非"主将"的事，前年早已声辩了——虽然似乎很少效力——这回想要写一点下来的，是我从来没有受过晨报馆的压迫，也并不是和孙伏园先生两个人创办了《语丝》。这的创办，倒要归功于伏园一位的。

那时伏园是《晨报副刊》的编辑，我是由他个人来约，投些稿件的人。

然而我并没有什么稿件,于是就有人传说,我是特约撰述,无论投稿多少,每月总有酬金三四十元的。据我所闻,则晨报馆确有这一种太上作者,但我并非其中之一,不过因为先前的师生——恕我僭妄,暂用这两个字——关系罢,似乎也颇受优待:一是稿子一去,刊登得快;二是每千字二元至三元的稿费,每月底大抵可以取到;三是短短的杂评,有时也送些稿费来。但这样的好景象并不久长,伏园的椅子颇有不稳之势。因为有一位留学生(不幸我忘掉了他的名姓)新从欧洲回来,和晨报馆有深关系,甚不满意于副刊,决计加以改革,并且为战斗计,已经得了"学者"的指示,在开手看 Anatole France 的小说了。

那时的法兰斯,威尔士,萧,在中国是大有威力,足以吓倒文学青年的名字,正如今年的辛克莱儿一般,所以以那时而论,形势实在是已经非常严重。不过我现在无从确说,从那位留学生开手读法兰斯的小说起到伏园气忿忿的跑到我的寓里来为止的时候,其间相距是几月还是几天。

"我辞职了。可恶!"

这是有一夜,伏园来访,见面后的第一句话。那原是意料中事,不足异的。第二步,我当然要问问辞职的原因,而不料竟和我有了关系。他说,那位留学生乘他外出时,到排字房去将我的稿子抽掉,因此争执起来,弄到非辞职不可了。但我并不气忿,因为那稿子不过是三段打油诗,题作《我的失恋》,是看见当时"阿呀阿唷,我要死了"之类的失恋诗盛行,故意作一首用"由她去罢"收场的东西,开开玩笑的。这诗后来又添了一段,登在《语丝》上,再后来就收在《野草》中。而且所用的又是另一个新鲜的假名,在不肯登载第一次看见姓名的作者的稿子的刊物上,也当然很容易被有权者所放逐的。

但我很抱歉伏园为了我的稿子而辞职,心上似乎压了一块沉重的石头。几天之后,他提议要自办刊物了,我自然答应愿意竭力"呐喊"。至于投稿者,倒全是他独力邀来的,记得是十六人,不过后来也并非都有投稿。于是印了广告,到各处张贴,分散,大约又一星期,一张小小的周刊便在北京——尤其是大学附近——出现了,这便是《语丝》。

那名目的来源,听说,是有几个人,任意取一本书,将书任意翻开,用指头点下去,那被点到的字,便是名称。那时我不在场,不知道所用的是什么书,是一次便得了《语丝》的名,还是点了好几次,而曾将不像名称的废去。但要之,即此已可知这刊物本无所谓一定的目标,统一的战线;那十六个投稿者,意见态度也各不相同,例如顾颉刚教授,投的便是"考古"稿子,不如说,和《语丝》的喜欢涉及现在社会者,倒是相反的。不过有些人们,大约开

初是只在敷衍和伏园的交情的罢,所以投了两三回稿,便取"敬而远之"的态度,自然离开。连伏园自己,据我的记忆,自始至今,也只作过三回文字,末一回是宣言从此要大为《语丝》撰述,然而宣言之后,却连一个字也不见了。于是《语丝》的固定的投稿者,至多便只剩了五六人,但同时也在不意中显了一种特色,是:任意而谈,无所顾忌,要催促新的产生,对于有害于新的旧物,则竭力加以排击,——但应该产生怎样的"新",却并无明白的表示,而一到觉得有些危急之际,也还是故意隐约其词。陈源教授痛斥"语丝派"的时候,说我们不敢直骂军阀,而偏和握笔的名人为难,便由于这一点。但是,叭儿狗险于叭狗主人,我们其实也知道的,所以隐约其词者,不过要使走狗嗅得,跑去献功时,必须详加说明,比较的费些力气,不能直捷痛快,就得好处而已。

当开办之际,努力确也可惊,那时作事的,伏园之外,我记得还有小峰和川岛,都是乳毛还未褪尽的青年,自跑印刷局,自去校对,自叠报纸,还自己拿到大众聚集之处去兜售,这真是青年对于老人,学生对于先生的教训,令人觉得自己只用一点思索,写几句文章,未免过于安逸,还须竭力学好了。

但自己卖报的成绩,听说并不佳,一纸风行的,还是在几个学校,尤其是北京大学,尤其是第一院(文科)。理科次之。在法科,则不大有人顾问。倘若说,北京大学的法,政,经济科出身诸君中,绝少有《语丝》的影响,恐怕是不会很错的。至于对于《晨报》的影响,我不知道,但似乎也颇受些打击,曾经和伏园来说和,伏园得意之余,忘其所以,曾以胜利者的笑容,笑着对我说道:

"真好,他们竟不料踏在炸药上了!"

这话对别人说是不算什么的。但对我说,却好像浇了一碗冷水,因为我即刻觉得这"炸药"是指我而言,用思索,作文章,都不过使自己为别人的一个小纠葛而粉身碎骨,心里就一面想:

"真糟,我竟不料被埋在地下了!"

我于是乎"彷徨"起来。

谭正璧先生有一句用我的小说的名目,来批评我的作品的经过的极伶俐而省事的话道:"鲁迅始于'呐喊'而终于'彷徨'"(大意),我以为移来叙述我和《语丝》由始以至此时的历史,倒是很确切的。

但我的"彷徨"并不用许多时,因为那时还有一点读过尼采的《Zarathustra》的余波,从我这里只要能挤出——虽然不过是挤出——文章来,就挤了去罢,从我这里只要能作出一点"炸药"来,就拿去作了罢,于是也就决定,还是照旧投稿了——虽然对于意外的被利用,心里也耿耿了好几天。

《语丝》的销路可只是增加起来,原定是撰稿者同时负担印费的,我付了十元之后,就不见再来收取了,因为收支已足相抵,后来并且有了赢余。于是小峰就被尊为"老板",但这推尊并非美意,其时伏园已另就《京报副刊》编辑之职,川岛还是捣乱小孩,所以几个撰稿者便只好瞄住了多瞑眼而少开口的小峰,加以荣名,勒令拿出赢余来,每月请一回客。这"将欲取之,必先与之"的方法果然奏效,从此市场中的茶居或饭铺的或一房门外,有时便会看见挂着一块上写"语丝社"的木牌。倘一驻足,也许就可以听到疑古玄同先生的又快又响的谈吐。但我那时是在避开宴会的,所以毫不知道内部的情形。

我和《语丝》的渊源和关系,就不过如此,虽然投稿时多时少。但这样的一直继续到我走出了北京。到那时候,我还不知道实际上是谁的编辑。

到得厦门,我投稿就很少了。一者因为相离已远,不受催促,责任便觉得轻;二者因为人地生疏,学校里所遇到的又大抵是些念佛老妪式口角,不值得费纸墨。倘能作《鲁宾孙教书记》或《蚊虫叮卵脬论》,那也许倒很有趣的,而我又没有这样的"天才",所以只寄了一点极琐碎的文字。这年底到了广州,投稿也很少。第一原因是和在厦门相同的;第二,先是忙于事务,又看不清那里的情形,后来颇有感慨了,然而我不想在它的敌人的治下去发表。

不愿意在有权者的刀下,颂扬他的威权,并奚落其敌人来取媚,可以说,也是"语丝派"一种几乎共同的态度。所以《语丝》在北京虽然逃过了段祺瑞及其吧儿狗们的撕裂,但终究被"张大元帅"所禁止了,发行的北新书局,且同时遭了封禁,其时是一九二七年。

这一年,小峰有一回到我的上海的寓居,提议《语丝》就要在上海印行,且嘱我担任作编辑。以关系而论,我是不应该推托的。于是担任了。从这时起,我才探问向来的编法。那很简单,就是:凡社员的稿件,编辑者并无取舍之权,来则必用,只有外来的投稿,由编辑者略加选择,必要时且或略有所删除。所以我应作的,不过后一段事,而且社员的稿子,实际上也十之九直寄北新书局,由那里径送印刷局的,等到我看见时,已在印钉成书之后了。所谓"社员",也并无明确的界限,最初的撰稿者,所余早已无多,中途出现的人,则在中途忽来忽去。因为《语丝》是又有爱登碰壁人物的牢骚的习气的,所以最初出阵,尚无用武之地的人,或本在别一团体,而发生意见,借此反攻的人,也每和《语丝》暂时发生关系,待到功成名遂,当然也就淡漠起来。至于因环境改变,意见分歧而去的,那自然尤为不少。因此所谓"社员"者,便不能有明确的界限。前年的方法,是只要投稿几次,无不刊载,此后便放心发稿,和旧社员一律待遇了。但经旧的社员介绍,直接交到北新书局,刊出

之前,为编辑者的眼睛所不能见者,也间或有之。

经我担任了编辑之后,《语丝》的时运就很不济了,受了一回政府的警告,遭了浙江当局的禁止,还招了创造社式"革命文学"家的拼命的围攻。警告的来由,我莫明其妙,有人说是因为一篇戏剧;禁止的缘故也莫明其妙,有人说是因为登载了揭发复旦大学内幕的文字,而那时浙江的党务指导委员老爷却有复旦大学出身的人们。至于创造社派的攻击,那是属于历史底的了,他们在把守"艺术之宫",还未"革命"的时候,就已经将"语丝派"中的几个人看作眼中钉的,叙事夹在这里太冗长了,且待下一回再说罢。

但《语丝》本身,却确实也在消沉下去。一是对于社会现象的批评几乎绝无,连这一类的投稿也少有,二是所余的几个较久的撰稿者,这时又少了几个了。前者的原因,我以为是在无话可说,或有话而不敢言,警告和禁止,就是一个实证。后者,我恐怕是其咎在我的。举一点例罢,自从我万不得已,选登了一篇极平和的纠正刘半农先生的"林则徐被俘"之误的来信以后,他就不再有片纸只字;江绍原先生绍介了一篇油印的《冯玉祥先生……》来,我不给编入之后,绍原先生也就从此没有投稿了。并且这篇油印文章不久便在也是伏园所办的《贡献》上登出,上有郑重的小序,说明着我托辞不载的事由单。

还有一种显著的变迁是广告的杂乱。看广告的种类,大概是就可以推见这刊物的性质的。例如"正人君子"们所办的《现代评论》上,就会有金城银行的长期广告,南洋华侨学生所办的《秋野》上,就能见"虎标良药"的招牌。虽是打着"革命文学"旗子的小报,只要有那上面的广告大半是花柳药和饮食店,便知道作者和读者,仍然和先前的专讲妓女戏子的小报的人们同流,现在不过用男作家,女作家来替代了倡优,或捧或骂,算是在文坛上作工夫。《语丝》初办的时候,对于广告的选择是极严的,虽是新书,倘社员以为不是好书,也不给登载。因为是同人杂志,所以撰稿者也可行使这样的职权。听说北新书局之办《北新半月刊》,就因为在《语丝》上不能自由登载广告的缘故。但自从移在上海出版以后,书籍不必说,连医生的诊例也出现了,袜厂的广告也出现了,甚至于立愈遗精药品的广告也出现了。固然,谁也不能保证《语丝》的读者决不遗精,况且遗精也并非恶行,但善后办法,却须向《申报》之类,要稳当,则向《医药学报》的广告上去留心。我因此得了几封诘责的信件,又就在《语丝》本身上登了一篇投来的反对的文章。

但以前我也曾尽了我的本分。当袜厂出现时,曾经当面质问过小峰,回答是"发广告的人弄错的";遗精药出现时,是写了一封信,并无答复,但从此以后,广告却也不见了。我想,在小峰,大约还要算是让步的,因为这时对于

一部分的作家,早由北新书局致送稿费,不只负发行之责,而《语丝》也因此并非纯粹的同人杂志了。

积了半年的经验之后,我就决计向小峰提议,将《语丝》停刊,没有得到赞成,我便辞去编辑的责任。小峰要我寻一个替代的人,我于是推举了柔石。

但不知为什么,柔石编辑了六个月,第五卷的上半卷一完,也辞职了。

以上是我所遇见的关于《语丝》四年中的琐事。试将前几期和近几期一比较,便知道其间的变化,有怎样的不同,最分明的是几乎不提时事,且多登中篇作品了,这是因为容易充满页数而又可免于遭殃。虽然因为毁坏旧物和戳破新盒子而露出里面所藏的旧物来的一种突击之力,至今尚为旧的和自以为新的人们所憎恶,但这力是属于往昔的了。

十二月二十二日

中国 20 世纪名家散文经典

《自选集》自序

我作小说,是开手于一九一八年,《新青年》上提倡"文学革命"的时候的。这一种运动,现在固然已经成为文学史上的陈迹了,但在那时,却无疑地是一个革命的运动。

我的作品在《新青年》上,步调是和大家大概一致的,所以我想,这些确可以算作那时的"革命文学"。

然而我那时对于"文学革命",其实并没有怎样的热情。见过辛亥革命,见过二次革命,见过袁世凯称帝,张勋复辟,看来看去,就看得怀疑起来,于是失望,颓唐得很了。民族主义的文学家在今年的一种小报上说,"鲁迅多疑",是不错的,我正在疑心这批人们也并非真的民族主义文学者,变化正未可限量呢。不过我却又怀疑于自己的失望,因为我所见过的人们,事件,是有限得很的,这想头,就给了我提笔的力量。

"绝望之为虚妄,正与希望相同。"

既不是直接对于"文学革命"的热情,又为什么提笔的呢?想起来,大半倒是为了对于热情者们的同感。这些战士,我想,虽在寂寞中,想头是不错的,也来喊几声助助威罢。首先,就是为此。自然,在这中间,也不免夹杂些将旧社会的病根暴露出来,催人留心,设法加以疗治的希望。但为达到这希望计,是必须与前驱者取同一的步调的,我于是删削些黑暗,装点些欢容,使作品比较的显出若干亮色,那就是后来结集起来的《呐喊》,一共有十四篇。

这些也可以说，是"遵命文学"。不过我所遵奉的，是那时革命的前驱者的命令，也是我自己所愿意遵奉的命令，决不是皇上的圣旨，也不是金元和真的指挥刀。

后来《新青年》的团体散掉了，有的高升，有的退隐，有的前进，我又经验了一回同一战阵中的伙伴还是会这么变化，并且落得一个"作家"的头衔，依然在沙漠中走来走去，不过已经逃不出在散漫的刊物上作文字，叫作随便谈谈。有了小感触，就写些短文，夸大点说，就是散文诗，以后印成一本，谓之《野草》。得到较整齐的材料，则还是作短篇小说，只因为成了游勇，布不成阵了，所以技术虽然比先前好一些，思路也似乎较无拘束，而战斗的意气却冷得不少。新的战友在那里呢？我想，这是很不好的。于是集印了这时期的十一篇作品，谓之《彷徨》，愿以后不再这模样。

"路漫漫其修远兮，吾将上下而求索。"

不料这大口竟夸得无影无踪。逃出北京，躲进厦门，只在大楼上写了几则《故事新编》和十篇《朝花夕拾》。前者是神话，传说及史实的演义，后者则只是回忆的记事罢了。

此后就一无所作，"空空如也"。

可以勉强称为创作的，在我至今只有这五种，本可以顷刻读了的，但出版者要我自选一本集。推测起来，恐怕因为这么一办，一者能够节省读者的费用，二则，以为由作者自选，该能比别人格外明白罢。对于第一层，我没有异议；至第二层，我却觉得也很难。因为我向来就没有格外用力或格外偷懒的作品，所以也没有自以为特别高妙，配得上提拔出来的作品。没有法，就将材料，写法，都有些不同，可供读者参考的东西，取出二十二篇来，凑成了一本，但将给读者一种"重压之感"的作品，却特地竭力抽掉了。这是我现在自有我的想头的：

"并不愿将自以为苦的寂寞，再来传染给也如我那年青时候似的正作着好梦的青年。"

然而这又不似作那《呐喊》时候的故意的隐瞒，因为现在我相信，现在和将来的青年是不会有这样的心境的了。

一九三二年十二月十四日鲁迅于上海寓居记

中国 20 世纪名家散文经典

崇实

　　事实常没有字面这么好看。

　　例如这《自由谈》,其实是不自由的,现在叫作《自由谈》,总算我们是这么自由的在这里谈着。

　　又例如这回北平的迁移古物和不准大学生逃难,发令的有道理,批评的也有道理,不过这都是些字面,并不是精髓。

　　倘说,因为古物古得很,有一无二,所以是宝贝,应该赶快搬走的罢。这诚然也说得通的。但我们也没有两个北平,而且那地方也比一切现存的古物还要古。禹是一条虫,那时的话我们且不谈罢,至于商周时代,这地方却确是已经有了的。为什么倒撇下不管,单搬古物呢?说一句老实话,那就是并非因为古物的"古",倒是为了它在失掉北平之后,还可以随身带着,随时卖出铜钱来。

　　大学生虽然是"中坚分子",然而没有市价,假使欧美的市场上值到五百美金一名口,也一定会装了箱子,用专车和古物一同运出北平,在租界上外国银行的保险柜子里藏起来的。

　　但大学生却多而新,惜哉!

　　费话不如少说,只剥崔颢《黄鹤楼》诗以吊之,曰——

　　　　阔人已骑文化去,此地空余文化城。
　　　　文化一去不复返,古城千载冷清清。
　　　　专车队队前门站,晦气重重大学生。
　　　　日薄榆关何处抗,烟花场上没人惊。

一月三十一日

为了忘却的记念

一

我早已想写一点文字,来记念几个青年的作家。这并非为了别的,只因为两年以来,悲愤总时时来袭击我的心,至今没有停止,我很想借此算是竦身一摇,将悲哀摆脱,给自己轻松一下,照直说,就是我倒要将他们忘却了。

两年前的此时,即一九三一年的二月七日夜或八日晨,是我们的五个青年作家同时遇害的时候。当时上海的报章都不敢载这件事,或者也许是不愿,或不屑载这件事,只在《文艺新闻》上有一点隐约其辞的文章。那第十一期(五月二十五日)里,有一篇林莽先生作的《白莽印象记》,中间说:

"他作了好些诗,又译过匈牙利诗人彼得斐的几首诗,当时的《奔流》的编辑者鲁迅接到了他的投稿,便来信要和他会面,但他却是不愿见名人的人,结果是鲁迅自己跑来找他,竭力鼓励他作文学的工作,但他终于不能坐在亭子间里写,又去跑他的路了。不久,他又一次的被了捕。……"

这里所说的我们的事情其实是不确的。白莽并没有这么

高慢,他曾经到过我的寓所来,但也不是因为我要求和他会面;我也没有这么高慢,对于一位素不相识的投稿者,会轻率的写信去叫他。我们想见的原因很平常,那时他所投的是从德文译出的《彼得斐传》,我就发信去讨原文,原文是载在诗集前面的,邮寄不便,他就亲自送来了。看去是一个二十多岁的青年,面貌很端正,颜色是黑黑的,当时的谈话我已经忘却,只记得他自说姓徐,象山人;我问他为什么代你收信的女士是这么一个怪名字(怎么怪法,现在也忘却了),他说她就喜欢起得这么怪,罗曼蒂克,自己也有些和她不大对劲了。就只剩了这一点。

夜里,我将译文和原文粗粗的对了一遍,知道除几处误译之外,还有一个故意的曲译。他像是不喜欢"国民诗人"这个字,都改成"民众诗人"了。第二天又接到他一封来信,说很悔和我相见,他的话多,我的话少,又冷,好像受了一种威压似的。我便写一封回信去解释,说初次相会,说话不多,也是人之常情,并且告诉他不应该由自己的爱憎,将原文改变。因为他的原书留在我这里了,就将我所藏的两本集子送给他,问他可能再译几首诗,以供读者的参看。他果然译了几首,自己拿来了,我们就谈得比第一回多一些。这传和诗,后来就都登在《奔流》第二卷第五本,即最末的一本里。

我们第三次相见,我记得是在一个热天。有人打门了,我去开门时,来的就是白莽,却穿着一件厚棉袍,汗流满面,彼此都不禁失笑。这时他才告诉我他是一个革命者,刚由被捕而释出,衣服和书籍全被没收了,连我送他的那两本;身上的袍子是从朋友那里借来的,没有夹衫,而必须穿长衣,所以只好这么出汗。我想,这大约就是林莽先生说的"又一次的被了捕"的那一次了。

我很欣幸他的得释,就赶紧付给稿费,使他可以买一件夹衫,但一面又很为我的那两本书痛惜:落在捕房的手里,真是明珠投暗了。那两本书,原是极平常的,一本散文,一本诗集,据德文译者说,这是他搜集起来的,虽在匈牙利本国,也还没有这么完全的本子,然而印在《莱克朗氏万有文库》(Reclam's Universal-Bibliothek)中,倘在德国,就随处可得,也值不到一元钱。不过在我是一种宝贝,因为这是三十年前,正当我热爱彼得斐的时候,特地托丸善书店从德国去买来的,那时还恐怕因为书极便宜,店员不肯经手,开口时非常惴惴。后来大抵带在身边,只是情随事迁,已没有翻译的意思了,这回便决计送给这也如我的那时一样,热爱彼得斐的诗的青年,算是给它寻得了一个好着落。所以还郑重其事,托柔石亲自送去的。谁料竟会落在"三道头"之类的手里的呢,这岂不冤枉!

二

我的决不邀投稿者相见,其实也并不完全因为谦虚,其中含着省事的分子也不少。由于历来的经验,我知道青年们,尤其是文学青年们,十之九是感觉很敏,自尊心也很旺盛的,一不小心,极容易得到误解,所以倒是故意回避的时候多。见面尚且怕,更不必说敢有托付了。但那时我在上海,也有一个唯一的不但敢于随便谈笑,而且还敢于托他办点私事的人,那就是送书去给白莽的柔石。

我和柔石最初的相见,不知道是何时,在那里。他仿佛说过,曾在北京听过我的讲义,那么,当在八九年之前了。我也忘记了在上海怎么来往起来,总之,他那时住在景云里,离我的寓所不过四五家门面,不知怎么一来,就来往起来了。大约最初的一回他就告诉我是姓赵,名平复。但他又曾谈起他家乡的豪绅的气焰之盛,说是有一个绅士,以为他的名字好,要给儿子用,叫他不要用这名字了。所以我疑心他的原名是"平福",平稳而有福,才正中乡绅的意,对于"复"字却未必有这么热心。他的家乡,是台州的宁海,这只要一看他那台州式的硬气就知道,而且颇有点迂,有时会令我忽而想到方孝孺,觉得好像也有些这模样的。

他躲在寓里弄文学,也创作,也翻译,我们往来了许多日,说得投合起来了,于是另外约定了几个同意的青年,设立朝华社。目的是在绍介东欧和北欧的文学,输入外国的版画,因为我们都以为应该来扶植一点刚健质朴的文艺。接着就印《朝花旬刊》,印《近代世界短篇小说集》,印《艺苑朝华》,算都在循着这条线,只有其中的一本《蕗谷虹儿画选》,是为了扫荡上海滩上的"艺术家",即戳穿叶灵凤这纸老虎而印的。

然而柔石自己没有钱,他借了二百多块钱来作印本。除买纸之外,大部分的稿子和杂务都是归他作,如跑印刷局,制图,校字之类。可是往往不如意,说起来皱着眉头。看他旧作品,都很有悲观的气息,但实际上并不然,他相信人们是好的。我有时谈到人会怎样骗人,怎样的卖友,怎样的吮血,他就前额亮晶晶的,惊疑的圆睁了近视的眼睛,抗议道,"会这样的么?——不至于此罢?……"

不过朝花社不久就倒闭了,我也不想说清其中的原因,总之是柔石的理想的头,先碰了一个大钉子,力气固然白化,此外还得去借一百块钱来付纸账。后来他对于我那"人心唯危"说的怀疑减少了,有时也叹息道,"真会这样的么?……"但是,他仍然相信人们是好的。

他于是一面将自己所应得的朝花社的残书送到明日书店和光华书局去,希望还能够收回几文钱,一面就拼命的译书,准备还借款,这就是卖给商务印书馆的《丹麦短篇小说集》和戈理基作的长篇小说《阿尔泰莫诺夫之事业》。但我想,这些译稿,也许去年已被兵火烧掉了。

他的迂渐渐的改变起来,终于也敢和女性的同乡或朋友一同去走路了,但那距离,却至少总有三四尺的。这方法很不好,有时我在路上遇见他,只要在相距三四尺前后或左右有一个年青漂亮的女人,我便会疑心就是他的朋友。但他和我一同走路的时候,可就走得近了,简直是扶住我,因为怕我被汽车或电车撞死;我这面也为他近视而又要照顾别人担心,大家都仓皇失措的愁一路,所以倘不是万不得已,我是不大和他一同出去的,我实在看得他吃力,因而自己也吃力。

无论从旧道德,从新道德,只要是损己利人的,他就挑选上,自己背起来。

他终于决定的改变了,有一回,曾经明白的告诉我,此后应该转换作品的内容和形式。我说:这怕难罢,譬如使惯了刀的,这回要他耍棍,怎么能行呢?他简洁的答道:只要学起来!

他说的并不是空话,真也在从新学起来了,其实他曾经带了一个朋友来访我,那就是冯铿女士。谈了一些天,我对于她终于很隔膜,我疑心她有点罗曼蒂克,急于事功;我又疑心柔石的近来要作大部的小说,是发源于她的主张的。但我又疑心我自己,也许是柔石的先前的斩钉截铁的回答,正中了我那其实是偷懒的主张的伤疤,所以不自觉地迁怒到她身上去了。——我其实也并不比我所怕见的神经过敏而自尊的文学青年高明。

她的体质是弱的,也并不美丽。

三

直到左翼作家联盟成立之后,我才知道我所认识的白莽,就是在《拓荒者》上作诗的殷夫。有一次大会时,我便带了一本德译的,一个美国的新闻记者所作的中国游记去送他,这不过以为他可以由此练习德文,另外并无深意。然而他没有来。我只得又托了柔石。

但不久,他们竟一同被捕,我的那一本书,又被没收,落在"三道头"之类的手里了。

四

明日书店要出一种期刊,请柔石去作编辑,他答应了;书店还想印我的译著,托他来问版税的办法,我便将我和北新书局所订的合同,抄了一份交给他,他向衣袋里一塞,匆匆的走了。其时是一九三一年一月十六日的夜间,而不料这一去,竟就是我和他相见的末一回,竟就是我们的永诀。

第二天,他就在一个会场上被捕了,衣袋里还藏着我那印书的合同,听说官厅因此正在找寻我。印书的合同,是明明白白的,但我不愿意到那些不明不白的地方去辩解。记得《说岳全传》里讲过一个高僧,当追捕的差役刚到寺门之前,他就"坐化"了,还留下什么"何立从东来,我向西方走"的偈子。这是奴隶所幻想的脱离苦海的唯一的好办法,"剑侠"盼不到,最自在的唯此而已。我不是高僧,没有涅槃的自由,却还有生之留恋,我于是就逃走。

这一夜,我烧掉了朋友们的旧信札,就和女人抱着孩子走在一个客栈里。不几天,即听得外面纷纷传我被捕,或是被杀了,柔石的消息却很少。有的说,他曾经被巡捕带到明日书店里,问是否是编辑;有的说,他曾经被巡捕带往北新书局去,问是否是柔石,手上上了铐,可见案情是重的。但怎样的案情,却谁也不明白。

他在囚系中,我见过两次他写给同乡的信,第一回是这样的——

"我与三十五位同犯(七个女的)于昨日到龙华。并于昨夜上了镣,开政治犯从未上镣之纪录。此案累及太大,我一时恐难出狱,书店事望兄为我代办之。现亦好,且跟殷夫兄学德文,此事可告周先生;望周先生勿念,我等未受刑。捕房和公安局,几次问周先生地址,但我那里知道,诸望勿念。祝好!

赵少雄 一月二十四日

以上正面。

"洋铁饭碗,要二三只
如不能见面,可将东西
望转交赵少雄"

以上背面。

他的心情并未改变,想学德文,更加努力;也仍在记念我,像在马路上行走时候一般。但他信里有些话是错误的,政治犯而上镣,并非从他们开始,但他向来看得官场还太高,以为文明至今,到他们才开始了严酷。其实是不然的。果然,第二封信就很不同,措词非常惨苦,且说冯女士的面目都浮肿了,可惜我没有抄下这封信。其时传说也更加纷繁,说他可以赎出的也有,说他已经解往南京的也有,毫无确言;而用函电来探问我的消息的也多起来,连母亲在北京也急得生病了,我只得一一发信去更正,这样的大约有二十天。

天气愈冷了,我不知道柔石在那里有被褥不?我们是有的。洋铁碗可曾收到了没有?……但忽然得到一个可靠的消息,说柔石和其他二十三人,已于二月七日夜或八日晨,在龙华警备司令部被枪毙了,他的身上中了十弹。

原来如此!……

在一个深夜里,我站在客栈的院子中,周围是堆着的破烂的什物;人们都睡觉了,连我的女人和孩子。我沉重的感到我失掉了很好的朋友,中国失掉了很好的青年,我在悲愤中沉静下去了,然而积习却从沉静中抬起头来,凑成了这样的几句:

惯于长夜过春时,挈妇将雏鬓有丝。
梦里依稀慈母泪,城头变幻大王旗。
忍看朋辈成新鬼,怒向刀丛觅小诗。
吟罢低眉无写处,月光如水照缁衣。

但末二句,后来不确了,我终于将这写给了一个日本的歌人。

可是在中国,那时是确无写处的,禁锢得比罐头还严密。我记得柔石在年底曾回故乡,住了好些时,到上海后很受朋友的责备。他悲愤的对我说,他的母亲双眼已经失明了,要他多住几天,他怎么能够就走呢?我知道这失明的母亲的眷眷的心,柔石的拳拳的心。当《北斗》创刊时,我就想写一点关于柔石的文章,然而不能够,只得选了一幅珂勒惠支(Kä the Koll witz)夫人的木刻,名曰《牺牲》,是一个母亲悲哀的献出她的儿子去的,算是只有我一个人心里知道的柔石的记念。

同时被难的四个青年文学家之中,李伟森我没有会见过,胡也频在上海也只见过一次面,谈了几句天。较熟的要算白莽,即殷夫了,他曾经和我通过信,投过稿,但现在寻起来,一无所得,想必是十七那夜统统烧掉了,那时

我还没有知道被捕的也有白莽。然而那本《彼得斐诗集》却在的,翻了一遍,也没有什么,只在一首《Wahlspruch》(格言)的旁边,有钢笔写的四行译文道:

　　生命诚宝贵,
　　爱情价更高;
　　若为自由故,
　　二者皆可抛!

又在第二页上,写着"徐培根"三个字,我疑心这是他的真姓名。

五

前年的今日,我避在客栈里,他们却是走向刑场了;去年的今日,我在炮声中逃在英租界,他们则早已埋在不知那里的地下了;今年的今日,我才坐在旧寓里,人们都睡觉了,连我的女人和孩子。我又沉重的感到我失掉了很好的朋友,中国失掉了很好的青年,我在悲愤中沉静下去了,不料积习又从沉静中抬起头来,写下了以上那些字。

要写下去,在中国的现在,还是没有写处的。年青时读向子期《思旧赋》,很怪他为什么只有寥寥的几行,刚开头却又煞了尾。然而,现在我懂得了。

不是年青的为年老的写记念,而在这三十年中,却使我目睹许多青年的血,层层淤积起来,将我埋得不能呼吸,我只能用这样的笔墨,写几句文章,算是从泥土中挖一个小孔,自己延口残喘,这是怎样的世界呢。夜正长,路也正长,我不如忘却,不说的好罢。但我知道,即使不是我,将来总会有记起他们,再说他们的时候的。……

二月七一八日

中国20世纪名家散文经典

文章与题目

一个题目,作来作去,文章是要作完的,如果再要出新花样,那就使人会觉得不是人话。然而只要一步一步的作下去,每天又有帮闲的敲边鼓,给人们听惯了,就不但作得出,而且也行得通。

譬如近来最主要的题目,是"安内与攘外"罢,作的也着实不少了。有说安内必先攘外的,有说安内同时攘外的,有说不攘外无以安内的,有说攘外即所以安内的,有说安内即所以攘外的,有说安内急于攘外的。

作到这里,文章似乎已经无可翻腾了,看起来,大约总可以算是作到了绝顶。

所以再要出新花样,就使人会觉得不是人话,用现在最流行的谥法来说,就是大有"汉奸"的嫌疑。为什么呢?就因为新花样的文章,只剩了"安内而不必攘外","不如迎外以安内","外就是内,本无可攘"这三种了。

这三种意思,作起文章来,虽然实在希奇,但事实却有的,而且不必远征晋宋,只要看看明朝就够。满洲人早在窥伺了,国内却是草菅民命,杀戮清流,作了第一种。李自成进北京了,阔人们不甘给奴子作皇帝,索性请"大清兵"来打掉他,作了第二种。至于第三种,我没有看过《清史》,不得而知,但据老例,则应说是爱新觉罗氏之先,原是轩辕黄帝第几子之苗裔,遐于朔方,厚泽深仁,遂有天下,总而言之,咱们原是一家子云。

后来的史论家,自然是力斥其非的,就是现在的名人,也正痛恨流寇。但这是后来和现在的话,当时可不然,鹰犬塞途,干儿当道,魏忠贤不是活着就配享了孔庙么?他们那种办法,那时都有人来说得头头是道的。

前清末年,满人出死力以镇压革命,有"宁赠友邦,不给家奴"的口号,汉人一知道,更恨得切齿。其实汉人何尝不如此?吴三桂之请清兵入关,便是一想到自身的利害,即"人同此心"的实例了。……

四月二十九日

附记:
原题是《安内与攘外》。

五月五日

新药

　　说起来就记得,诚然,自从九一八以后,再没有听到吴稚老的妙语了,相传是生了病。现在刚从南昌专电中,飞出一点声音来,却连改头换面的,也是自从九一八以后,就再没有一丝声息的民族主义文学者们,也来加以冷冷的讪笑。

　　为什么呢?为了九一八。

　　想起来就记得,吴稚老的笔和舌,是尽过很大的任务的,清末的时候,五四的时候,北伐的时候,清党的时候,清党以后的还是闹不清白的时候。然而他现在一开口,却连躲躲闪闪的人物儿也来冷笑了。九一八以来的飞机,真也炸着了这党国的元老吴先生,或者是,炸大了一些躲躲闪闪的人物儿的小胆子。

　　九一八以后,情形就有这么不同了。

　　旧书里有过这么一个寓言,某朝某帝的时候,宫女们多数生了病,总是医不好。最后来了一个名医,开出神方道:壮汉若干名。皇帝没有法,只得照他办。若干天之后,自去察看时,宫女们果然个个神采焕发了,却另有许多瘦得不像人样的男人,拜伏在地上。皇帝吃了一惊,问这是什么呢?宫女们就嗫嚅的答道:是药渣。

　　照前几天报上的情形看起来,吴先生仿佛就如药渣一样,也许连狗子都要加以践踏了。然而他是聪明的,又很恬淡,决不至于不顾自己,给人家熬尽了汁水。不过因为九一八以后,情形已经不同,要有一种新药出卖是真的,对于他的冷笑,其实也就是新药的作用。

这种新药的性味,是要很激烈,而和平。譬之文章,则须先讲烈士的殉国,再叙美人的殉情;一面赞希特勒的组阁,一面颂苏联的成功;军歌唱后,来了恋歌;道德谈完,就讲妓院;因国耻日而悲杨柳,逢五一节而忆蔷薇;攻击主人的敌手,也似乎不满于它自己的主人……总而言之,先前所用的是单方,此后出卖的却是复药了。

复药虽然好像万应,但也常无一效的,医不好病,即毒不死人。不过对于误服这药的病人,却能够使他不再寻求良药,拖重了病症而至于胡里胡涂的死亡。

四月二十九日

中国20世纪名家散文经典

夜颂

爱夜的人,也不但是孤独者,有闲者,不能战斗者,怕光明者。

人的言行,在白天和在深夜,在日下和在灯前,常常显得两样。夜是造化所织的幽玄的天衣,普覆一切人,使他们温暖,安心,不知不觉的自己渐渐脱去人造的面具和衣裳,赤条条的裹在这无边际的黑絮似的大块里。

虽然是夜,但也有明暗。有微明,有昏暗,有伸手不见掌,有漆黑一团糟。爱夜的人要有听夜的耳朵和看夜的眼睛,自在暗中,看一切暗。君子们从电灯下走入暗室中,伸开了他的懒腰;爱侣们从月光下走进树阴里,突变了他的眼色。夜的降临,抹杀了一切文人学士们当光天化日之下,写在耀眼的白纸上的超然,混然,恍然,勃然,粲然的文章,只剩下乞怜,讨好,撒谎,骗人,吹牛,捣鬼的夜气,形成一个灿烂的金色的光圈,像见于佛画上面似的,笼罩在学识不凡的头脑上。

爱夜的人于是领受了夜所给与的光明。

高跟鞋的摩登女郎在马路边的电光灯下,阁阁的走得很起劲,但鼻尖也闪烁着一点油汗,在证明她是初学的时髦,假如长在明晃晃的照耀中,将使她碰着"没落"的命运。一大排关着的店铺的昏暗助她一臂之力,使她放缓开足的马力,吐一口气,这时才觉得沁人心脾的夜里的拂拂的凉风。

爱夜的人和摩登女郎,于是同时领受了夜所给与的恩惠。

一夜已尽，人们又小心翼翼的起来，出来了；便是夫妇们，面目和五六点钟之前也何其两样。从此就是热闹，喧嚣。而高墙后面，大厦中间，深闺里，黑狱里，客室里，秘密机关里，却依然弥漫着惊人的真的大黑暗。

现在的光天化日，熙来攘往，就是这黑暗的装饰，是人肉酱缸上的金盖，是鬼脸上的雪花膏。只有夜还算是诚实的。我爱夜，在夜间作《夜颂》。

六月八日

我的种痘

上海恐怕也真是中国的"最文明"的地方,在电线柱子和墙壁上,夏天常有劝人勿吃天然冰的警告,春天就是告诫父母,快给儿女去种牛痘的说帖,上面还画着一个穿红衫的小孩子。我每看见这一幅图,就诧异我自己,先前怎么会没有染到天然痘,呜呼哀哉,于是好像这性命是从路上拾来似的,没有什么希罕,即使姓名载在该杀的"黑册子"上,也不十分惊心动魄了。但自然,几分是在所不免的。

现在,在上海的孩子,听说是生后六个月便种痘就最安全,倘走过施种牛痘局的门前,所见的中产的或无产的母亲们抱着在等候的,大抵是一岁上下的孩子,这事情,现在虽是不属于知识阶级的人们也都知道,是明明白白了的。我的种痘却很迟了,因为后来记的清清楚楚,可见至少已有两三岁。虽说住的是偏僻之处,和别地方交通很少,比现在可以减少输入传染病的机会,然而天花却年年流行的,因此而死的常听到。我居然逃过了这一关,真是洪福齐天,就是每年开一次庆祝会也不算过分。否则,死了倒也罢了,万一不死而脸上留一点麻,则现在除年老之外,又添上一条大罪案,更要受青年而光脸的文艺批评家的奚落了。幸而并不,真是叨光得很。

那时候,给孩子们种痘的方法有三样。一样,是淡然忘之,请痘神随时随意种上去,听它到处发出来,随后也请个医生,拜拜菩萨,死掉的虽然多,但活的也有,活的虽然大抵留着瘢痕，但没有的也未必一定找不出。一样是中国古法的种痘，将痘痂研成细末，给孩子由鼻孔里吸进去，发出来的地方虽然也没有一定的处所，但粒数很少，没有危险了。人说，这方法是明末发明的，我不知道可的确。

第三样就是所谓"牛痘"了，因为这方法来自西洋，所以先前叫"洋痘"。最初的时候，当然，华人是不相信的，很费过一番宣传解释的气力。这一类宝贵的文献，至今还剩在《验方新编》中，那苦口婆心虽然大足以感人，而说理却实在非常古怪的。例如，说种痘免疫之理道：

"痘为小儿一大病，当天行时，尚使远避，今无故取婴孩而与之以病，可乎？"曰："非也。譬之捕盗，乘其羽翼未成，就而擒之，甚易矣；譬之去莠，及其滋蔓未延，芟而除之，甚易矣。……"

但尤其非常古怪的是说明"洋痘"之所以传入中国的原因：

予考医书中所载，婴儿生数日，刺出臂上污血，终身可免出痘一条，后六道刀法皆失传，今日点痘，或其遗法也。夫以万全之法，失传已久，而今复行者，大约前此劫数未满，而今日洋烟入中国，害人不可胜计，把那劫数抵过了，故此法亦从洋来，得以保全婴儿之年寿耳。若不坚信而遵行之，是违天而自外于生生之理矣！……

而我所种的就正是这抵消洋烟之害的牛痘。去今已五十年，我的父亲也不是新学家，但竟毅然决然的给我种起"洋痘"来，恐怕还是受了这种学说的影响，因为我后来检查藏书，属于"子部医家类"者，说出来真是惭愧得很，——实在只有《达生篇》和这宝贝的《验方新编》而已。

那时种牛痘的人固然少，但要种牛痘却也难，必须待到有一个时候，城里临时设立起施种牛痘局来，才有种痘的机会。我的牛痘，是请医生到家里来种的，大约是特别隆重的意思；时候可完全不知道了，推测起来，总该是春天罢。这一天，就举行了种痘的仪式，堂屋中央摆了一张方桌子，系上红桌帏，还点了香和蜡烛，我的父亲抱了我，坐在桌旁边。上首呢，还是侧面，现在一点也不记得了。这种仪式的出典，也至今查不出。

这时我就看见了医官。穿的是什么服饰，一些记忆的影子也没有，记得的只是他的脸：胖而圆，红红的，还带着一副墨晶的大眼镜。尤其特别的是他的话我一点都不懂。凡讲这种难懂的话的，我们这里除了官老爷之外，只有开当铺和卖茶叶的安徽人，作竹匠的东阳人，和变戏法的江北佬。官所讲

者曰"官话"，此外皆谓之"拗声"。他的模样，是近于官的，大家都叫他"医官"，可见那是"官话"了。官话之震动了我的耳膜，这是第一次。

照种痘程序来说，他一到，该是动刀，点浆了，但我实在糊涂，也一点都没有记忆，直到二十年后，自看臂膊上的疮痕，才知道种了六粒，四粒是出的。但我确记得那时并没有痛，也没有哭，那医官还笑着摩摩我的头顶，说道：

"乖呀，乖呀！"

什么叫"乖呀乖呀"，我也不懂得，后来父亲翻译给我说，这是他在称赞我的意思。然而好像并不怎么高兴似的，我所高兴的是父亲送了我两样可爱的玩具。现在我想，我大约两三岁的时候，就是一个实利主义者的了，这坏性质到老不改，至今还是只要卖掉稿子或收到版税，总比听批评家的"官话"要高兴得多。

一样玩具是朱熹所谓"持其柄而摇之，则两耳还自击"的鼗鼓，在我虽然也算难得的事物，但仿佛曾经玩过，不觉得希罕了。最可爱的是另外的一样，叫作"万花筒"，是一个小小的长圆筒，外糊花纸，两端嵌着玻璃，从孔子较小的一端向明一望，那可真是猗欤休哉，里面竟有许多五颜六色，希奇古怪的花朵，而这些花朵的模样，都是非常整齐巧妙，为实际的花朵丛中所看不见的。况且奇迹还没有完，如果看得厌了，只要将手一摇，那里面就又变了另外的花样，随摇随变，不会雷同，语所谓"层出不穷"者，大概就是"此之谓也"罢。

然而我也如别的一切小孩——但天才不在此例——一样，要探检这奇境了。我于是背着大人，在僻远之地，剥去外面的花纸，将它露出难看的纸版来；又挖掉两端的玻璃，就有一些五色的通草丝和小片落下；最后是撕破圆筒，发见了用三片镜玻璃条合成的空心的三角。花也没有，什么也没有，想作它复原，也没有成功，这就完结了。我真不知道惋惜了多少年，直到作过了五十岁的生日，还想找一个来玩玩，然而好像究竟没有孩子时候的勇猛了，终于没有特地出去买。否则，从竖着各种旗帜的"文学家"看来，又成为一条罪状，是无疑的。

现在的办法，譬如半岁或一岁种过痘，要稳当，是四五岁时候必须再种一次的。但我是前世纪的人，没有办得这么周密，到第二、第三次的种痘，已是二十多岁，在日本的东京了，第二次红了一红，第三次毫无影响。

最末的种痘，是十年前，在北京混混的时候。那时也在世界语专门学校里教几点钟书，总该是天花流行了罢，正值我在讲书的时间内，校医前来种痘了。我是一向煽动人们种痘的，而这学校的学生们，也真是令人吃惊。都已二十岁左右了，问起来，既未出过天花，也没有种过牛痘的多得很。况且

去年还有一个实例,是颇为漂亮的某女士缺课两月之后,再到学校里来,竟变换了一副面目,肿而且麻,几乎不能认识了;还变得非常多疑而善怒,和她说话之际,简直连微笑也犯忌,因为她会疑心你在暗笑她,所以我总是十分小心,庄严,谨慎。自然,这情形使某种人批评起来,也许又会说是我在用冷静的方法,进攻女学生的。但不然,老实说罢,即使原是我的爱人,这时也实在使我有些"进退维谷",因为柏拉图式的恋爱论,我是能看,能言,而不能行的。

不过一个好好的人,明明有妥当的方法,却偏要使细菌到自己的身体里来繁殖一通,我实在以为未免太近于固执;倒也不是想大家生得漂亮,给我可以冷静的进攻。总之,我在讲堂上就又竭力煽动了,然而困难得很,因为大家说种痘是痛的。再四磋商的结果,终于公举我首先种痘,作为青年的模范,于是我就成了群众所推戴的领袖,率领了青年军,浩浩荡荡,奔向校医室里来。

虽是春天,北京却还未暖和的,脱去衣服,点上四粒痘浆,又赶紧穿上衣服,也很费一点时光。但等我一面扣衣,一面转脸去看时,我的青年早已经溜得一个也没有了。自然,牛痘在我身上,也还是一粒也没有出。

但也不能就决定我对于牛痘已经决无感应,因为这校医和他的痘浆,实在令我有些怀疑。他虽是无政府主义者,博爱主义者,然而托他医病,却是不能十分稳当的。也是这一年,我在校里教书的时候,自己觉得发热了,请他诊察之后,他亲爱的说道:

"你是肋膜炎,快回去躺下,我给你送药来。"

我知道这病是一时难好的,于生计大有碍,便十分忧愁,连忙回去躺下了,等着药,到夜没有来,第二天又焦灼的等了一整天,仍无消息。夜里十时,他到我寓里来了,恭敬的行礼:

"对不起,对不起,我昨天把药忘记了,现在特地来赔罪的。"

"那不要紧。此刻吃罢。"

"阿呀呀!药,我可没有带了来……"

他走后,我独自躺着想,这样的医治法,肋膜炎是决不会好的。第二天的上午,我就坚决的跑到一个外国医院去,请医生详细诊察了一回,他终于断定我并非什么肋膜炎,不过是感冒。我这才放了心,回寓后不再躺下,因此也疑心到他的痘浆,可真是有效的痘浆,然而我和牛痘,可是那一回要算最后的关系了。

直到一九三二年一月中,我才又遇到了种痘的机会。那时我们从闸北火线上逃到英租界的一所旧洋房里,虽然楼梯和走廊上都挤满了人,因四近还是胡琴声和打牌声,真如由地狱上了天堂一样。过了几天,两位大人来查

中国20世纪名家散文经典

考了,他问明了我们的人数,写在一本簿子上,就昂然而去。我想,他是在造难民数目表,去报告上司的,现在大概早已告成,归在一个什么机关的档案里了罢。后来还来了一位公务人员,却是洋大人,他用了很流畅的普通语,劝我们从乡下逃来的人们,应该赶快种牛痘。

这样不花钱的种痘,原不妨伸出手去,占点便宜的,但我还睡在地板上,天气又冷,懒得起来,就加上几句说明,给了他拒绝。他略略一想,也就作罢了,还低了头看着地板,称赞我道:

"我相信你的话,我看你是有知识的。"

我也很高兴,因为我看我的名誉,在古今中外的医官的嘴上是都很好的。

但靠着作"难民"的机会,我也有了巡阅马路的工夫,在不意中,竟又看见万花筒了,听说还是某大公司的制造品。我的孩子是生后六个月就种痘的,像一个蚕蛹,用不着玩具的贿赂;现在大了一点,已有收受贡品的资格了,我就立刻买了去送他。然而很奇怪,我总觉得这一个远不及我的那一个,因为不但望进去总是昏昏沉沉,连花朵也毫不鲜明,而且总不见一个好模样。

我有时也会忽然想到儿童时代所吃的东西,好像非常有味,处境不同,后来永远吃不到了。但因为或一机会,居然能够吃到了的也有。然而奇怪的是味道并不如我所记忆的好,重逢之后,倒好像惊破了美丽的好梦,还不如永远的相思一般。我这时候就常常想,东西的味道是未必退步的,可是我老了,组织无不衰退,味蕾当然也不能例外,味觉的变钝,倒是我的失望的原因。

对于这万花筒的失望,我也就用了同样的解释。

幸而我的孩子也如我的脾气一样——但我希望他大起来会改变——他要探检这奇境了。首先撕去外面的花纸,露出来的倒还是十九世纪一样的难看的纸版,待到挖去一端的玻璃,落下来的却已经不是通草条,而是五色玻璃的碎片。围成三角形的三块玻璃也改了样,后面并非摆锡,只不过涂着黑漆了。

这时我才明白我的自责是错误的。黑玻璃虽然也能返光,却远不及镜玻璃之强;通草是轻的,易于支架起来,构成巨大的花朵,现在改用玻璃片,就无论怎样加以动摇,也只能堆在角落里,像一撮沙砾了。这样的万花筒,又怎能悦目呢?

整整的五十年,从地球年龄来计算,真是微乎其微,然而从人类历史上说,却已经是半世纪,柔石丁玲他们,就活不到这么久。我幸而居然经历过了,我从这经历,知道了种痘的普及,似乎比十九世纪有些进步,然而万花筒的作法,却分明的大大的退步了。

六月三十日

查旧账

这几天,听涛社出了一本《肉食者言》,是现在的在朝者,先前还是在野时候的言论,给大家"听其言而观其行",知道先后有怎样的不同。那同社出版的周刊《涛声》里,也常有同一意思的文字。

这是查旧账,翻开账簿,打起算盘,给一个结算,问一问前后不符,是怎么的,确也是一种切实分明,最令人腾挪不得的办法。然而这办法之在现在,可未免太"古道"了。

古人是怕查这种旧账的,蜀的韦庄穷困时,作过一篇慷慨激昂,文字较为通俗的《秦妇吟》,真弄得大家传诵,待到他显达之后,却不但不肯编入集中,连人家的钞本也想设法消灭了。当时不知道成绩如何,但看清朝末年,又从敦煌的山洞中掘出了这诗的钞本,就可见是白用心机了的,然而那苦心却也还可以想见。

不过这是古之名人。常人就不同了,他要抹杀旧账,必须砍下脑袋,再行投胎。斩犯绑赴法场的时候,大叫道,"过了二十年,又是一条好汉!"为了另起炉灶,从新作人,非经过二十年不可,真是麻烦得很。

不过这是古今之常人。今之名人就又不同了,他要抹杀旧账,从新作人,比起常人的方法来,迟速真有邮信和电报之别。不怕迟缓一点的,就出一回洋,造一个寺,生一场病,游几天山;要快,则开一次会,念一卷经,演说一通,宣言一下,或者

睡一夜觉,作一首诗也可以;要更快,那就自打两个嘴巴,淌几滴眼泪,也照样能够另变一人,和"以前之我"绝无关系。净坛将军摇身一变,化为鲫鱼,在女妖们的大腿间钻来钻去,作者或自以为写得出神入化,但从现在看起来,是连新奇气息也没有的。

如果这样变法,还觉得麻烦,那就白一白眼,反问道:"这是我的账?"如果还嫌麻烦,那就眼也不白,问也不问,而现在所流行的却大抵是后一法。

"古道"怎么能再行于今之世呢?竟还有人主张读经,真不知是什么意思?然而过了一夜,说不定会主张大家去当兵的,所以我现在经也没有买,恐怕明天兵也未必当。

七月二十五日

秋夜纪游

秋已经来了,炎热也不比夏天小,当电灯替代了太阳的时候,我还是在马路上漫游。

危险?危险令人紧张,紧张令人觉到自己生命的力。在危险中漫游,是很好的。

租界也还有悠闲的处所,是住宅区。但中等华人的窟穴却是炎热的,吃食担,胡琴,麻将,留声机,垃圾桶,光着的身子和腿。相宜的是高等华人或无等洋人住处的门外,宽大的马路,碧绿的树,淡色的窗幔,凉风,月光,然而也有狗子叫。

我生长农村中,爱听狗子叫,深夜远吠,闻之神怡,古人之所谓"犬声如豹"者就是。倘或偶经生疏的村外,一声狂噑,巨獒跃出,也给人一种紧张,如临战斗,非常有趣的。

但可惜在这里听到的是吧儿狗。它躲躲闪闪,叫得很脆:汪汪!

我不爱听这一种叫。

我一面漫步,一面发出冷笑,因为我明白了使它闭口的方法,是只要去和它主子的管门人说几句话,或者抛给它一根肉骨头。这两件我还能的,但是我不作。

它常常要汪汪。

我不爱听这一种叫。

我一面漫步,一面发出恶笑了,因为我手里拿着一粒石子,恶笑刚敛,就举手一掷,正中了它的鼻梁。

鸣的一声,它不见了。我漫步着,漫步着,在少有的寂寞里。

秋已经来了,我还是漫步着。叫呢,也还是有的,然而更加躲躲闪闪了,声音也和先前不同,距离也隔得远了,连鼻子都看不见。

我不再冷笑,不再恶笑了,我漫步着,一面舒服的听着它那很脆的声音。

　　　　　　　　　　　　　　八月十四日

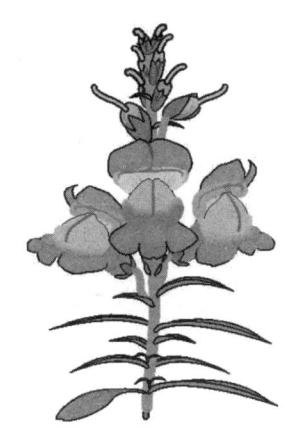

爬和撞

从前梁实秋教授曾经说过:穷人总是要爬,往上爬,爬到富翁的地位。不但穷人,奴隶也是要爬的,有了爬得上的机会,连奴隶也会觉得自己是神仙,天下自然太平了。

虽然爬得上的很少,然而个个以为这正是他自己。这样自然都安分的去耕田,种地,拣大粪或是坐冷板凳,克勤克俭,背着苦恼的命运,和自然奋斗着,拼命的爬,爬,爬。可是爬的人那么多,而路只有一条,十分拥挤。老实的照着章程规规矩矩的爬,大都是爬不上去的。聪明人就会推,把别人推开,推倒,踏在脚底下,踹着他们的肩膀和头顶,爬上去了。大多数人却还只是爬,认定自己的冤家并不在上面,而只在旁边——是那些一同在爬的人。他们大都忍耐着一切,两脚两手都着地,一步步的挨上去又挤下来,挤下来又挨上去,没有休止的。

然而爬的人太多,爬得上的太少,失望也会渐渐的侵蚀善良的人心,至少,也会发生跪着的革命。于是爬之外,又发明了撞。

这是明知道你太辛苦了,想从地上站起来,所以在你的背后猛然的叫一声:撞罢。一个个发麻的腿还在抖着,就撞过去。这比爬要轻松得多,手也不必用力,膝盖也不必移动,只要横着身子,晃一晃,就撞过去。撞得好就是五十万元大洋,妻,财,子,禄都有了。撞不好,至多不过跌一交,倒在地下。那又算得什么呢,——他原本是伏在地上的,他仍旧可以爬。

何况有些人不过撞着玩罢了,根本就不怕跌交的。

爬是自古有之。例如从童生到状元,从小瘪三到康白度。撞却似乎是近代的发明。要考据起来,恐怕只有古时候"小姐抛彩球"有点像给人撞的办法。小姐的彩球将要抛下来的时候,——一个个想吃天鹅肉的男子汉仰着头,张着嘴,馋涎拖得几尺长……可惜,古人究竟呆笨,没有要这些男子汉拿出几个本钱来,否则,也一定可以收着几万万的。

爬得上的机会越少,愿意撞的人就越多,那些早已爬在上面的人们,就天天替你们制造撞的机会,叫你们花些小本钱,而豫约着你们名利双收的神仙生活。所以撞得好的机会,虽然比爬得上的还要少得多,而大家都愿意来试试的。这样,爬了来撞,撞不着再爬……鞠躬尽瘁,死而后已。

八月十六日

小品文的危机

仿佛记得一两月之前,曾在一种日报上见到记载着一个人的死去的文章,说他是收集"小摆设"的名人,临末还有依稀的感喟,以为此人一死,"小摆设"的收集者在中国怕要绝迹了。

但可惜我那时不很留心,竟忘记了那日报和那收集家的名字。

现在的新的青年恐怕也大抵不知道什么是"小摆设"了。但如果他出身旧家,先前曾有玩弄翰墨的人,则只要不很破落,未将觉得没用的东西卖给旧货担,就也许还能在尘封的废物之中,寻出一个小小的镜屏,玲珑剔透的石块,竹根刻成的人像,古玉雕出的动物,锈得发绿的铜铸的三脚癞虾蟆:这就是所谓"小摆设"。先前,它们陈列在书房里的时候,是各有其雅号的,譬如那三脚癞虾蟆,应该称为"蟾蜍砚滴"之类,最末的收集家一定都知道,现在呢,可要和它的光荣一同消失了。

那些物品,自然决不是穷人的东西,但也不是达官富翁家的陈设,他们所要的,是珠玉扎成的盆景,五彩绘画的磁瓶。那只是所谓士大夫的"清玩"。在外,至少必须有几十亩膏腴的田地,在家,必须有几间幽雅的书斋;就是流寓上海,也一定得生活较为安闲,在客栈里有一间长包的房子,书桌一顶,烟榻一张,瘾足心闲,摩挲赏鉴。然而这境地,现在却已经被世界的险恶的潮流冲得七颠八倒,像狂涛中的小船似的了。

然而就是在所谓"太平盛世"罢,这"小摆设"原也不是什么重要的物品。在方寸的象牙版上刻一篇《兰亭序》,至今还有"艺术品"之称,但倘将这挂在万里长城的墙头,或供在云冈的丈八佛像的足下,它就渺小得看不见了,即使热心者竭力指点,也不过令观者生一种滑稽之感。何况在风沙扑面,狼虎成群的时候,谁还有这许多闲工夫,来赏玩琥珀扇坠,翡翠戒指呢。他们即使要悦目,所要的也是耸立于风沙中的大建筑,要坚固而伟大,不必怎样精;即使要满意,所要的也是匕首和投枪,要锋利而切实,用不着什么雅。

美术上的"小摆设"的要求,这幻梦是已经破掉了,那日报上的文章的作者,就直觉的知道。然而对于文学上的"小摆设"——"小品文"的要求,却正在越加旺盛起来,要求者以为可以靠着低诉或微吟,将粗犷的人心,磨得渐渐的平滑。这就是想别人一心看着《六朝文絮》,而忘记了自己是抱在黄河决口之后,淹得仅仅露出水面的树梢头。

但这时却只用得着挣扎和战斗。

而小品文的生存,也只仗着挣扎和战斗的。晋朝的清言,早和它的朝代一同消歇了。唐末诗风衰落,而小品放了光辉。但罗隐的《谗书》,几乎全部是抗争和愤激之谈;皮日休和陆龟蒙自以为隐士,别人也称之为隐士,而看他们在《皮子文薮》和《笠泽丛书》中的小品文,并没有忘记天下,正是一塌胡涂的泥塘里光彩和锋芒。明末的小品虽然比较的颓放,却并非全是吟风弄月,其中有不平,有讽刺,有攻击,有破坏。这种作风,也触着了满洲君臣的心病,费去许多助虐的武将的刀锋,帮闲的文臣的笔锋,直到乾隆年间,这才压制下去了。以后呢,就来了"小摆设"。

"小摆设"当然不会有大发展。到五四运动的时候,才又来了一个展开,散文小品的成功,几乎在小说戏曲和诗歌之上。这之中,自然含着挣扎和战斗,但因为常常取法于英国的随笔(Essay),所以也带一点幽默和雍容;写法也有漂亮和缜密的,这是为了对于旧文学的示威,在表示旧文学之自以为特长者,白话文学也并非作不到。以后的路,本来明明是更分明的挣扎和战斗,因为这原是萌芽于"文学革命"以至"思想革命"的。但现在的趋势,却在特别提倡那和旧文章相合之点,雍容,漂亮,缜密,就是要它成为"小摆设",供雅人的摩挲,并且想青年摩挲了这"小摆设",由粗暴而变为风雅了。

然而现在已经更没有书桌;雅片虽然已经公卖,烟具是禁止的,吸起来还是十分不容易。想在战地或灾区里的人们来鉴赏罢——谁都知道是更奇怪的幻梦。这种小品,上海虽正在盛行,茶话酒谈,遍满小报的摊子上,但其实是正如烟花女子,已经不能在弄堂里拉扯她的生意,只好涂脂抹粉,在夜里蹩到马路上来了。

小品文就这样的走到了危机。但我所谓危机,也如医学上的所谓"极期"(Krisis)一般,是生死的分歧,能一直得到死亡,也能由此至于恢复。麻醉性的作品,是将与麻醉者和被麻醉者同归于尽的。生存的小品文,必须是匕首,是投枪,能和读者一同杀出一条生存的血路的东西;但自然,它也能给人愉快和休息,然而这并不是"小摆设",更不是抚慰和麻痹,它给人的愉快和休息是休养,是劳作和战斗之前的准备。

八月二十七日

中国 20 世纪名家散文经典

新秋杂识(二)

  八月三十日的夜里,远远近近,都突然劈劈拍拍起来,一时来不及细想,以为"抵抗"又开头了,不久就明白了那是放爆竹,这才定了心。接着又想:大约又是什么节气了罢?……待到第二天看报纸,才知道原来昨夜是月蚀,那些劈劈拍拍,就是我们的同胞,异胞(我们虽然大家自称为黄帝子孙,但蚩尤的子孙想必也未尝死绝,所以谓之"异胞")在示威,要将月亮从天狗嘴里救出。

  再前几天,夜里也很热闹。街头巷尾,处处摆着桌子,上面有面食,西瓜;西瓜上面叮着苍蝇,青虫,蚊子之类,还有一桌和尚,口中念念有词:"回猪猡普米呀畔!唵呀吽!吽!!"这是在放焰口,施饿鬼。到了盂兰盆节了,饿鬼和非饿鬼,都从阴间跑出,来看上海这大世面,善男信女们就在这时尽地主之谊,托和尚"唵呀吽"的弹出几粒白米去,请它们都饱饱的吃一通。

  我是一个俗人,向来不大注意什么天上和阴间的,但每当这些时候,却也不能不感到我们的还在人间的同胞们和异胞们的思虑之高超和妥帖。别的不必说,就在这不到两整年中,大则四省,小则九岛,都已变了旗色了,不久还有八岛。不但救不胜救,即使想要救罢,一开口,说不定自己就危险(这两句,印后成了"于势也有所未能")。所以最妥当是救月亮,那怕爆竹放得震天价响,天狗决不至于来咬,月亮里的酋长(假

如有酋长的话)也不会出来禁止,目为反动的。救人也一样,兵灾,旱灾,蝗灾,水灾……灾民们不计其数,幸而暂免于灾殃的小民,又怎么能有一个救法?那自然远不如救魂灵,事省功多,和大人先生的打醮造塔同其功德。这就是所谓"人无远虑,必有近忧";而"君子务其大者远者",亦此之谓也。

而况"庖人虽不治庖,尸祝不越尊俎而代之",也是古圣贤的明训,国事有治国者在,小民是用不着吵闹的。不过历来的圣帝明王,可又并不卑视小民,倒给与了更高超的自由和权利,就是听你专门去救宇宙和魂灵。这是太平的根基,从古至今,相沿不废,将来想必也不至先便废。记得那是去年的事了,沪战初停,日兵渐渐的走上兵船和退进营房里面去,有一夜也是这么劈劈拍拍起来,时候还在"长期抵抗"中,日本人又不明白我们的国粹,以为又是第几路军前来收复失地了,立刻放哨,出兵……乱烘烘的闹了一通,才知道我们是在救月亮,他们是在见鬼。"哦哦!成程(Naruhodo = 原来如此)!"惊叹和佩服之余,于是恢复了平和的原状。今年呢,连哨也没有放,大约是已被中国的精神文明感化了。

现在的侵略者和压制者,还有像古代的暴君一样,竟连奴才们的发昏和作梦也不准的么?……

八月三十一日

中国20世纪名家散文经典

喝茶

某公司又在廉价了,去买了二两好茶叶,每两洋二角。开首泡了一壶,怕它冷得快,用棉袄包起来,却不料郑重其事的来喝的时候,味道竟和我一向喝着的粗茶差不多,颜色也很重浊。

我知道这是自己错误了,喝好茶,是要用盖碗的,于是用盖碗。果然,泡了之后,色清而味甘,微香而小苦,确是好茶叶。但这是须在静坐无为的时候的,当我正写着《吃教》的中途,拉来一喝,那好味道竟又不知不觉的滑过去,像喝着粗茶一样了。

有好茶喝,会喝好茶,是一种"清福"。不过要享这"清福",首先就须有工夫,其次是练习出来的特别的感觉。由这一极琐屑的经验,我想,假使是一个使用筋力的工人,在喉干欲裂的时候,那么,即使给他龙井芽茶,珠兰窨片,恐怕他喝起来也未必觉得和热水有什么大区别罢。所谓"秋思",其实也是这样的,骚人墨客,会觉得什么"悲哉秋之为气也",风雨阴晴,都给他一种刺戟,一方面也就是一种"清福",但在老农,却只知道每年的此际,就要割稻而已。

于是有人以为这种细腻锐敏的感觉,当然不属于粗人,这是上等人的牌号。然而我恐怕也正是这牌号就要倒闭的先声。我们有痛觉,一方面是使我们受苦的,而一方面也使我们能够自卫。假如没有,则即使背上被人刺了一尖刀,也将茫无

知觉,直到血尽倒地,自己还不明白为什么倒地。但这痛觉如果细腻锐敏起来呢,则不但衣服上有一根小刺就觉得,连衣服上的接缝,线结,布毛都要觉得,倘不穿"无缝天衣",他便要终日如芒刺在身,活不下去了。但假装锐敏的,自然不在此例。

感觉的细腻和锐敏,较之麻木,那当然算是进步的,然而以有助于生命的进化为限。如果不相干,甚而至于有碍,那就是进化中的病态,不久就要收梢。我们试将享清福,抱秋心的雅人,和破衣粗食的粗人一比较,就明白究竟是谁活得下去。喝过茶,望着秋天,我于是想:不识好茶,没有秋思,倒也罢了。

九月三十日

中国20世纪名家散文经典

世故三昧

人世间真是难处的地方,说一个人"不通世故",固然不是好话,但说他"深于世故"也不是好话。"世故"似乎也像"革命之不可不革,而亦不可太革"一样,不可不通,而亦不可太通的。

然而据我的经验,得到"深于世故"的恶谥者,却还是因为"不通世故"的缘故。

现在我假设以这样的话,来劝导青年人——

"如果你遇见社会上有不平事,万不可挺身而出,讲公道话,否则,事情倒会移到你头上来,甚至于会被指作反动分子的。如果你遇见有人被冤枉,被诬陷的,即使明知道他是好人,也万不可挺身而出,去给他解释或分辩,否则,你就会被人说是他的亲戚,或得了他的贿赂;倘使那是女人,就要被疑为她的情人的;如果他较有名,那便是党羽。例如我自己罢,给一个毫不相干的女士作了一篇信札集的序,人们就说她是我的小姨;绍介一点科学的文艺理论,人们就说得了苏联的卢布。亲戚和金钱,在目下的中国,关系也真是大,事实给与了教训,人们看惯了,以为人人都脱不了这关系,原也无足深怪的。

"然而,有些人其实也并不真相信,只是说着玩玩,有趣有趣的。即使有人为了谣言,弄得凌迟碎剐,像明末的郑鄤那样了,和自己也并不相干,总不如有趣的紧要。这时你如果去辨正,那就是使大家扫兴,结果还是你自己倒楣。我也有一个经验,那是十多年前,我在教育部里作"官僚",常听得同事说,某女学校的学生,是可以叫出来嫖的,连机关的地址门牌,也说得明明白白。有一回我偶然走过这条街,一个人对于坏事情,是记性好一点的,我记起来了,便留心着那门牌,但这一号,却是一块小空地,有一口大井,一间很破烂的小屋,是几个山东人住着卖水的地方,决计作不了别用。待到他们又在谈着这事的时候,我便说出我的所见来,而不料大家竟笑容尽敛,不欢而散了,此后不和我谈天者两三月。我事后才悟到打断了他们的兴致,是不应该的。

"所以,你最好是莫问是非曲直,一味附和着大家;但更好是不开口;而在更好之上的是连脸上也不显出心里的是非的模样来……"

这是处世法的精义,只要黄河不流到脚下,炸弹不落在身边,可以保管一世没有挫折的。但我恐怕青年人未必以我的话为然;便是中年,老年人,也许要以为我是在教坏了他们的子弟。呜呼,那么,一片苦心,竟是白费了。

然而倘说中国现在正如唐虞盛世,却又未免是"世故"之谈。耳闻目睹的不算,单是看看报章,也就可以知道社会上有多少不平,人们有多少冤抑。但对于这些事,除了有时或有同业,同乡,同族的人们来说几句呼吁的话之外,利害无关的人的义愤的声音,我们是很少听到的。这很分明,是大家不开口;或者以为和自己不相干;或者连"以为和自己不相干"的意思也全没有。"世故"深到不自觉其"深于世故",这才真是"深于世故"的了。这是中国处世法的精义中的精义。

而且,对于看了我的劝导青年人的话,心以为非的人物,我还有一下反攻在这里。他是以我为狡猾的。但是,我的话里,一面固然显示着我的狡猾,而且无能,但一面也显示着社会的黑暗。他单责个人,正是最稳妥的办法,倘使兼责社会,可就得站出去战斗了。责人的"深于世故"而避开了"世"不谈,这是更"深于世故"的玩艺,倘若自己不觉得,那就更深更深了,离三昧境盖不远矣。

不过凡事一说,即落言筌,不再能得三昧。说"世故三昧"者,即非"世故三昧"。三昧真谛,在行而不言;我现在一说"行而不言",却又失了真谛,离三昧境盖益远矣。

一切善知识,心知其意可也,腌!

十月十三日

中国 20 世纪名家散文经典

作文秘诀

现在竟还有人写信来问我作文的秘诀。

我们常常听到:拳师教徒弟是留一手的,怕他学全了就要打死自己,好让他称雄。在实际上,这样的事情也并非全没有,逢蒙杀羿就是一个前例。逢蒙远了,而这种古气是没有消尽,还加上了后来的"状元瘾",科举虽然久废,至今总还要争"唯一",争"最先"。遇到有"状元瘾"的人们,作教师就危险,拳棒教完,往往免不了被打倒,而这位新拳师来教徒弟时,却以他的先生和自己为前车之鉴,就一定留一手,甚而至于三四手,于是拳术也就"一代不如一代"了。

还有,作医生的有秘方,作厨子的有秘法,开点心铺子的有秘传,为了保全自家的衣食,听说这还只授儿妇,不教女儿,以免流传到别人家里去,"秘"是中国非常普遍的东西,连关于国家大事的会议,也总是"内容非常秘密",大家不知道。但是,作文却好像偏偏并无秘诀,假使有,每个作家一定是传给子孙的了,然而祖传的作家很少见。自然,作家的孩子们,从小看惯书籍纸笔,眼格也许比较的可以大一点罢,不过不见得就会作。目下的刊物上,虽然常见什么"父子作家""夫妇作家"的名称,仿佛真能从遗嘱或情书中,密授一些什么秘诀一样,其实乃是肉麻当有趣,妄将作官的关系,用到作文上去了。

那么,作文真就毫无秘诀么?却也并不。我曾经讲过几句作古文的秘诀,是要通篇都有来历,而非古人的成文;也就

是通篇是自己作的，而又全非自己所作，个人其实并没有说什么；也就是"事出有因"，而又"查无实据"。到这样，便"庶几乎免于大过也矣"了。简而言之，实不过要作得"今天天气，哈哈哈……"而已。

这是说内容。至于修辞，也有一点秘诀：一要蒙胧，二要难懂。那方法，是：缩短句子，多用难字。譬如罢，作文论秦朝事，写一句"秦始皇乃始烧书"，是不算好文章的，必须翻译一下，使它不容易一目了然才好。这时就用得着《尔雅》，《文选》了，其实是只要不给别人知道，查查《康熙字典》也不妨的。动手来改，成为"始皇始焚书"，就有些"古"起来，到得改成"政俶燔典"，那就简直有了班马气，虽然跟着也令人不大看得懂。但是这样的作成一篇以至一部，是可以被称为"学者"的，我想了半天，只作得一句，所以只配在杂志上投稿。

我们的古之文学大师，就常常玩着这一手。班固先生的"紫色蛙声，余分闰位"，就将四句长句，缩成八字的；扬雄先生的"蠢迪检柙"，就将"动由规矩"这四个平常字，翻成难字的。《绿野仙踪》记塾师咏"花"，有句云："媳钗俏矣儿书废，哥罐闻焉嫂棒伤。"自说意思，是儿妇折花为钗，虽然俏丽，但恐儿子因而废读；下联较费解，是他的哥哥折了花来，没有花瓶，就插在瓦罐里，以嗅花香，他嫂嫂为防微杜渐起见，竟几棒子连花和罐一起打坏了。这算是对于冬烘先生的嘲笑。然而他的作法，其实是和扬班并无不合的，错只在他不用古典而用新典。这一个所谓"错"，就使《文选》之类在遗老遗少们的心眼里保住了威灵。

作得蒙胧，这便是所谓"好"么？答曰：也不尽然，其实是不过掩了丑。但是，"知耻近乎勇"，掩了丑，也就仿佛近乎好了。摩登女郎披下头发，中年妇人罩上面纱，就都是蒙胧术。人类学家解释衣服的起源有三说：一说是因为男女知道了性的羞耻心，用这来遮羞；一说却以为倒是用这来刺激；还有一种是说因为老弱男女，身体衰瘦，露着不好看，盖上一些东西，借此掩掩丑的。从修辞学的立场上看起来，我赞成后一说。现在还常有骈四俪六，典丽堂皇的祭文，挽联，宣言，通电，我们倘去查字典，翻类书，剥去它外面的装饰，翻成白话文，试看那剩下的是怎样的东西呵！？

不懂当然也好的。好在那里呢？即好在"不懂"中。但所虑的是好到令人不能说好丑，所以还不如作得它"难懂"：有一点懂，而下一番苦功之后，所懂的也比较的多起来。我们是向来很有崇拜"难"的脾气的，每餐吃三碗饭，谁也不以为奇，有人每餐要吃十八碗，就郑重其事的写在笔记上；用手穿针没有人看，用脚穿针就可以搭帐篷卖钱；一幅画片，平淡无奇，装在匣子里，挖一个洞，化为西洋镜，人们就张着嘴热心的要看了。况且同是一事，费了

苦功而达到的,也比并不费力而达到的可贵。譬如到什么庙里去烧香罢,到山上的,比到平地上的可贵;三步一拜才到庙里的庙,和坐了轿子一径抬到的庙,即使同是这庙,在到达者的心里的可贵的程度是大有高下的。作文之贵乎难懂,就是要使读者三步一拜,这才能够达到一点目的的妙法。

写到这里,成了所讲的不但只是作古文的秘诀,而且是作骗人的古文的秘诀了。但我想,作白话文也没有什么大两样,因为它也可以夹些僻字,加上蒙胧或难懂,来施展那变戏法的障眼的手巾的。倘要反一调,就是"白描"。

"白描"却并没有秘诀。如果要说有,也不过是和障眼法反一调:有真意,去粉饰,少做作,勿卖弄而已。

十一月十日

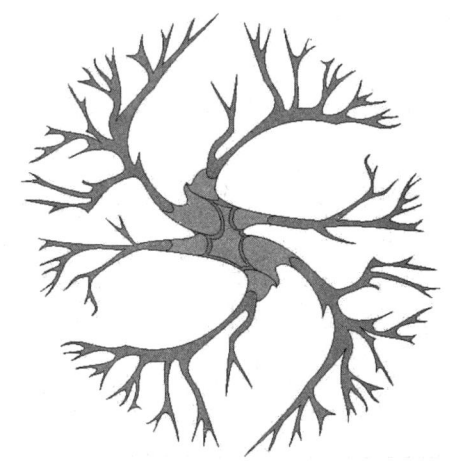

关于中国的两三件事

一　关于中国的火

希腊人所用的火,听说是在一直先前,普洛美修斯从天上偷来的,但中国的却和它不同,是燧人氏自家所发见——或者该说是发明罢。因为并非偷儿,所以拴在山上,给老雕去啄的灾难是免掉了,然而也没有普洛美修斯那样的被传扬,被崇拜。

中国也有火神的。但那可不是燧人氏,而是随意放火的莫明其妙的东西。

自从燧人氏发见,或者发明了火以来,能够很有味的吃火锅,点起灯来,夜里也可以工作了,但是,真如先哲之所谓"有一利必有一弊"罢,同时也开始了火灾,故意点上火,烧掉那有巢氏所发明的巢的了不起的人物也出现了。

和善的燧人氏是该被忘却的。即使伤了食,这回是属于神农氏的领域了,所以那神农氏,至今还被人们所记得。至于火灾,虽然不知道那发明家究竟是什么人,但祖师总归是有的,于是没有法,只好漫称之曰火神,而献以敬畏。看他的画像,是红面孔,红胡须,不过祭祀的时候,却须避去一切红色的东西,而代之以绿色。他大约像西班牙的牛一样,一看见红色,便会亢奋起来,作出一种可怕的行动的。

他因此受着崇祀。在中国,这样的恶神还很多。

然而,在人世间,倒似乎因了他们而热闹。赛会也只有火神的,燧人氏的却没有。倘有火灾,则被灾的和邻近的没有被灾的人们,都要祭火神,以表感谢之意。被了灾还要来表感谢之意,虽然未免有些出于意外,但若不祭,据说是第二回还会烧,所以还是感谢了的安全。而且也不但对于火神,就是对于人,有时也一样的这么办,我想,大约也是礼仪的一种罢。

其实,放火,是很可怕的,然而比起烧饭来,却也许更有趣。外国的事情我不知道,若在中国,则无论查检怎样的历史,总寻不出烧饭和点灯的人们的列传来。在社会上,即使怎样的善于烧饭,善于点灯,也毫没有成为名人的希望。然而秦始皇一烧书,至今还俨然作着名人,至于引为希特拉烧书事件的先例。假使希特拉太太善于开电灯,烤面包罢,那么,要在历史上寻一点先例,恐怕可就难了。但是,幸而那样的事,是不会哄动一世的。

烧掉房子的事,据宋人的笔记说,是开始于蒙古人的。因为他们住着帐篷,不知道住房子,所以就一路的放火。然而,这是诳话。蒙古人中,懂得汉文的很少,所以不来更正的。其实,秦的末年就有着放火的名人项羽在,一烧阿房宫,便天下闻名,至今还会在戏台上出现,连在日本也很有名。然而,在未烧以前的阿房宫里每天点灯的人们,又有谁知道他们的名姓呢?

现在是爆裂弹呀,烧夷弹呀之类的东西已经作出,加以飞机也很进步,如果要作名人,就更加容易了。而且如果放火比先前放得大,那么,那人就也更加受尊敬,从远处看去,恰如救世主一样,而那火光,便令人以为是光明。

二　关于中国的王道

在前年,曾经拜读过中里介山氏的大作《给支那及支那国民的信》。只记得那里面说,周汉都有着侵略者的资质。而支那人都讴歌他,欢迎他了。连对于朔北的元和清,也加以讴歌了。只要那侵略,有着安定国家之力,保护民生之实,那便是支那人民所渴望的王道,于是对于支那人的执迷不悟之点,愤慨得非常。

那"信",在满洲出版的杂志上,是被译载了的,但因为未曾输入中国,所以像是回信的东西,至今一篇也没有见。只在去年的上海报上所载的胡适博士的谈话里,有的说,"只有一个方法可以征服中国,即彻底停止侵略,反过来征服中国民族的心。"不消说,那不过是偶然的,但也有些令人觉得好像是对于那信的答复。

征服中国民族的心,这是胡适博士给中国之所谓王道所下的定义,然而我想,他自己恐怕也未必相信自己的话的罢。在中国,其实是彻底的未曾有过王道,"有历史癖和考据癖"的胡博士,该是不至于不知道的。

不错,中国也有过讴歌了元和清的人们,但那是感谢火神之类,并非连心也全被征服了的证据。如果给与一个暗示,说是倘不讴歌,便将更加虐待,那么,即使加以或一程度的虐待,也还可以使人们来讴歌。四五年前,我曾经加盟于一个要求自由的团体,而那时的上海教育局长陈德征氏勃然大怒道,在三民主义的统治之下,还觉得不满么?那可连现在所给与着的一点自由也要收起了。而且,真的是收起了的。每当感到比先前更不自由的时候,我一面佩服着陈氏的精通王道的学识,一面有时也不免想,真该是讴歌三民主义的。然而,现在是已经太晚了。

在中国的王道,看去虽然好像是和霸道对立的东西,其实却是兄弟,这之前和之后,一定要有霸道跑来的。人民之所讴歌,就为了希望霸道的减轻,或者不更加重的缘故。

汉的高祖,据历史家说,是龙种,但其实是无赖出身,说是侵略者,恐怕有些不对的。至于周的武王,则以征伐之名人中国,加以和殷似乎连民族也不同,用现代的话来说,那可是侵略者。然而那时的民众的声音,现在已经没有留存了。孔子和孟子确曾大大的宣传过那王道,但先生们不但是周朝的臣民而已,并且周游历国,有所活动,所以恐怕是为了想作官也难说。说得好看一点,就是因为要"行道",倘作了官,于行道就较为便当,而要作官,则不如称赞周朝之为便当的。然而,看起别的记载来,却虽是那王道的祖师而且专家的周朝,当讨伐之初,也有伯夷和叔齐扣马而谏,非拖开不可;纣的军队也加反抗,非使他们的血流到漂杵不可。接着是殷民又造了反,虽然特别称之曰"顽民",从王道天下的人民中除开,但总之,似乎究竟有了一种什么破绽似的。好个王道,只消一个顽民,便将它弄得毫无根据了。

儒士和方士,是中国特产的名物。方士的最高理想是仙道,儒士的便是王道。但可惜的是这两件在中国终于都没有。据长久的历史上的事实所证明,则倘说先前曾有真的王道者,是妄言,说现在还有者,是新药。孟子生于周季,所以以谈霸道为羞,倘使生于今日,则跟着人类的智识范围的展开,怕要羞谈王道的罢。

中国 20 世纪名家散文经典

三 关于中国的监狱

我想，人们是的确由事实而从新省悟，而事情又由此发生变化的。从宋朝到清朝的末年，许多年间，专以代圣贤立言的"制艺"这一种烦难的文章取士，到得和法国打了败仗，这才省悟了这方法的错误。于是派留学生到西洋，开设兵器制造局，作为那改正的手段。省悟到这还不够，是在和日本打了败仗之后，这回是竭力开起学校来。于是学生们年年大闹了。从清朝倒掉，国民党掌握政权的时候起，才又省悟了这错误，作为那改正的手段的，是除了大造监狱之外，什么也没有了。

在中国，国粹式的监狱，是早已各处都有的，到清末，就也造了一点西洋式，即所谓文明式的监狱。那是为了示给旅行到此的外国人而建造，应该与为了和外国人好互相应酬，特地派出去，学些文明人的礼节的留学生，属于同一种类的。托了这福，犯人的待遇也还好，给洗澡，也给一定分量的饭吃，所以倒是颇为幸福的地方。但是，就在两三礼拜前，政府因为要行仁政了，还发过一个不准克扣囚粮的命令。从此以后，可更加幸福了。

至于旧式的监狱，则因为好像是取法于佛教的地狱的，所以不但禁锢犯人，此外还有给他吃苦的职掌。挤取金钱，使犯人的家属穷到透顶的职掌，有时也会兼带的。但大家都以为应该。如果有谁反对罢，那就等于替犯人说话，便要受恶党的嫌疑。然而文明是出奇的进步了，所以去年也有了提倡每年该放犯人回家一趟，给以解决性欲的机会的，颇是人道主义气味之说的官吏。其实，他也并非对于犯人的性欲，特别表着同情，不过因为总不愁竟会实行的，所以也就高声嚷一下，以见自己的作为官吏的存在。然而舆论颇为沸腾了。有一位批评家，还以为这么一来，大家便要不怕牢监，高高兴兴的进去了，很为世道人心愤慨了一下。受了所谓圣贤之教那么久，竟还没有那位官吏的圆滑，固然也令人觉得诚实可靠，然而他的意见，是以为对于犯人，非加虐待不可，却也因此可见了。

从别一条路想，监狱确也并非没有不像以"安全第一"为标语的人们的理想乡的地方。火灾极少，偷儿不来，土匪也一定不来抢。即使打仗，也决没有以监狱为目标，施行轰炸的傻子；即使革命，有释放囚犯的例，而加以屠戮的是没有的。当福建独立之初，虽有说是释放犯人，而一到外面，和他们自己意见不同的人们倒反而失踪了的谣言，然而这样的例子，以前是未曾有过的。总而言之，似乎也并非很坏的处所。只要准带家眷，则即使不是现在似的大水，饥荒，战争，恐怖的时候，请求搬进去住的人们，也未必一定没有

的。于是虐待就成为必不可少了。

牛兰夫妇,作为赤化宣传者而关在南京的监狱里,也绝食了三四回了,可是什么效力也没有。这是因为他不知道中国的监狱的精神的缘故。有一位官员诧异的说过:他自己不吃,和别人有什么关系呢?岂但和仁政并无关系而已呢,省些食料,倒是于监狱有益的。甘地的把戏,倘不挑选兴行场,就毫无成效了。

然而,在这样的近于完美的监狱里,却还剩着一种缺点。至今为止,对于思想上的事,都没有很留心。为要弥补这缺点,是在近来新发明的叫作"反省院"的特种监狱里,施着教育。我还没有到那里面去反省过,所以并不知道详情,但要而言之,好像是将三民主义时时讲给犯人听,使他反省着自己的错误。听人说,此外还得作排击共产主义的论文。如果不肯作,或者不能作,那自然,非终身反省不可了,而作得不够格,也还是非反省到死则不可。现在是进去的也有,出来的也有,因为听说还得添造反省院,可见还是进去的多了。考完放出的良民,偶尔也可以遇见,但仿佛大抵是萎靡不振,恐怕是在反省和毕业论文上,将力气使尽了罢。那前途,是在没有希望这一面的。

清明时节

清明时节,是扫墓的时节,有的要进关内来祭祖,有的是到陕西去上坟,或则激论沸天,或则欢声动地,真好像上坟可以亡国,也可以救国似的。

坟有这么大关系,那么,掘坟当然是要不得的了。

元朝的国师八合思巴罢,他就深相信掘坟的利害。他掘开宋陵,要把人骨和猪狗骨同埋在一起,以使宋室倒楣。后来幸而给一位义士盗走了,没有达到目的,然而宋朝还是亡。曹操设了"摸金校尉"之类的职员,专门盗墓,他的儿子却作了皇帝,自己竟被谥为"武帝",好不威风。这样看来,死人的安危,和生人的祸福,又仿佛没有关系似的。

相传曹操怕死后被人掘坟,造了七十二疑冢,令人无从下手。于是后之诗人曰:"遍掘七十二疑冢,必有一冢葬君尸。"于是后之论者又曰:阿瞒老奸巨猾,安知其尸实不在此七十二冢之内乎。真是没有法子想。

阿瞒虽是老奸巨猾,我想,疑冢之流倒未必安排的,不过古来的冢墓,却大抵被发掘者居多,冢中人的主名,的确者也很少,洛阳邙山,清末掘墓者极多,虽在名公巨卿的墓中,所得也大抵是一块志石和凌乱的陶器,大约并非原没有贵重的殉葬品,乃是早经有人掘过,拿走了,什么时候呢,无从知道。总之是葬后以至清末的偷掘那一天之间罢。

至于墓中人究竟是什么人,非掘后往往不知道。即使有相传的主名的,也大抵靠不住。中国人一向喜欢造些和大人物相关的名胜,石门有"子路止宿处",泰山上有"孔子小天下处";一个小山洞,是埋着大禹,几堆大土堆,便葬着文武和周公。

　　如果扫墓的确可以救国,那么,扫就要扫得真确,要扫文武周公的陵,不要扫着别人的土包子,还得查考自己是否周朝的子孙。于是乎要有考古的工作,就是掘开坟来,看看有无葬着文王武王周公旦的证据,如果有遗骨,还可照《洗冤录》的方法来滴血。但是,这又和扫墓救国说相反,很伤孝子顺孙的心了。不得已,就只好闭了眼睛,硬着头皮,乱拜一阵。

　　"非其鬼而祭之,谄也!"单是扫墓救国术没有灵验,还不过是一个小笑话而已。

四月二十六日

中国 20 世纪名家散文经典

一思而行

只要并不是靠这来解决国政,布置战争,在朋友之间,说几句幽默,彼此莞尔而笑,我看是无关大体的。就是革命专家,有时也要负手散步;理学先生总不免有儿女,在证明着他并非日日夜夜,道貌永远的俨然。小品文大约在将来也还可以存在于文坛,只是以"闲适"为主,却稍嫌不够。

人间世事,恨和尚往往就恨袈裟。幽默和小品的开初,人们何尝有贰话。然而轰的一声,天下无不幽默和小品,幽默那有这许多,于是幽默就是滑稽,滑稽就是说笑话,说笑话就是讽刺,讽刺就是谩骂。油腔滑调,幽默也;"天朗气清",小品也;看郑板桥《道情》一遍,谈幽默十天,买袁中郎尺牍半本,作小品一卷。有些人既有以此起家之势,势必有想反此以名世之人,于是轰然一声,天下又无不骂幽默和小品。其实,则趁队起哄之士,今年也和去年一样,数不在少的。

手拿黑漆皮灯笼,彼此都莫明其妙。总之,一个名词归化中国,不久就弄成一团糟。伟人,先前是算好称呼的,现在则受之者已等于被骂;学者和教授,前两三年还是干净的名称;自爱者闻文学家之称而逃,今年已经开始了第一步。但是,世界上真的没有实在的伟人,实在的学者和教授,实在的文学家吗?并不然,只有中国是例外。

假使有一个人,在路旁吐一口唾沫,自己蹲下去,看着,不久准可以围满一堆人;又假使又有一个人,无端大叫一声,拔

步便跑,同时准可以大家都逃散。真不知是"何所闻而来,何所见而去",然而又心怀不满,骂他的莫明其妙的对象曰"妈的"!但是,那吐唾沫和大叫一声的人,归根结蒂还是大人物。当然,沉着切实的人们是有的。不过伟人等等之名之被尊视或鄙弃,大抵总只是作唾沫的替代品而已。

社会仗这添些热闹,是值得感谢的。但在乌合之前想一想,在云散之前也想一想,社会未必就冷静了,可是还要像样一点点。

五月十四日

中国 20 世纪名家散文经典

推己及人

　　忘了几年以前了,有一位诗人开导我,说是愚众的舆论,能将天才骂死,例如英国的济慈就是。我相信了。去年看见几位名作家的文章,说是批评家的漫骂,能将好作品骂得缩回去,使文坛荒凉冷落。自然,我也相信了。

　　我也是一个想作作家的人,而且觉得自己也确是一个作家,但还没有获得挨骂的资格,因为我未曾写过创作。并非缩回去,是还没有钻出来。这钻不出来的原因,我想是一定为了我的女人和两个孩子的吵闹,她们也如漫骂批评家一样,职务是在毁灭真天才,吓退好作品的。

　　幸喜今年正月,我的丈母要见见她的女儿了,她们三个就都回到乡下去。我真是耳目清静,猗欤休哉,到了产生伟大作品的时代。可是不幸得很,现在已是废历四月初,足足静了三个月了,还是一点也写不出什么来。假使有朋友问起我的成绩,叫我怎么回答呢?还能归罪于她们的吵闹吗?于是乎我的信心有些动摇。

　　我疑心我本不会有什么好作品,和她们的吵闹与否无关。而且我又疑心到所谓名作家也未必会有什么好作品,和批评家的漫骂与否无涉。

　　不过,如果有人吵闹,有人漫骂,倒可以给作家的没有作品遮羞,说是本来是要有的,现在给他们闹坏了。他于是就像一个落难小生,纵使并无作品,也能从看客赢得一掬一掬的同情之泪。

假使世界上真有天才,那么,谩骂的批评,于他是有损的,能骂退他的作品,使他不成其为作家。然而所谓谩骂的批评,于庸才是有益的,能保持其为作家,不过据说是吓退了他的作品。

在这三足月里,我仅仅有了一点"烟土披离纯",是套罗兰夫人的腔调的:"批评批评,世间多少作家,借汝之骂以存!"

五月十四日

论秦理斋夫人事

这几年来,报章上常见有因经济的压迫,礼教的制裁而自杀的记事,但为了这些,便来开口或动笔的人是很少的。只有新近秦理斋夫人及其子女一家四口的自杀,却起过不少的回声,后来还出了一个怀着这一段新闻记事的自杀者,更可见其影响之大了。我想,这是因为人数多。单独的自杀,盖已不足以招大家的青睐了。

一切回声中,对于这自杀的主谋者——秦夫人,虽然也加以恕辞;但归结却无非是诛伐。因为——评论家说——社会虽然黑暗,但人生的第一责任是生存,倘自杀,便是失职;第二责任是受苦,倘自杀,便是偷安。进步的评论家则说人生是战斗,自杀者就是逃兵,虽死也不足以蔽其罪。这自然也说得下去的,然而未免太笼统。

人间有犯罪学者,一派说,由于环境;一派说,由于个人。现在盛行的是后一说,因为倘信前一派,则消灭罪犯,便得改造环境,事情就麻烦,可怕了。而秦夫人自杀的批判者,则是大抵属于后一派。

诚然,既然自杀了,这就证明了她是一个弱者。但是,怎么会弱的呢?要紧的是我们须看看她的尊翁的信札,为了要她回去,既耸之以两家的名声,又动之以亡人的乩语。我们还得看看她的令弟的挽联:"妻殉夫,子殉母……"不是大有视为千古美谈之意吗?以生长及陶冶在这样的家庭中的人,又怎

么能不成为弱者？我们固然未始不可责以奋斗，但黑暗的吞噬之力，往往胜于孤军，况且自杀的批判者未必就是战斗的应援者，当他人奋斗时，挣扎时，败绩时，也许倒是鸦雀无声了。穷乡僻壤或都会中，孤儿寡妇，贫女劳人之顺命而死，或虽然抗命，而终于不得不死者何限，但曾经上谁的口，动谁的心呢？真是"自经于沟渎而莫之知也"！

　　人固然应该生存，但为的是进化；也不妨受苦，但为的是解除将来的一切苦；更应该战斗，但为的是改革。责别人的自杀者，一面责人，一面正也应该向驱人于自杀之途的环境挑战，进攻。倘使对于黑暗的主力，不置一辞，不发一矢，而但向"弱者"唠叨不已，则纵使他如何义形于色，我也不能不说——我真也忍不住了——他其实乃是杀人者的帮凶而已。

　　　　　　　　　　　　　　　　　　　五月二十四日

玩具

今年是儿童年。我记得的,所以时常看看造给儿童的玩具。

马路旁边的洋货店里挂着零星小物件,纸上标明,是从法国运来的,但我在日本的玩具店看见一样的货色,只是价钱更便宜。在担子上,在小摊上,都卖着渐吹渐大的橡皮泡,上面打着一个印子道:"完全国货",可见是中国自己制造的了。然而日本孩子玩着的橡皮泡上,也有同样的印子,那却应该是他们自己制造的。

大公司里则有武器的玩具:指挥刀,机关枪,坦克车……然而,虽是有钱人家的小孩,拿着玩的也少见。公园里面,外国孩子聚沙成为圆堆,横插上两条短树干,这明明是在创造铁甲炮车了,而中国孩子是青白的,瘦瘦的脸,躲在大人的背后,羞怯的,惊异的看着,身上穿着一件斯文之极的长衫。

我们中国是大人用的玩具多:姨太太,雅片枪,麻雀牌,《毛毛雨》,科学灵乩,金刚法会,还有别的,忙个不了,没有工夫想到孩子身上去了。虽是儿童年,虽是前年身历了战祸,也没有因此给儿童创出一种纪念的小玩艺,一切都是照样抄。然则明年不是儿童年了,那情形就可想。

但是,江北人却是制造玩具的天才。他们用两个长短不同的竹筒,染成红绿,连作一排,筒内藏一个弹簧,旁边有一个把手,摇起来就格格的响。这就是机关枪!也是我所见的唯一的创作。我在租界边上买了一个,和孩子摇着在路上走,文明的西洋人和胜利的日本人看见了,大抵投给我们一个鄙夷或悲悯的苦笑。

然而我们摇着在路上走,毫不愧恧,因为这是创作。前年以来,很有些人骂着江北人,好像非此不足以自显其高洁,现在沉默了,那高洁也就渺渺然,茫茫然。而江北人却创造了粗笨的机枪玩具,以坚强的自信和质朴的才能与文明的玩具争。他们,我以为是比从外国买了极新式的武器回来的人物,更其值得赞颂的,虽然也许又有人会因此给我一个鄙夷或悲悯的冷笑。

六月十一日

中国 20 世纪名家散文经典

倒提

　　西洋的慈善家是怕看虐待动物的,倒提着鸡鸭走过租界就要办。所谓办,虽然也不过是罚钱,只要舍得出钱,也还可以倒提一下,然而究竟是办了。于是有几位华人便大鸣不平,以为西洋人优待动物,虐待华人,至于比不上鸡鸭。

　　这其实是误解了西洋人。他们鄙夷我们,是的确的,但并未放在动物之下。自然,鸡鸭这东西,无论如何,总不过送进厨房,作成大菜而已,即顺提也何补于归根结蒂的运命。然而它不能言语,不会抵抗,又何必加以无益的虐待呢?西洋人是什么都讲有益的。我们的古人,人民的"倒悬"之苦是想到的了,而且也实在形容得切帖,不过还没有察出鸡鸭的倒提之灾来,然而对于什么"生剖驴肉""活烤鹅掌"这些无聊的残虐,却早经在文章里加以攻击了。这种心思,是东西之所同具的。

　　但对于人的心思,却似乎有些不同。人能组织,能反抗,能为奴,也能为主,不肯努力,固然可以永沦为舆台,自由解放,便能够获得彼此的平等,那运命是并不一定终于送进厨房,作成大菜的。愈下劣者,愈得主人的爱怜,所以西崽打叭儿,则西崽被斥,平人忤西崽,则平人获咎,租界上并无禁止苛待华人的规律,正因为我们该自有力量,自有本领,和鸡鸭绝不相同的缘故。

　　然而我们从古典里,听熟了仁人义士,来解倒悬的胡说了,直到现在,还不免总在想从天上或什么高处远处掉下一点

恩典来，其甚者竟以为"莫作乱离人，宁为太平犬"，不妨变狗，而合群改革是不肯的。自叹不如租界的鸡鸭者，也正有这气味。

这类的人物一多，倒是大家要被倒悬的，而且虽在送往厨房的时候，也无人暂时解救。这就因为我们究竟是人，然而是没出息的人的缘故。

六月三日

论"花边文学"

林　默

近来有一种文章，四周围着花边，从一些副刊上出现。这文章，每天一段，雍容闲适，缜密整齐，看外形似乎是"杂感"，但又像"格言"，内容却不痛不痒，毫无着落。似乎是小品或语录一类的东西。今天一则"偶感"。明天一段"据说"，从作者看来，自然是好文章，因为翻来复去，都成了道理，颇尽了八股的能事的。但从读者看，虽然不痛不痒，却往往渗有毒汁，散布了妖言。譬如甘地被刺，就起来作一篇"偶感"，颂扬一番"摩哈达麻"，咒骂几通暴徒作乱，为圣雄出气攘灾，顺便也向读者宣讲一些"看定一切"，"勇武和平"的不抵抗说教之类。这种文章无以名之，且名之曰"花边体"或"花边文学"罢。

这花边体的来源，大抵是走入鸟道以后的小品文变种。据这种小品文的拥护者说是会要流传下去的(见《人世间》：《关于小品文》)。我们且来看看他们的流传之道罢。六月念八日《申报》《自由谈》载有这样一篇文章，题目叫《倒提》。大意说西洋人禁止倒提鸡鸭，华人颇有鸣不平的，因为西洋人虐待华人，至于比不上鸡鸭。于是这位花边文学家发议论了，他说："这其实是误解了西洋人。他们鄙夷我们是的确的，但并未放在动物之下。"

为什么"并未"呢？据说是"人能组织，能反抗，……自有力量，自有本领，和鸡鸭绝不相同的缘故。"所以租界上没有禁止苛待华人的规律。不禁止虐待华人，当然就是把华人看在鸡鸭之上了。

倘要不平么，为什么不反抗呢？

而这些不平之士，据花边文学家从古典里得来的证明，断为"不妨变狗"之辈，没有出息的。

这意思极明白，第一是西洋人并未把华人放在鸡鸭之下，自叹不如鸡鸭的人，是误解了西洋人。第二是受了西洋人这种优待，不应该再鸣不平。第三是他虽也正面的承认人是能反抗的，叫人反抗，但他实在是说明西洋人为尊重华人起见,这虐待倒不可少,而且大可进一步。第四,倘有人要不平,他能从"古典"来证明这是华人没有出息。

上海的洋行,有一种帮洋人经营生意的华人,通称叫"买办",他们和同胞作起生意来,除开夸说洋货如何比国货好,外国人如何讲礼节信用,中国人是猪猡,该被淘汰以外,还有一个特点,是口称洋人曰:"我们的东家"。我想这一篇《倒提》的杰作,看他的口气,大抵不出于这般人为他们的东家而作的手笔。因为第一,这般人是常以了解西洋人自夸的,西洋人待他很客气;第二,他们往往赞成西洋人(也就是他们的东家)统治中国,虐待华人,因为中国人是猪猡;第三,他们最反对中国人怀恨西洋人。抱不平,从他们看来,更是危险思想。

从这般人或希望升为这般人的笔下产出来的就成了这篇"花边文学"的杰作。但所可惜是不论这种文人,或这种文字,代西洋人如何辩护说教,中国人的不平,是不可免的。因为西洋人虽然不曾把中国放在鸡鸭之下,但事实上也似乎并未放在鸡鸭之上。香港的差役把中国犯人倒提着从二楼摔下来,已是久远的事;近之如上海,去年的高丫头,今年的蔡洋其辈,他们的遭遇,并不胜过于鸡鸭,而死伤之惨烈有过而无不及。这些事实我辈华人是看得清清楚楚,不会转背就忘却的,花边文学家的嘴和笔怎能蒙混过去呢?

抱不平的华人果真如花边文学家的"古典"证明,一律没有出息的么?倒也不的。我们的古典里,不是有九年前的五卅运动,两年前的一·二八战争,至今还在艰苦支持的东北义勇军么?谁能说这些不是由于华人的不平之气聚集而成的勇敢的战斗和反抗呢?

"花边体"文章赖以流传的长处都在这里。如今虽然在流传着,为某些人们所拥护。但相去不远,就将有人来唾弃他的。现在是建设"大众语"文学的时候,我想"花边文学",不论这种形式或内容,在大众的眼中,将有流传不下去的一天罢。

这篇文章投了好几个地方,都被拒绝。莫非这文章又犯了要报私仇的嫌疑么?但这"授意"却没有的。就事论事,我觉得实有一吐的必要。文中过火之处,或者有之,但说我完全错了,却不能承认。倘得罪的是我的先辈或友人,那就请谅解这一点。

笔者附识
七月三日《大晚报》《火炬》

知了世界

中国的学者们,多以为各种智识,一定出于圣贤,或者至少是学者之口;连火和草药的发明应用,也和民众无缘,全由古圣王一手包办:燧人氏,神农氏。所以,有人以为"一若各种智识,必出诸动物之口,斯亦奇矣",是毫不足奇的。

况且,"出诸动物之口"的智识,在我们中国,也常常不是真智识。天气热得要命,窗门都打开了,装着无线电播音机的人家,便都把音波放到街头,"与民同乐"。咿咿唉唉,唱呀唱呀。外国我不知道,中国的播音,竟是从早到夜,都有戏唱的,它一会儿尖,一会儿沙,只要你愿意,简直能够使你耳根没有一刻清净。同时开了风扇,吃着冰淇淋,不但和"水位大涨""旱象已成"之处毫不相干,就是和窗外流着油汗,整天在挣扎过活的人们的地方,也完全是两个世界。

我在咿咿唉唉的曼声高唱中,忽然记得了法国诗人拉芳丁的有名的寓言:《知了和蚂蚁》。也是这样的火一般的太阳的夏天,蚂蚁在地面上辛辛苦苦的作工,知了却在枝头高吟,一面还笑蚂蚁俗。然而秋风来了,凉森森的一天比一天凉,这时知了无衣无食,变了小瘪三,却给早有准备的蚂蚁教训了一顿。这是我在小学校"受教育"的时候,先生讲给我听的。我那时好像很感动至今有时还记得。

但是,虽然记得,却又因了"毕业即失业"的教训,意见和蚂蚁已经很不同。秋风是不久就来的,也自然一天凉比一天,

然而那时无衣无食的,恐怕倒正是现在的流着油汗的人们;洋房的周围固然静寂了,但那是关紧了窗门,连音波一同留住了火炉的暖气,遥想那里面,大约总依旧是咿咿唉唉,《谢谢毛毛雨》。

"出诸动物之口"的智识,在我们中国岂不是往往不适用的么?

中国自有中国的圣贤和学者。"劳心者治人,劳力者治于人;治于人者食(去声)人,治人者食于人",说得多么简截明白。如果先生早将这教给我,我也不至于有上面的那些感想,多费纸笔了。这也就是中国人非读中国古书不可的一个好证据罢。

七月八日

买《小学大全》记

线装书真是买不起了。乾隆时候的刻本的价钱,几乎等于那时的宋本。明版小说,是五四运动以后飞涨的;从今年起,洪运怕要轮到小品文身上去了。至于清朝禁书,则民元革命后就是宝贝,即使并无足观的著作,也常要百余元至数十元。我向来也走走旧书坊,但对于这类宝书,却从不敢作非分之想。端午节前,在四马路一带闲逛,竟无意之间买到了一种,曰《小学大全》,共五本,价七角,看这名目,是不大有人会欢迎的,然而,却是清朝的禁书。

这书的编纂者尹嘉铨,博野人;他父亲尹会一,是有名的孝子,乾隆皇帝曾经给过褒扬的诗。他本身也是孝子,又是道学家,官又作到大理寺卿稽察觉罗学。还请令旗籍子弟也讲读朱子的《小学》,而"荷蒙朱批:所奏是。钦此。"这部书便成于两年之后的,加疏的《小学》六卷,《考证》和《释文》,《或问》各一卷,《后编》二卷,合成一函,是为《大全》。也曾进呈,终于在乾隆四十二年九月十七日奉旨:"好!知道了。钦此。"那明明是得了皇帝的嘉许的。

到乾隆四十六年,他已经致仕回家了,但真所谓"及其老也,戒之在得"罢,虽然欲得的乃是"名",也还是一样的招了大祸。这年三月,乾隆行经保定,尹嘉铨便使儿子送了一本奏章,为他的父亲请谥,朱批是"与谥乃国家定典,岂可妄求。此奏本当交部治罪,念汝为父私情,姑免之。若再不安分家居,汝罪不可追矣！钦此。"不过他豫先料不到会碰这样的大钉子，所以接着还有一本，是请许"我朝"名臣汤斌范文程李光第顾八代张伯行等从祀孔庙，"至于臣父尹会一，既蒙御制诗章褒嘉称孝，已在德行之科，自可从祀，非臣所敢请也。"这回可真出了大岔子，三月十八日的朱批是："竟大肆狂吠，不可恕矣！钦此。"

乾隆时代的一定办法，是凡以文字获罪者，一面拿办，一面就查抄，这并非着重他的家产，乃在查看藏书和另外的文字，如果别有"狂吠"，便可以一并治罪。因为乾隆的意见，是以为既敢"狂吠"，必不止于一两声，非彻底根究不可的。尹嘉铨当然逃不出例外，和自己的被捕同时，他那博野的老家和北京的寓所，都被查抄了。藏书和别项著作，实在不少，但其实也并无什么干碍之作。不过那时是决不能这样就算的，经大学士三宝等再三审讯之后，定为"相应请旨将尹嘉铨照大逆律凌迟处死"，幸而结果很宽大："尹嘉铨著加恩免其凌迟之罪，改为处绞立决，其家属一并加恩免其缘坐"就完结了。

这也还是名儒兼孝子的尹嘉铨所不及料的。

这一回的文字狱，只绞杀了一个人，比起别的案子来，决不能算是大狱，但乾隆皇帝却颇费心机，发表了几篇文字。从这些文字和奏章（均见《清代文字狱档》第六辑）看来，这回的祸机虽然发于他的"不安分"，但大原因，却在既以名儒自居，又请将名臣从祀：这都是大"不可恕"的地方。清朝虽然尊崇朱子，但止于"尊崇"，却不许"学样"，因为一学样，就要讲学，于是而有学说，于是而有门徒，于是而有门户，于是而有门户之争，这就足为"太平盛世"之累。况且以这样的"名儒"而作官，便不免以"名臣"自居，"妄自尊大"。乾隆是不承认清朝会有"名臣"的，他自己是"英主"，是"明君"，所以在他的统治之下，不能有奸臣，既没有特别坏的奸臣，也就没有特别好的名臣，一律都是不好不坏，无所谓好坏的奴子。

特别攻击道学先生，所以是那时的一种潮流，也就是"圣意"。我们所常见的，是纪昀总纂的《四库全书总目提要》和自著的《阅微草堂笔记》里的时时的排击。这就是迎合着这种潮流的，倘以为他秉性平易近人，所以憎恨了道学先生的谿刻，那是一种误解。大学士三宝们也很明白这潮流，当会审尹嘉铨时，曾奏道："查该犯如此狂悖不法，若即行定罪正法，尚不足以泄公愤而快人心。该犯曾任三品大员，相应遵例奏明，将该犯严加夹讯，多受刑法，问其究属何心，录取供词，具奏，再请旨立正典刑，方足以昭炯戒。"后来究竟用了夹棍没有，未曾查考，但看所录供词，却于用他的"丑行"来打倒他的道学的策略，是作得非常起劲的。现在抄三条在下面——

"问:尹嘉铨!你所书李孝女暮年不字事一篇,说'年逾五十,依然待字,吾妻李恭人闻而贤之,欲求淑女以相助,仲女固辞不就'等语。这处女既立志不嫁,已年过五旬,你为何叫你女人遣媒说合,要他作妾?这样没廉耻的事,难道是讲正经人干的么?据供:我说的李孝女年逾五十,依然待字,原因素日间知道雄县有个姓李的女子,守贞不字。吾女人要聘他为妾,我那时在京候补,并不知道;后来我女人告诉我,才知道的,所以替他作了这篇文字,要表扬他,实在我并没有见过他的面。但他年过五十,我还将要他作妾的话,作在文字内,这就是我廉耻丧尽,还有何辩。

"问:你当时在皇上跟前讨赏翎子,说是没有翎子,就回去见不得你妻小。你这假道学怕老婆,到底皇上没有给你翎子,你如何回去的呢?据供:我当初在家时,曾向我妻子说过,要见皇上讨翎子,所以我彼时不辞冒昧,就妄求恩典,原想得了翎子回家,可以夸耀。后来皇上没有赏我,我回到家里,实在觉得害羞,难见妻子。这都是我假道学,怕老婆,是实。

"问:你女人平日妒悍,所以替你娶妾,也要娶这五十岁女人给你,知道这女人断不肯嫁,他又得了不妒之名。总是你这假道学居常作惯这欺世盗名之事,你女人也学了你欺世盗名。你难道不知道么?供:我女人要替我讨妾,这五十岁李氏女子既已立志不嫁,断不肯作我的妾,我女人是明知的,所以借此要得不妒之名。总是我平日所作的事,俱系欺世盗名,所以我女人也学作此欺世盗名之事,难逃皇上洞鉴。"

还有一件要紧事是销毁和他有关的书。他的著述也真太多,计应"销毁"者有书籍八十六种,石刻七种,都是著作;应"撤毁"者有书籍六种,都是古书,而有他的序跋。《小学大全》虽不过"疏辑",然而是在"销毁"之列的。

但我所得的《小学大全》,却是光绪二十二年开雕,二十五年刊竣,而"宣统丁巳"(实是中华民国六年)重校的遗老本,有张锡恭跋云:"世风不古矣,愿读是书者,有以转移之。……"又有刘安涛跋云:"晚近凌夷,益加甚焉,异言喧豗,显与是书相悖,一唱百和,……驯致家与国均蒙其害,唐虞三代以来先圣先贤蒙以养正之遗意,扫地尽矣。剥极必复,天地之心见焉。……"为了文字狱,使士子不敢治史,尤不敢言近代事,但一面却也使昧于掌故,乾隆朝所竭力"销毁"的书,虽遗老也不复明白,不到一百三十年,又从新奉为宝典了。这莫非也是"剥极必复"么?恐怕是遗老们的乾隆皇帝所不及料的罢。

但是,清的康熙、雍正和乾隆三个,尤其是后两个皇帝,对于"文艺政策"或说得较大一点的"文化统制",却真尽了很大的努力的。文字狱不过是消

极的一方面,积极的一面,则如钦定四库全书,于汉人的著作,无不加以取舍,所取的书,凡有涉及金元之处者,又大抵加以修改,作为定本。此外,对于"七经""二十四史"《通鉴》,文士的诗文,和尚的语录,也都不肯放过,不是鉴定,便是评选,文苑中实在没有不被蹂躏的处所了。而且他们是深通汉文的异族的君主,以胜者的看法,来批评被征服的汉族的文化和人情,也鄙夷,但也恐惧,有苛论,但也有确评,文字狱只是由此而来的辣手的一种,那成果,由满洲这方面言,是的确不能说它没有效的。

现在这影响好像是淡下去了,遗老们的重刻《小学大全》,就是一个证据,但也可见被愚弄了的性灵,又终于并不清醒过来。近来明人小品,清代禁书,市价之高,决非穷读书人所敢窥觎,但《东华录》《御批通鉴辑览》《上谕八旗》《雍正朱批谕旨》……等,却好像无人过问,其低廉为别的一切大部书所不及。倘有有心人加以收集,一一钩稽,将其中的关于驾御汉人,批评文化,利用文艺之处,分别排比,辑成一书,我想,我们不但可以看见那策略的博大和恶辣,并且还能够明白我们怎样受异族主子的驯扰,以及遗留至今的奴性的由来的罢。

自然,这决不及赏玩性灵文字的有趣,然而借此知道一点演成了现在的所谓性灵的历史,却也十分有益的。

七月十日

忆韦素园君

我也还有记忆的,但是,零落得很。我自己觉得我的记忆好像被刀刮过了的鱼鳞,有些还留在身体上,有些是掉在水里了,将水一搅,有几片还会翻腾,闪烁,然而中间混着血丝,连我自己也怕得因此污了赏鉴家的眼目。

现在有几个朋友要纪念韦素园君,我也须说几句话。是的,我是有这义务的。我只好连身外的水也搅一下,看看泛起怎样的东西来。

怕是十多年之前了罢,我在北京大学作讲师,有一天。在教师豫备室里遇见了一个头发和胡子统统长得要命的青年,这就是李霁野。我的认识素园,大约就是霁野介绍的罢,然而我忘记了那时的情景。现在留在记忆里的,是他已经坐在客店的一间小房子里计划出版了。

这一间小房子,就是未名社。

那时我正在编印两种小丛书,一种是《乌合丛书》,专收创作,一种是《未名丛刊》,专收翻译,都由北新书局出版。出版者和读者的不喜欢翻译书,那时和现在也并不两样,所以《未名丛刊》是特别冷落的。恰巧,素园他们愿意绍介外国文学到中国来,便和李小峰商量,要将《未名丛刊》移出,由几个同人自办。小峰一口答应了,于是这一种丛书便和北新书局脱离。稿子是我们自己的,另筹了一笔印费,就算开始。因这丛书的

名目,连社名也就叫了"未名"——但并非"没有名目"的意思,是"还没有名目"的意思,恰如孩子的"还未成丁"似的。

未名社的同人,实在并没有什么雄心和大志,但是,愿意切切实实的,点点滴滴的作下去的意志,却是大家一致的。而其中的骨干就是素园。

于是他坐在一间破小屋子,就是未名社里办事了,不过小半好像也因为他生着病,不能上学校去读书,因此便天然的轮着他守寨。

我最初的记忆是在这破寨里看见了素园,一个瘦小,精明,正经的青年,窗前的几排破旧外国书,在证明他穷着也还是钉住着文学。然而我同时又有了一种坏印象,觉得和他是很难交往的,因为他笑影少。"笑影少"原是未名社同人的一种特色,不过素园显得最分明,一下子就能够令人感得。但到后来,我知道我的判断是错误了,和他也并不难于交往。他的不很笑,大约是因为年龄的不同,对我的一种特别态度罢,可惜我不能化为青年,使大家忘掉彼我,得到确证了。这真相,我想,霁野他们是知道的。

但待到我明白了我的误解之后,却同时又发见了一个他的致命伤:他太认真;虽然似乎沉静,然而他激烈。认真会是人的致命伤的么?至少,在那时以至现在,可以是的。一认真,便容易趋于激烈,发扬则送掉自己的命,沉静着,又啮碎了自己的心。

这里有一点小例子。——我们是只有小例子的。

那时候,因为段祺瑞总理和他的帮闲们的迫压,我已经逃到厦门,但北京的狐虎之威还正是无穷无尽。段派的女子师范大学校长林素园,带兵接收学校去了,演过全副武行之后,还指留着的几个教员为"共产党"。这个名词,一向就给有些人以"办事"上的便利,而且这方法,也是一种老谱,本来并不希罕。但素园却好像激烈起来了,从此以后,他给我的信上,有好一响竟憎恶"素园"两字而不用,改称为"漱园"。同时社内也发生了冲突,高长虹从上海寄信来,说素园压下了向培良的稿子,叫我讲一句话。我一声也不响。于是在《狂飙》上骂起来了,先骂素园,后骂我。素园在北京压下了培良的稿子,却由上海的高长虹来抱不平,要在厦门的我去下判断,我颇觉得是出色的滑稽,而且一个团体,虽是小小的文学团体罢,每当光景艰难时,内部是一定有人起来捣乱的,这也并不希罕。然而素园却很认真,他不但写信给我,叙述着详情,还作文登在杂志上剖白。在"天才"们的法庭上,别人剖白得清楚的么?——我不禁长长的叹了一口气,想到他只是一个文人,又生着病,却这么拼命的对付着内忧外患,又怎么能够持久呢。自然,这仅仅是小

忧患,但在认真而激烈的个人,却也相当的大的。

不久,未名社就被封,几个人还被捕。也许素园已经咯血,进了病院了罢,他不在内。但后来,被捕的释放,未名社也启封了,忽封忽启,忽捕忽放,我至今还不明白这是怎么的一个玩艺。

我到广州,是第二年——一九二七年的秋初,仍旧陆续的接到他几封信,是在西山病院里,伏在枕头上写就的,因为医生不允许他起坐。他措辞更明显,思想也更清楚,更广大了,但也更使我担心他的病。有一天,我忽然接到一本书,是布面装订的素园翻译的《外套》。我一看明白,就打了一个寒噤:这明明是他送给我的一个纪念品,莫非他已经自觉了生命的期限了么?

我不忍再翻阅这一本书,然而我没有法。

我因此记起,素园的一个好朋友也咯过血,一天竟对着素园咯起来,他慌张失措,用了爱和忧急的声音命令道:"你不许再吐了!"我那时却记起了伊孛生的《勃兰特》。他不是命令过去的人,从新起来,却并无这神力,只将自己埋在崩雪下面的么?……

我在空中看见了勃兰特和素园,但是我没有话。

一九二九年五月末,我最以为侥幸的是自己到西山病院去,和素园谈了天。他为了日光浴,皮肤被晒得很黑了,精神却并不萎顿。我们和几个朋友都很高兴。但我在高兴中,又时时夹着悲哀:忽而想到他的爱人,已由他同意之后,和别人订了婚;忽而想到他竟连绍介外国文学给中国的一点志愿,也怕难于达到;忽而想到他在这里静卧着,不知道他自以为是在等候痊愈,还是等候灭亡;忽而想到他为什么要寄给我一本精装的《外套》?……

壁上还有一幅陀思妥也夫斯基的大画像。对于这先生,我是尊敬,佩服的,但我又恨他残酷到了冷静的文章。他布置了精神上的苦刑,一个个拉了不幸的人来,拷问给我们看。现在他用沉郁的眼光,凝视着素园和他的卧榻,好像在告诉我:这也是可以收在作品里的不幸的人。

自然,这不过是小不幸,但在素园个人,是相当的大的。

一九三二年八月一日晨五时半,素园终于病殁在北平同仁医院里了,一切计划,一切希望,也同归于尽。我所抱憾的是因为避祸,烧去了他的信札,我只能将一本《外套》当作唯一的纪念,永远放在自己的身边。

自素园病殁之后,转眼已是两年了,这其间,对于他,文坛上并没有人开口。这也不能算是希罕的,他既非天才,也非豪杰,活的时候,既不过在默默

中生存,死了之后,当然也只好在默默中泯没。但对于我们,却是值得记念的青年,因为他在默默中支持了未名社。

未名社现在是几乎消灭了,那存在期,也并不长久。然而自素园经营以来,绍介了果戈理(N. Gogol),陀思妥也夫斯基(F. Dostoevsky),安特列夫(L. Andreev),绍介了望·蔼覃(F. vanEeden),绍介了爱伦堡(I. Ehrenburg)的《烟袋》和拉夫列涅夫(B. Lavrenev)的《四十一》。还印行了《未名新集》,其中有丛芜的《君山》,静农的《地之子》和《建塔者》,我的《朝华夕拾》,在那时候,也都还算是相当可看的作品。事实不为轻薄阴险小儿留情,曾几何年,他们就都已烟消火灭,然而未名社的译作,在文苑里却至今没有枯死的。

是的,但素园却并非天才,也非豪杰,当然更不是高楼的尖顶,或名园的美花,然而他是楼下的一块石材,园中的一撮泥土,在中国第一要他多。他不入于观赏者的眼中,只有建筑者和栽植者,决不会将他置之度外。

文人的遭殃,不在生前的被攻击和被冷落,一瞑之后,言行两亡,于是无聊之徒,谬托知己,是非蜂起,既以自衒,又以卖钱,连死尸也成了他们的沽名获利之具,这倒是值得悲哀的。现在我以这几千字纪念我所熟识的素园,但愿还没有营私肥己的处所,此外也别无话说了。

我不知道以后是否还有记念的时候,倘止于这一次,那么,素园,从此别了!

一九三四年七月十六之夜鲁迅记

忆刘半农君

这是小峰出给我的一个题目。

这题目并不出得过分。半农去世,我是应该哀悼的,因为他也是我的老朋友。但是,这是十来年前的话了,现在呢,可难说得很。

我已经忘记了怎么和他初次会面,以及他怎么能到了北京。他到北京,恐怕是在《新青年》投稿之后,由蔡子民先生或陈独秀先生去请来的,到了之后,当然更是《新青年》里的一个战士。他活泼,勇敢,很打了几次大仗。譬如罢,答王敬轩的双镄信,"她"字和"牠"字的创造,就都是的。这两件,现在看起来,自然是琐屑得很,但那是十多年前,单是提倡新式标点,就会有一大群人"若丧考妣",恨不得"食肉寝皮"的时候,所以的确是"大仗"。现在的二十左右的青年,大约很少有人知道三十年前,单是剪下辫子就会坐牢或杀头的了。然而这曾经是事实。

但半农的活泼,有时颇近于草率,勇敢也有失之无谋的地方。但是,要商量袭击敌人的时候,他还是好伙伴,进行之际,心口并不相应,或者暗暗的给你一刀,他是决不会的。倘若失了算,那是因为没有算好的缘故。

《新青年》每出一期,就开一次编辑会,商定下一期的稿件。其时最惹我注意的是陈独秀和胡适之。假如将韬略比作一间仓库罢,独秀先生的是外面竖一面大旗,大书道:"内皆武

器,来者小心!"但那门却开着的,里面有几枝枪,几把刀,一目了然,用不着提防。适之先生的是紧紧的关着门,门上粘一条小纸条道:"内无武器,请勿疑虑。"这自然可以是真的,但有些人——至少是我这样的人——有时总不免要侧着头想一想。半农却是令人不觉其有"武库"的一个人,所以我佩服陈胡,却亲近半农。

所谓亲近,不过是多谈闲天,一多谈,就露出了缺点。几乎有一年多,他没有消失掉从上海带来的才子必有"红袖添香夜读书"的艳福的思想,好容易才给我们骂掉了。但他好像到处都这么的乱说,使有些"学者"皱眉。有时候,连到《新青年》投稿都被排斥。他很勇于写稿,但试去看旧报去,很有几期是没有他的。那些人们批评他的为人,是:浅。

不错,半农确是浅。但他的浅,却如一条清溪,澄澈见底,纵有多少沉渣和腐草,也不掩其大体的清。倘使装的是烂泥,一时就看不出它的深浅来了;如果是烂泥的深渊呢,那就更不如浅一点的好。

但这些背后的批评,大约是很伤了半农的心的,他的到法国留学,我疑心大半就为此。我最懒于通信,从此我们就疏远起来了。他回来时,我才知道他在外国钞古书,后来也要标点《何典》,我那时还以老朋友自居,在序文上说了几句老实话,事后,才知道半农颇不高兴了,"驷不及舌",也没有法子。另外还有一回关于《语丝》的彼此心照的不快活。五六年前,曾在上海的宴会上见过一回面,那时候,我们几乎已经无话可谈了。

近几年,半农渐渐的据了要津,我也渐渐的更将他忘却;但从报章上看见他禁称"蜜斯"之类,却很起了反感:我以为这些事情是不必半农来作的。从去年来,又看见他不断的作打油诗,弄烂古文,回想先前的交情,也往往不免长叹。我想,假如见面,而我还以老朋友自居,不给一个"今天天气……哈哈哈"完事,那就也许会弄到冲突的罢。

不过,半农的忠厚,是还使我感动的。我前年曾到北平,后来有人通知我,半农是要来看我的,有谁恐吓了他一下,不敢来了。这使我很惭愧,因为我到北平后,实在未曾有过访问半农的心思。

现在他死去了,我对于他的感情,和他生时也并无变化。我爱十年前的半农,而憎恶他的近几年。这憎恶是朋友的憎恶,因为我希望他常是十年前的半农,他的为战士,即使"浅"罢,却于中国更为有益。我愿以愤火照出他的战绩,免使一群陷沙鬼将他先前的光荣和死尸一同拖入烂泥的深渊。

八月一日

从孩子的照相说起

因为长久没有小孩子,曾有人说,这是我作人不好的报应,要绝种的。房东太太讨厌我的时候,就不准她的孩子们到我这里玩,叫作"给他冷清冷清,冷清得他要死!"但是,现在却有了一个孩子,虽然能不能养大也很难说,然而目下总算已经颇能说些话,发表他自己的意见了。不过不会说还好,一会说,就使我觉得他仿佛也是我的敌人。

他有时对于我很不满,有一回,当面对我说:"我作起爸爸来,还要好……"甚而至于颇近于"反动",曾经给我一个严厉的批评道:"这种爸爸,什么爸爸!?"

我不相信他的话。作儿子时,以将来的好父亲自命,待到自己有了儿子的时候,先前的宣言早已忘得一干二净了。况且我自以为也不算怎么坏的父亲,虽然有时也要骂,甚至于打,其实是爱他的。所以他健康,活泼,顽皮,毫没有被压迫得瘟头瘟脑。如果真的是一个"什么爸爸",他还敢当面发这样反动的宣言么?

但那健康和活泼,有时却也使他吃亏,九一八事件后,就被同胞误认为日本孩子,骂了好几回,还挨过一次打——自然是并不重的。这里还要加一句说的听的,都不十分舒服的话:近一年多以来,这样的事情可是一次也没有了。

中国和日本的小孩子,穿的如果都是洋服,普通实在是很

难分辨的。但我们这里的有些人,却有一种错误的速断法:温文尔雅,不大言笑,不大动弹的,是中国孩子;健壮活泼,不怕生人,大叫大跳的,是日本孩子。

然而奇怪,我曾在日本的照相馆里给他照过一张相,满脸顽皮,也真像日本孩子;后来又在中国的照相馆里照了一张相,相类的衣服,然而面貌很拘谨,驯良,是一个道地的中国孩子了。

为了这事,我曾经想了一想。

这不同的大原因,是在照相师的。他所指示的站或坐的姿势,两国的照相师先就不相同,站定之后,他就瞪了眼睛,觑机摄取他以为最好的一刹那的相貌。孩子被摆在照相机的镜头之下,表情是总在变化的,时而活泼,时而顽皮,时而驯良,时而拘谨,时而烦厌,时而疑惧,时而无畏,时而疲劳……照住了驯良和拘谨的一刹那的,是中国孩子相;照住了活泼或顽皮的一刹那的,就好像日本孩子相。

驯良之类并不是恶德。但发展开去,对一切事无不驯良,却决不是美德,也许简直倒是没出息。"爸爸"和前辈的话,固然也要听的,但也须说得有道理。假使有一个孩子,自以为事事都不如人,鞠躬倒退;或者满脸笑容,实际上却总是阴谋暗箭,我实在宁可听到当面骂我"什么东西"的爽快,而且希望他自己是一个东西。

但中国一般的趋势,却只在向驯良之类——"静"的一方面发展,低眉顺眼,唯唯诺诺,才算一个好孩子,名之曰"有趣"。活泼,健康,顽强,挺胸仰面……凡是属于"动"的,那就未免有人摇头了,甚至于称之为"洋气"。又因为多年受着侵略,就和这"洋气"为仇;更进一步,则故意和这"洋气"反一调:他们活动,我偏静坐;他们讲科学,我偏扶乩;他们穿短衣,我偏着长衫;他们重卫生,我偏吃苍蝇;他们壮健,我偏生病……这才是保存中国固有文化,这才是爱国,这才不是奴隶性。

其实,由我看来,所谓"洋气"之中,有不少是优点,也是中国人性质中所本有的,但因了历朝的压抑,已经萎缩了下去,现在就连自己也莫明其妙,统统送给洋人了。这是必须拿它回来——恢复过来的——自然还得加一番慎重的选择。

即使并非中国所固有的罢,只要是优点,我们也应该学习。即使那老师是我们的仇敌罢,我们也应该向他学习。我在这里要提出现在大家所不高兴说的日本来,他的会摹仿,少创造,是为中国的许多论者所鄙薄的,但是,只要看看他们的出版物和工业品,早非中国所及,就知道"会摹仿"决不是劣

点,我们正应该学习这"会摹仿"的。"会摹仿"又加以有创造,不是更好么?否则,只不过是一个"恨恨而死"而已。

我在这里还要附加一句像是多余的声明:我相信自己的主张,决不是"受了帝国主义者的指使",要诱中国人作奴才;而满口爱国,满身国粹,也于实际上的作奴才并无妨碍。

八月七日

中国20世纪名家散文经典

随便翻翻

我想讲一点我的当作消闲的读书——随便翻翻。但如果弄得不好,会受害也说不定的。

我最初去读书的地方是私塾,第一本读的是《鉴略》,桌上除了这一本书和习字的描红格,对字(这是作诗的准备)的课本之外,不许有别的书。但后来竟也慢慢的认识字了,一认识字,对于书就发生了兴趣,家里原有两三箱破烂书,于是翻来翻去,大目的是找图画看,后来也看看文字。这样就成了习惯,书在手头,不管它是什么,总要拿来翻一下,或者看一遍序目,或者读几叶内容,到得现在,还是如此,不用心,不费力,往往在作文或看非看不可的书籍之后,觉得疲劳的时候,也拿这玩艺来作消遣了,而且它也的确能够恢复疲劳。

倘要骗人,这方法很可以冒充博雅。现在有一些老实人,和我闲谈之后,常说我书是看得很多的,略谈一下,我也的确好像书看得很多,殊不知就为了常常随手翻翻的缘故,却并没有本本细看。还有一种很容易到手的秘本,是《四库书目提要》,倘还怕繁,那么,《简明目录》也可以,这可要细看,它能作成你好像看过许多书。不过我也曾用过正经工夫,如什么"国学"之类,请过先生指教,留心过学者所开的参考书目。结果都不满意。有些书目开得太多,要十来年才能看完,我还疑心他自己就没有看;只开几部的较好,可是这须看这位开书目的先生了,如果他是一位胡涂虫,那么,开出来的几部一定也是

极顶胡涂书,不看还好,一看就胡涂。

我并不是说,天下没有指导后学看书的先生,有是有的,不过很难得。

这里只说我消闲的看书——有些正经人是反对的,以为这么一来,就"杂"!"杂",现在又算是很坏的形容词。但我以为也有好处。譬如我们看一家的陈年账簿,每天写着"豆腐三文,青菜十文,鱼五十文,酱油一文",就知先前这几个钱就可买一天的小菜,吃够一家;看一本旧历本,写着"不宜出行,不宜沐浴,不宜上梁",就知道先前是有这么多的禁忌。看见了宋人笔记里的"食菜事魔",明人笔记里的"十彪五虎",就知道"哦呵,原来'古已有之'。"但看完一部书,都是些那时的名人轶事,某将军每餐要吃三十八碗饭,某先生体重一百七十五斤半;或是奇闻怪事,某村雷劈蜈蚣精,某妇产生人面蛇,毫无益处的也有。这时可得自己有主意了,知道这是帮闲文士所作的书。凡帮闲,他能令人消闲消得最坏,他用的是最坏的方法。倘不小心,被他诱过去,那就坠入陷阱,后来满脑子是某将军的饭量,某先生的体重,蜈蚣精和人面蛇了。

讲扶乩的书,讲婊子的书,倘有机会遇见,不要皱起眉头,显示憎厌之状,也可以翻一翻;明知道和自己意见相反的书,已经过时的书,也用一样的办法。例如杨光先的《不得已》是清初的著作,但看起来,他的思想是活着的,现在意见和他相近的人们正多得很。这也有一点危险,也就是怕被它诱过去。治法是多翻,翻来翻去,一多翻,就有比较,比较是医治受骗的好方子。乡下人常常误认一种硫化铜为金矿,空口是和他说不明白的,或者他还会赶紧藏起来,疑心你要白骗他的宝贝。但如果遇到一点真的金矿,只要用手掂一掂轻重,他就死心塌地:明白了。

"随便翻翻"是用各种别的矿石来比的方法,很费事,没有用真的金矿来比的明白,简单。我看现在青年的常在问人该读什么书,就是要看一看真金,免得受硫化铜的欺骗。而且一识得真金,一面也就真的识得了硫化铜,一举两得了。

但这样的好东西,在中国现有的书里,却不容易得到。我回忆自己的得到一点知识,真是苦得可怜。幼小时候,我知道中国在"盘古氏开辟天地"之后,有三皇五帝,……宋朝,元朝,明朝,"我大清"。到二十岁,又听说"我们"的成吉思汗征服欧洲,是"我们"最阔气的时代。到二十五岁,才知道所谓这"我们"最阔气的时代,其实是蒙古人征服了中国,我们作了奴才。直到今年八月里,因为要查一点故事,翻了三部蒙古史,这才明白蒙古人的征服"斡罗思",侵入匈奥,还在征服全中国之前,那时的成吉思还不是我们的汗,倒是俄人被奴的资格比我们老,应该他们说"我们的成吉思汗征服中国,是我们

最阔气的时代"的。

我久不看现行的历史教科书了,不知道里面怎么说;但在报章杂志上,却有时还看见以成吉思汗自豪的文章。事情早已过去了,原没有什么大关系,但也许正有着大关系,而且无论如何,总是说些真实的好。所以我想,无论是学文学的,学科学的,他应该先看一部关于历史的简明而可靠的书。但如果他专讲天王星,或海王星,虾蟆的神经细胞,或只咏梅花,叫妹妹,不发关于社会的议论,那么,自然,不看也可以的。

我自己,是因为懂一点日本文,在用日译本《世界史教程》和新出的《中国社会史》应应急的,都比我历来所见的历史书类说得明确。前一种中国曾有译本,但只有一本,后五本不译了,译得怎样,因为没有见过,不知道。后一种中国倒先有译本,叫作《中国社会发展史》,不过据日译者说,是多错误,有删节,靠不住的。

我还在希望中国有这两部书。又希望不要一哄而来,一哄而散,要译,就译他完;也不要删节,要删节,就得声明,但最好还是译得小心,完全,替作者和读者想一想。

十一月二日

捣鬼心传

中国人又很有些喜欢奇形怪状,鬼鬼祟祟的脾气,爱看古树发光比大麦开花的多,其实大麦开花他向来也没有看见过。于是怪胎畸形,就成为报章的好资料,替代了生物学的常识的位置了。最近在广告上所见的,有像所谓两头蛇似的两头四手的胎儿,还有从小肚上生出一只脚来的三脚汉子。固然,人有怪胎,也有畸形,然而造化的本领是有限的,他无论怎么怪,怎么畸,总有一个限制:孪儿可以连背,连腹,连臀,连胁,或竟骈头,却不会将头生在屁股上;形可以骈拇,枝指,缺肢,多乳,却不会两脚之外添出一只脚来,好像"买两送一"的买卖。天实在不及人之能捣鬼。

但是,人的捣鬼,虽胜于天,而实际上本领也有限。因为捣鬼精义,在切忌发挥,亦即必须含蓄。盖一加发挥,能使所捣之鬼分明,同时也生限制,故不如含蓄之深远,而影响却又因而模胡了。"有一利必有一弊",我之所谓"有限"者以此。

清朝人的笔记里,常说罗两峰的《鬼趣图》,真写得鬼气拂拂;后来那图由文明书局印出来了,却不过一个奇瘦,一个矮胖,一个臃肿的模样,并不见得怎样的出奇,还不如只看笔记有趣。小说上的描摹鬼相,虽然竭力,也都不足以惊人,我觉得最可怕的还是晋人所记的脸无五官,浑沦如鸡蛋的山中厉鬼。因为五官不过是五官,纵使苦心经营,要它凶恶,总也逃不出五官的范围,现在使它浑沦得莫明其妙,读者也就怕得莫

明其妙了。然而其"弊"也,是印象的模胡。不过较之写些"青面獠牙","口鼻流血"的笨伯,自然聪明得远。

　　中华民国人的宣布罪状大抵是十条,然而结果大抵是无效。古来尽多坏人,十条不过如此,想引人的注意以至活动是决不会的。骆宾王作《讨武瞾檄》,那"入宫见嫉,蛾眉不肯让人,掩袖工谗,狐媚偏能惑主"这几句,恐怕是很费点心机的了,但相传武后看到这里,不过微微一笑。是的,如此而已,又怎么样呢?声罪致讨的明文,那力量往往远不如交头接耳的密语,因为一是分明,一是莫测的。我想假使当时骆宾王站在大众之前,只是攒眉摇头,连称"坏极坏极",却不说出其所谓坏的实例,恐怕那效力会在文章之上的罢。"狂飙文豪"高长虹攻击我时,说道劣迹多端,倘一发表,便即身败名裂,而终于并不发表,是深得捣鬼正脉的;但也竟无大效者,则与广泛俱来的"模胡"之弊为之也。

　　明白了这两例,便知道治国平天下之法,在告诉大家以有法,而不可明白切实的说出何法来。因为一说出,即有言,一有言,便可与行相对照,所以不如示之以不测。不测的威棱使人萎伤,不测的妙法使人希望——饥荒时生病,打仗时作诗,虽若与治国平天下不相干,但在莫明其妙中,却能令人疑为跟着自有治国平天下的妙法在——然而其"弊"也,却还是照例的也能在模胡中疑心到所谓妙法,其实不过是毫无方法而已。

　　捣鬼有术,也有效,然而有限,所以以此成大事者,古来无有。

十一月二十二日

论"人言可畏"

"人言可畏"是电影明星阮玲玉自杀之后,发见于她的遗书中的话。这哄动一时的事件,经过了一通空论,已经渐渐冷落了,只要《玲玉香消记》一停演,就如去年的艾霞自杀事件一样,完全烟消火灭。她们的死,不过像在无边的人海里添了几粒盐,虽然使扯淡的嘴巴们觉得有些味道,但不久也还是淡,淡,淡。

这句话,开初是也曾惹起一点小风波的。有评论者,说是使她自杀之咎,可见也在日报记事对于她的诉讼事件的张扬;不久就有一位记者公开的反驳,以为现在的报纸的地位,舆论的威信,可怜极了,那里还有丝毫主宰谁的运命的力量,况且那些记载,大抵采自经官的事实,绝非捏造的谣言,旧报具在,可以复按。所以阮玲玉的死,和新闻记者是毫无关系的。

这都可以算是真实话。然而——也不尽然。

现在的报章之不能像个报章,是真的;评论的不能逞心而谈,失了威力,也是真的,明眼人决不会过分的责备新闻记者。但是,新闻的威力其实是并未全盘坠地的,它对甲无损,对乙却会有伤;对强者它是弱者,但对更弱者它却还是强者,所以有时虽然吞声忍气,有时仍可以耀武扬威。于是阮玲玉之流,就成了发扬余威的好材料了,因为她颇有名,却无力。小市民总爱听人们的丑闻,尤其是有些熟识的人的丑闻。上海的街头巷尾的老虔婆,一知道近邻的阿二嫂家有野男人出入,津津

乐道,但如果对她讲甘肃的谁在偷汉,新疆的谁在再嫁,她就不要听了。阮玲玉正在现身银幕,是一个大家认识的人,因此她更是给报章凑热闹的好材料,至少也可以增加一点销场。读者看了这些,有的想:"我虽然没有阮玲玉那么漂亮,却比她正经";有的想:"我虽然不及阮玲玉的有本领,却比她出身高";连自杀了之后,也还可以给人想:"我虽然没有阮玲玉的技艺,却比她有勇气,因为我没有自杀"。化几个铜元就发见了自己的优胜,那当然是很上算的。但靠演艺为生的人,一遇到公众发生了上述的前两种的感想,她就够走到末路了。所以我们且不要高谈什么连自己也并不了然的社会组织或意志强弱的滥调,先来设身处地的想一想罢,那么,大概就会知道阮玲玉的以为"人言可畏",是真的,或人的以为她的自杀,和新闻记事有关,也是真的。

但新闻记者的辩解,以为记载大抵采自经官的事实,却也是真的。上海的有些介乎大报和小报之间的报章,那社会新闻,几乎大半是官司已经吃到公安局或工部局去了的案件。但有一点坏习气,是偏要加上些描写,对于女性,尤喜欢加上些描写;这种案件,是不会有名公巨卿在内的,因此也更不妨加上些描写。案中的男人的年纪和相貌,是大抵写得老实的,一遇到女人,可就要发挥才藻了,不是"徐娘半老,风韵犹存",就是"豆蔻年华,玲珑可爱"。一个女孩儿跑掉了,自奔或被诱还不可知,才子就断定道,"小姑独宿,不惯无郎",你怎么知道? 一个村妇再醮了两回,原是穷乡僻壤的常事,一到才子的笔下,就又赐以大字的题目道,"奇淫不减武则天",这程度你又怎么知道? 这些轻薄句子,加之村姑,大约是并无什么影响的,她不识字,她的关系人也未必看报。但对于一个智识者,尤其是对于一个出到社会上了的女性,却足够使她受伤,更不必说故意张扬,特别渲染的文字了。然而中国的习惯,这些句子是摇笔即来,不假思索的,这时不但不会想到这也是玩弄着女性,并且也不会想到自己乃是人民的喉舌。但是,无论你怎么描写,在强者是毫不要紧的,只消一封信,就会有正误或道歉接着登出来,不过无拳无勇如阮玲玉,可就正作了吃苦的材料了,她被额外的画上一脸花,没法洗刷。叫她奋斗吗? 她没有机关报,怎么奋斗;有冤无头,有怨无主,和谁奋斗呢? 我们又可以设身处地的想一想,那么,大概就又知她的以为"人言可畏",是真的,或人的以为她的自杀,和新闻记事有关,也是真的。

然而,先前已经说过,现在的报章的失了力量,却也是真的不过我以为还没有到达如记者先生所自谦,竟至一钱不值,毫无责任的时候。因为它对于更弱者如阮玲玉一流人,也还有左右她命运的若干力量的,这也就是说,它还能为恶,自然也还能为善。"有闻必录"或"并无能力"的话,都不是向上的负责的记者所该采用的口头禅,因为在实际上,并不如此,——它是有选择的,有作用的。

至于阮玲玉的自杀,我并不想为她辩护。我是不赞成自杀,自己也不豫备自杀的。但我的不豫备自杀,不是不屑,却因为不能。凡有谁自杀了,现在是总要受一通强毅的评论家的呵斥,阮玲玉当然也不在例外。然而我想,自杀其实是不很容易,决没有我们不豫备自杀的人们所渺视的那么轻而易举的。倘有谁以为容易么,那么,你倒试试看!

自然,能试的勇者恐怕也多得很,不过他不屑,因为他有对于社会的伟大的任务。那不消说,更加是好极了,但我希望大家都有一本笔记簿,写下所尽的伟大的任务来,到得有了曾孙的时候,拿出来算一算,看看怎么样。

五月五日

"题未定"草

一

极平常的豫想,也往往会给实验打破。我向来总以为翻译比创作容易,因为至少是无须构想。但到真的一译,就会遇着难关,譬如一个名词或动词,写不出,创作时候可以回避,翻译上却不成,也还得想,一直弄到头昏眼花,好像在脑子里面摸一个急于要开箱子的钥匙,却没有。严又陵说,"一名之立,旬月踟蹰",是他的经验之谈,的的确确的。

新近就因为豫想的不对,自己找了一个苦吃。《世界文库》的编者要我译果戈理的《死魂灵》,没有细想,一口答应了。这书我不过曾经草草的看过一遍,觉得写法平直,没有现代作品的希奇古怪,那时的人们还在蜡烛光下跳舞,可见也不会有什么摩登名词,为中国所未有,非译者来闭门生造不可的。我最怕新花样的名词,譬如电灯,其实也不算新花样了,一个电灯的零件,我叫得出六样:花线、灯泡、灯罩、沙袋、扑落、开关。但这是上海话,那后三个,在别处怕就行不通。《一天的工作》里有一篇短篇,讲到铁厂,后来有一位在北方铁厂里的读者给我一封信,说其中的机件名目,没有一个能够使他知道实物是什么的。呜呼,——这里只好呜呼了——其实这些名目,大半乃是十九世纪末我在江南学习挖矿时,得之老师的传授。不

知是古今异时,还是南北异地之故呢,隔膜了。在青年文学家靠它修养的《庄子》和《文选》或者明人小品里,也找不出那些名目来。没有法子。"三十六着,走为上着",最没有弊病的是莫如不沾手。

可恨我还太自大,竟又小觑了《死魂灵》,以为这倒不算什么,担当回来,真的又要翻译了。于是"苦"字上头。仔细一读,不错,写法的确不过平铺直叙,但到处是刺,有的明白,有的却隐藏,要感得到;虽然重译,也得竭力保存它的锋头。里面确没有电灯和汽车,然而十九世纪上半期的菜单,赌具,服装,也都是陌生家伙。这就势必至于字典不离手,冷汗不离身,一面也自然只好怪自己语学程度的不够格。但这一杯偶然自大了一下的罚酒是应该喝干的:硬着头皮译下去。到得烦厌,疲倦了的时候,就随便拉本新出的杂志来翻翻,算是休息。这是我的老脾气,休息之中,也略含幸灾乐祸之意,其意若曰:这回是轮到我舒舒服服的来看你们在闹什么花样了。

好像华盖运还没有交完,仍旧不得舒服。拉到手的是《文学》四卷六号,一翻开来,卷头就有一幅红印的大广告,其中说是下一号里,要有我的散文了,题目叫作"未定"。往回一想,编辑先生的确曾经给我一封信,叫我寄一点文章,但我最怕的正是所谓作文章,不答。文章而至于要作,其苦可知。不答者,即答曰不作之意。不料一面又登出广告来了,情同绑票,令我为难。但同时又想到这也许还是自己错,我曾经发表过,我的文章,不是涌出,乃是挤出来的。他大约正抓住了这弱点,在用挤出法;而且我遇见编辑先生们时,也间或觉得他们有想挤之状,令人寒心。先前如果说:"我的文章,是挤也挤不出来的",那恐怕要安全得多了,我佩服陀思妥也夫斯基的少谈自己,以及有些文豪们的专讲别人。

但是,积习还未尽除,稿费又究竟可以换米,写一点也还不算什么"冤沉海底"。笔,是有点古怪的,它有编辑先生一样的"挤"的本领。袖手坐着,想打盹,笔一在手,面前放一张稿子纸,就往往会莫明其妙的写出些什么来。自然,要好,可不见得。

二

还是翻译《死魂灵》的事情。躲在书房里,是只有这类事情的。动笔之前,就先得解决一个问题:竭力使它归化,还是尽量保存洋气呢?日本文的译者上田进君,是主张用前一法的。他以为讽刺作品的翻译,第一当求其易懂,愈易懂,效力也愈广大。所以他的译文,有时就化一句为数句,很近于解释。我的意见却两样的。只求易懂,不如创作,或者改作,将事改为中国事,

人也化为中国人。如果还是翻译,那么,首先的目的,就在博览外国的作品,不但移情,也要益智,至少是知道何地何时,有这等事,和旅行外国,是很相像的:它必须有异国情调,就是所谓洋气。其实世界上也不会有完全归化的译文,倘有,就是貌合神离,从严辨别起来,它算不得翻译。凡是翻译,必须兼顾着两面,一当然力求其易解,一则保存着原作的丰姿,但这保存,却又常常和易懂相矛盾:看不惯了。不过它原是洋鬼子,当然谁也看不惯,为比较的顺眼起见,只能改换他的衣裳,却不该削低他的鼻子,剜掉他的眼睛。我是不主张削鼻剜眼的,所以有些地方,仍然宁可译得不顺口。只是文句的组织,无须科学理论似的精密了,就随随便便,但副词的"地"字,却还是使用的,因为我觉得现在看惯了这字的读者已经很不少。

然而"幸乎不幸乎",我竟因此发见我的新职业了:作西崽。

还是当作休息的翻杂志,这回是在《人间世》二十八期上遇见了林语堂先生的大文,摘录会损精神,还是抄一段——

"……今人一味仿效西洋,自称摩登,甚至不问中国文法,必欲仿效英文,分'历史地'为形容词,'历史地的'为状词,以模仿英文之 historic – al – ly,拖一西洋辫子,然则'快来'何不因'快'字是状词而改为'快地的来'?此类把戏,只是洋场孽少怪相,谈文学虽不足,当西崽颇有才。此种流风,其弊在奴,救之之道,在于思。"(《今文八弊》中)

其实是"地"字之类的采用,并非一定从高等华人所擅长的英文而来的。"英文""英文",一笑一笑。况且看上文的反问语气,似乎"一味仿效西洋"的"今人",实际上也并不将"快来"改为"快地的来",这仅是作者的虚构,所以助成其名文,殆即所谓"保得自身为主,则圆通自在,大畅无比"之例了。不过不切实,倘是"自称摩登"的"今人"所说,就是"其弊在浮"。

倘使我至今还住在故乡,看了这一段文章,是懂得,相信的。我们那里只有几个洋教堂,里面想必各有几位西崽,然而很难得遇见。要研究西崽,只能用自己作标本,虽不过"颇",也够合用了。又是"幸乎不幸乎",后来竟到了上海,上海住着许多洋人,因此有着许多西崽,因此也给了我许多相见的机会;不但相见,我还得了和他们中的几位谈天的光荣。不错,他们懂洋话,所懂的大抵是"英文","英文",然而这是他们的吃饭家伙,专用于服事洋东家的他们决不将洋辫子拖进中国话里来,自然更没有捣乱中国文法的意思,有时也用几个音译字,如"那摩温","土司"之类,但这也是向来用惯的

话,并非标新立异,来表示自己的摩登的。他们倒是国粹家,一有余闲,拉皮胡,唱《探母》;上工穿制服,下工换华装,间或请假出游,有钱的就是缎鞋绸衫子。不过要戴草帽,眼镜也不用玳瑁边的老样式,倘用华洋的"门户之见",看起来,这两样却不免是缺点。

又倘使我要另找职业,能说英文,我可真的肯去作西崽的,因为我以为用工作换钱,西崽和华仆在人格上也并无高下,正如用劳力在外资工厂或华资工厂换得工资,或用学费在外国大学或中国大学取得资格,都没有卑贱和清高之分一样。西崽之可厌不在他的职业,而在他的"西崽相"。这里之所谓"相",非说相貌,乃是"诚于中而形于外"的,包括着"形式"和"内容"而言。这"相",是觉得洋人势力,高于群华人,自己懂洋话,近洋人,所以也高于群华人;但自己又系出黄帝,有古文明,深通华情,胜洋鬼子,所以也胜于势力高于群华人的洋人,因此也更胜于还在洋人之下的群华人。租界上的中国巡捕,也常常有这一种"相"。

倚徙华洋之间,往来主奴之界,这就是现在洋场上的"西崽相"。但又并不是骑墙,因为他是流动的,较为"圆通自在",所以也自得其乐,除非你扫了他的兴头。

三

由前所说,"西崽相"就该和他的职业有关了,但又不全和职业相关,一部分却来自未有西崽以前的传统。所以这一种相,有时是连清高的士大夫也不能免的。"事大",历史上有过的,"自大",事实上也常有的;"事大"和"自大",虽然不相容,但因"事大"而"自大",却又为实际上所常见——他足以傲视一切连"事大"也不配的人们。有人佩服得五体投地的《野叟曝言》中,那"居一人之下,在众人之上"的文素臣,就是这标本。他是崇华,抑夷,其实却是"满崽";古之"满崽",正犹今之"西崽"也。

所以虽是我们读书人,自以为胜西崽远甚,而洗伐未净,说话一多,也常常会露出尾巴来的。再抄一段名文在这里——

"……其在文学,今日绍介波兰诗人,明日绍介捷克文豪,而对于已经闻名之英美法德文人,反厌为陈腐,不欲深察,求一究竟。此与妇女新装求入时一样,总是媚字一字不是,自叹女儿身,事人以颜色,其苦不堪言。此种流风,其弊在浮,救之之道,在于学。"

(《今文八弊》中)

但是,这种"新装"的开始,想起来却长久了,"绍介波兰诗人",还在三十年前,始于我的《摩罗诗力说》。那时满清宰华,汉民受制,中国境遇,颇类波兰,读其诗歌,即易于心心相印,不但无事大之意,也不存献媚之心。后来上海的《小说月报》,还曾为弱小民族作品出过专号,这种风气,现在是衰歇了,即偶有存者,也不过一脉的余波。但生长于民国的幸福的青年,是不知道的,至于附势奴才,拜金崽子,当然更不会知道。但即使现在绍介波兰诗人,捷克文豪,怎么便是"媚"呢?他们就没有"已经闻名"的文人吗?况且"已经闻名",是谁闻其"名",又何从而"闻"的呢?诚然,"英美法德",在中国有宣教师,在中国现有或曾有租界,几处有驻军,几处有军舰,商人多,用西崽也多,至于使一般人仅知有"大英","花旗","法兰西"和"茄门",而不知世界上还有波兰和捷克。但世界文学史,是用了文学的眼睛看,而不用势利眼睛看的,所以文学无须用金钱和枪炮作掩护,波兰捷克,虽然未曾加入八国联军来打过北京,那文学却在,不过一些人,并未"已经闻名"而已。外国的文人,要在中国闻名,靠作品似乎是不够的,他反要得到轻薄。

所以一样的没有打过中国的国度的文学,如希腊的史诗,印度的寓言,亚剌伯的《天方夜谈》,西班牙的《堂·吉诃德》,纵使在别国"已经闻名",不下于"英美法德文人"的作品,在中国却被忘记了,他们或则国度已灭,或则无能,再也用不着"媚"字。

对于这情形,我看可以先把上章所引的林语堂先生的训词移到这里来的——

"此种流风,其弊在奴,救之之道,在于思。"

不过后两句不合用,既然"奴"了,"思"亦何益,思来思去,不过"奴"得巧妙一点而已。中国宁可有未"思"的西崽,将来的文学倒较为有望。

但"已经闻名的英美法德文人",在中国却确是不遇的。中国的立学校来学这四国语,为时已久,开初虽不过意在养成使馆的译员,但后来却展开,盛大了。学德语盛于清末的改革军操,学法语盛于民国的"勤工俭学"。学英语最早,一为了商务,二为了海军,而学英语的人数也最多,为学英语而作的教科书和参考书也最多,由英语起家的学士文人也不少。然而海军不过将军舰送人,绍介"已经闻名"的司各德,迭更斯,狄福,斯惠夫德……的,竟是只知汉文的林纾,连绍介最大的"已经闻名"的莎士比亚的几篇剧本的,也有待于并不专攻英文的田汉。这缘故,可真是非"在于思"则不可了。

然而现在又到了"今日绍介波兰诗人,明日绍介捷克文豪"的危机,弱国

文人,将闻名于中国,英美法德的文风,竟还不能和他们的财力武力,深入现在的文林,"狗逐尾巴"者既没有恒心,志在高山的又不屑动手,但见山林映以电灯,语录夹些洋话,"对于已经闻名之英美法德文人",真不知要待何人,至何时,这才来"求一究竟"。那些文人的作品,当然也是好极了的,然甲则曰不佞望洋而兴叹,乙则曰汝辈何不潜心而探求。旧笑话云:昔有孝子,遇其父病,闻股肉可疗,而自怕痛,执刀出门,执途人臂,悍然割之,途人惊拒,孝子谓曰,割股疗父,乃是大孝,汝竟惊拒,岂是人哉!是好比方;林先生云:"说法虽乖,功效实同",是好辩解。

六月十日

"题未定"草

六

记得 T 君曾经对我谈起过:我的《集外集》出版之后,施蛰存先生曾在什么刊物上有过批评,以为这本书不值得付印,最好是选一下。我至今没有看到那刊物;但从施先生的推崇《文选》和手定《晚明二十家小品》的功业,以及自标"言行一致"的美德推测起来,这也正像他的话。好在我现在并不要研究他的言行,用不着多管这些事。

《集外集》的不值得付印,无论谁说,都是对的。其实岂只这一本书,将来重开四库馆时,恐怕我的一切译作,全在排除之列;虽是现在,天津图书馆的目录上,在《呐喊》和《彷徨》之下,就注着一个"销"字,"销"者,销毁之谓也;梁实秋教授充当什么图书馆主任时,听说也曾将我的许多译作驱逐出境。但从一般的情形而论,目前的出版界,却实在并不十分谨严,所以印了我的一本《集外集》,似乎也算不得怎么特别糟蹋了纸墨。至于选本,我倒以为是弊多利少的,记得前年就写过一篇《选本》,说明着自己的意见,后来就收在《集外集》中。

自然,如果随便玩玩,那是什么选本都可以的,《文选》好,《古文观止》也可以。不过倘要研究文学或某一作家,所谓"知人论世",那么,足以应用的选本就很难得。选本所显示的,往往并非作者的特色，倒是选者的眼光。眼光愈锐利，见识愈深广，选本固然愈准确，但可惜的是大抵眼光如豆，抹杀了作者真相的居多，这才是一个"文人浩劫"。例如蔡邕，选家大抵只取他的碑文，使读者仅觉得他是典重文章的作手，必须看见《蔡中郎集》里的《述行赋》（也见于《续古文苑》），那些"穷工巧于台榭兮，民露处而寝湿，委嘉谷于禽兽兮，下糠秕而无粒"（手头无书，也许记错，容后订正）的句子，才明白他并非单单的老学究，也是一个有血性的人，明白那时的情形，明白他确有取死之道。又如被选家录取了《归去来辞》和《桃花源记》，被论客赞赏着"采菊东篱下，悠然见南山"的陶潜先生，在后人的心目中，实在飘逸得太久了，但在全集里，他却有时很摩登，"愿在丝而为履，附素足以周旋，悲行止之有节，空委弃于床前"，竟想摇身一变，化为"阿呀呀，我的爱人呀"的鞋子，虽然后来自说因为"止于礼义"，未能进攻到底，但那些胡思乱想的自白，究竟是大胆的。就是诗，除论客所佩服的"悠然见南山"之外，也还有"精卫衔微木，将以填沧海，形天舞干戚，猛志固常在"之类的"金刚怒目"式，在证明着他并非整天整夜的飘飘然。这"猛志固常在"和"悠然见南山"的是一个人，倘有取舍，即非全人，再加抑扬，更离真实。譬如勇士，也战斗，也休息，也饮食，自然也性交，如果只取他末一点，画起像来，挂在妓院里，尊为性交大师，那当然也不能说是毫无根据的，然而，岂不冤哉！我每见近人的称引陶渊明，往往不禁为古人惋惜。

　　这也是关于取用文学遗产的问题，潦倒而至于昏聩的人，凡是好的，他总归得不到。前几天，看见《时事新报》的《青光》上，引过林语堂先生的话，原文抛掉了，大意是说：老庄是上流，泼妇骂街之类是下流，他都要看，只有中流，剽上窃下，最无足观。如果我所记忆的并不错，那么，这真不但宣告了宋人语录，明人小品，下至《论语》，《人间世》，《宇宙风》这些"中流"作品的死刑，也透彻的表白了其人的毫无自信。不过这还是空腹高心之谈，因为虽是"中流"，也并不一概，即使同是剽窃，有取了好处的，有取了无用之处的，有取了坏处的，到得"中流"的下流，他就连剽窃也不会，"老庄"不必说了，虽是明清的文章，又何尝真的看得懂。

　　标点古文，不但使应试的学生为难，也往往害得有名的学者出丑，乱点词曲，拆散骈文的美谈，已经成为陈迹，也不必回顾了；今年出了许多廉价的所谓珍本书，都有名家标点，关心世道者怒然忧之，以为足煽复古之焰。我却没有这么悲观，化国币一元数角，买了几本，既读古之中流的文章，又看今之中流的标点；今之中流，未必能懂古之中流的文章的结论，就从这里得来的。

　　例如罢，——这种举例，是很危险的，从古到今，文人的送命，往往并非

他的什么"意德沃罗基"的悖谬,倒是为了个人的私仇居多。然而这里仍得举,因为写到这里,必须有例,所谓"箭在弦上,不得不发"者是也。但经再三忖度,决定"姑隐其名",或者得免于难欤,这是我在利用中国人只顾空面子的缺点。

例如罢,我买的"珍本"之中,有一本是张岱的《琅嬛文集》,"特印本实价四角";据"乙亥十月,卢前冀野父"跋,是"化峭壁之途为康庄"的,但照标点看下去,却并不十分"康庄"。标点,对于五言或七言诗最容易,不必文学家,只要数学家就行,乐府就不大"康庄"了,所以卷三的《景清刺》里,有了难懂的句子:

"……佩铅刀。藏膝髁。太史奏。机谋破。不称王向前。坐对御衣含血唾。……"

琅琅可诵,韵也押的,不过"不称王向前"这一句总有些费解。看看原序,有云:"清知事不成。跃而询上。大怒曰。毋谓我王。即王敢尔耶。清曰。今日之号。尚称王哉。命抉其齿。王且询。则含血前。涂御衣。上益怒。剥其肤。……"(标点悉遵原本)那么,诗该是"不称王,向前坐"了,"不称王"者,"尚称王哉"也;"向前坐"者,"则含血前"也。而序文的"跃而询上。大怒曰",恐怕也该是"跃而询。上大怒曰"才合式,据作文之初阶,观下文之"上益怒",可知也矣。

纵使明人小品如何"本色",如何"性灵",拿它乱玩究竟还是不行的,自误事小,误人可似乎不大好。例如卷六的《琴操》《脊令操》序里,有这样的句子:

"秦府僚属。劝秦王世民。行周公之事。伏兵玄武门。射杀建成元吉魏徵。伤亡作。"

文章也很通,不过一翻《唐书》,就不免觉得魏徵实在射杀得冤枉,他其实是秦王世民作了皇帝十七年之后,这才病死的。所以我们没有法,这里只好点作"射杀建成元吉,魏徵伤亡作"。明明是张岱作的《琴操》,怎么会是魏徵作呢,索性也将他射杀干净,固然不能说没有道理,不过"中流"文人,是常有拟作的,例如韩愈先生,就替周文王说过"臣罪当诛兮天王圣明",所以在这里,也还是以"魏徵伤亡作"为稳当。

我在这里也犯了"文人相轻"罪,其罪状曰"吹毛求疵"。但我想"将功折

罪"的,是证明了有些名人,连文章也看不懂,点不断,如果选起文章来,说这篇好,那篇坏,实在不免令人有些毛骨悚然,所以认真读书的人,一不可倚仗选本,二不可凭信标点。

七

还有一样最能引读者入于迷途的,是"摘句"。它往往是衣裳上撕下来的一块绣花,经摘取者一吹嘘或附会,说是怎样超然物外,与尘浊无干,读者没有见过全体,便也被他弄得迷离惝恍。最显著的便是上文说过的"悠然见南山"的例子,忘记了陶潜的《述酒》和《读山海经》等诗,捏成他单是一个飘飘然,就是这摘句作怪。新近在《中学生》的十二月号上,看见了朱光潜先生的《说"曲终人不见,江上数峰青"》的文章,推这两句为诗美的极致,我觉得也未免有以割裂为美的小疵。他说的好处是:

"我爱这两句诗,多少是因为它对于我启示了一种哲学的意蕴。'曲终人不见'所表现的是消逝,'江上数峰青'所表现的是永恒。可爱的乐声和奏乐者虽然消逝了,而青山却巍然如旧,永远可以让我们把心情寄托在它上面。人到底是怕凄凉的,要求伴侣的。曲终了,人去了,我们一霎时以前所游目骋怀的世界猛然间好像从脚底倒塌去了。这是人生最难堪的一件事,但是一转眼间我们看到江上青峰,好像又找到另一个可亲的伴侣,另一个可托足的世界,而且它永远是在那里的。'山穷水尽疑无路,柳暗花明又一村',此种风味似之。不仅如此,人和曲果真消逝了么;这一曲缠绵悱恻的音乐没有惊动山灵?它没有传出江上青峰的妩媚和严肃?它没有深深地印在这妩媚和严肃里面?反正青山和湘灵的瑟声已发生这么一回的因缘,青山永在,瑟声和鼓瑟的人也就永在了。"

这确已说明了他的所以激赏的原因。但也没有尽。读者是种种不同的,有的爱读《江赋》和《海赋》,有的欣赏《小园》或《枯树》。后者是徘徊于有无生灭之间的文人,对于人生,既惮扰攘,又怕离去,懒于求生,又不乐死,实有太板,寂绝又太空,疲倦得要休息,而休息又太凄凉,所以又必须有一种抚慰。于是"曲终人不见"之外,如"只在此山中,云深不知处"或"笙歌归院落,灯火下楼台"之类,就往往为人所称道。因为眼前不见,而远处却在,如果不在,便悲哀了,这就是道士之所以说"至心归命礼,玉皇大天尊!"也。

中国 20 世纪名家散文经典

抚慰劳人的圣药,在诗,用朱先生的话来说,是"静穆":

"艺术的最高境界都不在热烈。就诗人之所以为人而论,他所感到的欢喜和愁苦也许比常人所感到的更加热烈。就诗人之所以为诗人而论,热烈的欢喜或热烈的愁苦经过诗表现出来以后,都好比黄酒经过长久年代的储藏,失去它的辣性,只剩一味醇朴。我在别的文章里曾经说过这一段话:'懂得这个道理,我们可以明白古希腊人何以把和平静穆看作诗的极境,把诗神亚波罗摆在蔚蓝的山巅,俯瞰众生扰攘,而眉宇间却常如作甜蜜梦,不露一丝被扰动的神色?'这里所谓'静穆'(Serenity)自然只是一种最高理想,不是在一般诗里所能找得到的。古希腊——尤其是古希腊的造形艺术——常使我们觉到这种'静穆'的风味。'静穆'是一种豁然大悟,得到归依的心情。它好比低眉默想的观音大士,超一切忧喜,同时你也可说它泯化一切忧喜。这种境界在中国诗里不多见。屈原阮籍李白杜甫都不免有些像金刚怒目,愤愤不平的样子。陶潜浑身是'静穆',所以他伟大。"

古希腊人,也许把和平静穆看作诗的极境的罢,这一点我毫无知识。但以现存的希腊诗歌而论,荷马的史诗,是雄大而活泼的,沙孚的恋歌,是明白而热烈的,都不静穆。我想,立"静穆"为诗的极境,而此境不见于诗,也许和立蛋形为人体的最高形式,而此形终不见于人一样。至于亚波罗之在山巅,那可因为他是"神"的缘故,无论古今,凡神像,总是放在较高之处的。这像,我曾见过照相,睁着眼睛,神清气爽,并不像"常如作甜蜜梦"。不过看见实物,是否"使我们觉到这种'静穆'的风味",在我可就很难断定了,但是,倘使真的觉得,我以为也许有些因为他"古"的缘故。

我也是常常徘徊于雅俗之间的人,此刻的话,很近于大煞风景,但有时却自以为颇"雅"的:间或喜欢看看古董。记得十多年前,在北京认识了一个土财主,不知怎么一来,他也忽然"雅"起来了,买了一个鼎,据说是周鼎,真是土花斑驳,古色古香。而不料过不几天,他竟叫铜匠把它的土花和铜绿擦得一干二净,这才摆在客厅里,闪闪的发着铜光。这样的擦得精光的古铜器,我一生中还没有见过第二个。一切"雅士",听到的无不大笑,我在当时,也不禁由吃惊而失笑了,但接着就变成肃然,好像得了一种启示。这启示并非"哲学的意蕴",是觉得这才看见了近于真相的周鼎。鼎在周朝,恰如碗之在现代,我们的碗,无整年不洗之理,所以鼎在当时,一定是干干净净,金光

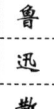

灿烂的,换了术语来说,就是它并不"静穆",倒有些"热烈"。这一种俗气至今未脱,变化了我衡量古美术的眼光,例如希腊雕刻罢,我总以为它现在之见得"只剩一味醇朴"者,原因之一,是在曾埋土中,或久经风雨,失去了锋棱和光泽缘故,雕造的当时,一定是崭新,雪白,而且发闪的,所以我们现在所见的希腊之美,其实并不准是当时希腊人之所谓美,我们应该悬想它是一件新东西。

凡论文艺,虚悬了一个"极境",是要陷入"绝境"的,在艺术,会迷惘于土花,在文学,则被拘迫而"摘句"。但"摘句"又大足以困人,所以朱先生就只能取钱起的两句,而踢开他的全篇,又用这两句来概括作者的全人,又用这两句来打杀了屈原,阮籍,李白,杜甫等辈,以为"都不免有些像金刚怒目,愤愤不平的样子"。其实是他们四位,都因为垫高朱先生的美学说,作了冤屈的牺牲的。

我们现在先来看一看钱起的全篇罢:

"省试湘灵鼓瑟

善鼓云和瑟,常闻帝子灵。冯夷空自舞,楚客不堪听。苦调凄金石,清音入杳冥。苍梧来怨慕,白芷动芳馨。流水传湘浦,悲风过洞庭。曲终人不见,江上数峰青。"

要证成"醇朴"或"静穆",这全篇实在是不宜称引的,因为中间的四联,颇近于所谓"衰飒"。但没有上文,末两句便显得含胡,不过这含胡,却也许又是称引者之所谓超妙。现在一看题目,便明白"曲终"者结"鼓瑟","人不见"者点"灵"字,"江上数峰青"者作"湘"字,全篇虽不失为唐人的好试帖,但末两句也并不怎么神奇了。况且题上明说是"省试",当然不会有"愤愤不平的样子",假使屈原不和椒兰吵架,却上京求取功名,我想,他大约也不至于在考卷上大发牢骚的,他首先要防落第。

我们于是应该再来看看这《湘灵鼓瑟》的作者的另外的诗了。但我手头也没有他的诗集,只有一部《大历诗略》,也是迂夫子的选本,不过篇数却不少,其中有一首是:

"下第题长安客舍

不遂青云望,愁看黄鸟飞。梨花寒食夜,客子未春衣。世事随时变,交情与我违。空余主人柳,相见却依依。"

一落第,在客栈的墙壁上题起诗来,他就不免有些愤愤了,可见那一首《湘灵鼓瑟》,实在是因为题目,又因为省试,所以只好如此圆转活脱。他和屈原,阮籍,李白,杜甫四位,有时都不免是怒目金刚,但就全体而论,他长不到丈六。

世间有所谓"就事论事"的办法,现在就诗论诗,或者也可以说是无碍的罢。不过我总以为倘要论文,最好是顾及全篇,并且顾及作者的全人,以及他所处的社会状态,这才较为确凿。要不然,是很容易近乎说梦的。但我也并非反对说梦,我只主张听者心里明白所听的是说梦,这和我劝那些认真的读者不要专凭选本和标点本为法宝来研究文学的意思,大致并无不同。自己放出眼光看过较多的作品,就知道历来的伟大的作者,是没有一个"浑身是'静穆'"的。陶潜正因为并非"浑身是'静穆',所以他伟大"。现在之所以往往被尊为"静穆",是因为他被选文家和摘句家所缩小,凌迟了。

八

现在还在流传的古人文集,汉人的已经没有略存原状的了,魏的嵇康,所存的集子里还有别人的赠答和论难,晋的阮籍,集里也有伏义的来信,大约都是很古的残本,由后人重编的。《谢宣城集》虽然只剩了前半部,但有他的同僚一同赋咏的诗。我以为这样的集子最好,因为一面看作者的文章,一面又可以见他和别人的关系,他的作品,比之同咏者,高下如何,他为什么要说那些话……现在采取这样的编法的,据我所知道,则《独秀文存》,也附有和所存的"文"相关的别人的文字。

那些了不得的作家,谨严入骨,惜墨如金,要把一生的作品,只删存一个或者三四个字,刻之泰山顶上,"传之其人",那当然听他自己的便,还有鬼蜮似的"作家",明明有天兵天将保佑,姓名大可公开,他却偏要躲躲闪闪,生怕他的"作品"和自己的原形发生关系,随作随删,删到只剩下一张白纸,到底什么也没有,那当然也听他自己的便。如果多少和社会有些关系的文字,我以为是都应该集印的,其中当然夹杂着许多废料,所谓"榛楛弗剪",然而这才是深山大泽。现在已经不像古代,要手抄,要木刻,只要用铅字一排就够。虽说排印,糟蹋纸墨自然也还是糟蹋纸墨的,不过只要一想连杨邨人之流的东西也还在排印,那就无论什么都可以闭着眼睛发出去了。中国人常说"有一利必有一弊",也就是"有一弊必有一利":揭起小无耻之旗,固然要引出无耻群,但使谦让者泼剌起来,却是一利。

收回了谦让的人,在实际上也并不少,但又是所谓"爱惜自己"的居多。

"爱惜自己"当然并不是坏事情,至少,他不至于无耻,然而有些人往往误认"装点"和"遮掩"为"爱惜"。集子里面,有兼收"少作"的,然而偏去修改一下,在孩子的脸上,种上一撮白胡须;也有兼收别人之作的,然而又大加拣选,决不取谩骂诬蔑的文章,以为无价值。其实是这些东西,一样的和本文都有价值的,即使那力量还不够引出无耻群,但倘和有价值的本文有关,这就是它在当时的价值。中国的史家是早已明白的了这一点的,所以历史里大抵有循吏传,隐逸传,却也有酷吏传和佞幸传,有忠臣传,也一有奸臣传。因为不如此,便无从知道全般。

而且一任鬼蜮的伎俩随时消灭,也不能洞晓反鬼蜮者的人和文章。山林隐逸之作不必论,倘使这作者是身在人间,带些战斗性的,那么,他在社会上一定有敌对。只是这些敌对决不肯自承,时时撒娇道:"冤乎枉哉,这是他把我当作假想敌了呀!"可是留心一看,他的确在放暗箭,一经指出,这才改为明枪,但又说这是因为被诬为"假想敌"的报复。所用的伎俩,也是决不肯任其流传的,不但事后要它消灭,就是临时也在躲闪;而编集子的人又不屑收录。于是到得后来,就只剩了一面的文章了,无可对比,当时的抗战之作,就都好像无的放矢,独个人在向着空中发疯。我尝见人评古人的文章,说谁是"锋棱太露",谁又是"剑拔弩张",就因为对面的文章,完全消灭了的缘故,倘在,是也许可以减去评论家几分懵懂的。所以我以为此后该有博采种种所谓无价值的别人的文章,作为附录的集子。以前虽无成例,却是留给后来的宝贝,其功用与铸了魑魅魍魉的形状的禹鼎相同。

就是近来的有些期刊,那无聊,无耻与下流,也是世界上不可多得的物事,然而这又确是现代中国的或一群人的"文学",现在可以知今,将来可以知古,较大的图书馆,都必须保存的。但记得 C 君曾经告诉我,不但这些,连认真切实的期刊,也保存的很少,大抵只在把外国的杂志,一大本一大本的装起来;还是生着"贵古而贱今,忽近而图远"的老毛病。

九

仍是上文说过的所谓《珍本丛书》之一的张岱《琅嬛文集》,那卷三的书牍类里,有《又与毅儒八弟》的信,开首说:

"前见吾弟选《明诗存》,有一字不似钟谭者,必弃置不取;今几社诸君子盛称王李,痛骂钟谭,而吾弟选法又与前变,有一字似钟谭者,必弃置不取。钟谭之诗集,仍此诗集,吾弟手眼,仍此手眼,

中国20世纪名家散文经典

而乃转若飞蓬,捷如影响,何胸无定识,目无定见,口无定评,乃至斯极耶?盖吾弟喜钟谭时,有钟谭之好处,尽有钟谭之不好处,彼盖玉常带璞,原不该尽视为连城;吾弟恨钟谭时,有钟谭之不好处,仍有钟谭之好处,彼盖瑕不掩瑜,更不可尽弃为瓦砾。吾弟勿以几社君子之言,横据胸中,虚心平气,细细论之,则其妍丑自见,奈何以他人好尚为好尚哉!……"

这是分明的画出随风转舵的选家的面目,也指证了选本的难以凭信的。张岱自己,则以为选文造史,须无自己的意见,他在《与李砚翁》的信里说:"弟《石匮》一书,泚笔十余载,心如止水秦铜,并不自立意见,故下笔描绘,妍媸自见,敢言刻划,亦就物肖形而已。……"然而心究非镜,也不能虚,所以立"虚心平气"为选诗的极境,"并不自立意见"为作史的极境者,也像立"静穆"为诗的极境一样,在事实上不可得。数年前的文坛上所谓"第三种人"杜衡辈,标榜超然,实为群丑,不久即本相毕露,知耻者皆羞称之,无待这里多说了;就令自觉不怀他意,屹然中立如张岱者,其实也还是偏倚的。他在同一信中,论东林云:

"……夫东林自顾泾阳讲学以来,以此名目,祸我国家者八九十年,以其党升沉,用占世数兴败,其党盛则为终南之捷径,其党败则为元祐之党碑。……盖东林首事者实多君子,窜入者不无小人,拥戴者皆为小人,招徕者亦有君子,此其间线索甚清,门户甚迥。……东林之中,其庸庸碌碌者不必置论,如贪婪强横之王图,奸险凶暴之李三才,闯贼首辅之项煜,上笺劝进之周钟,以致窜入东林,乃欲俱奉之以君子,则吾臂可断,决不敢徇情也。东林之尤可丑者,时敏之降闯贼曰,'吾东林时敏也',以冀大用。鲁王监国,蕞尔小朝廷,科道任孔当辈犹曰,'非东林不可进用'。则是东林二字,直与蕞尔鲁国及汝偕亡者。手刃此辈,置之汤镬,出薪真不可不猛也。……"

这真可谓"词严义正"。所举的群小,也都确实的,尤其是时敏,虽在三百年后,也何尝无此等人,真令人惊心动魄。然而他的严责东林,是因为东林党中也有小人,古今来无纯一不杂的君子群,于是凡有党社,必为自谓中立者所不满,就大体而言,是好人多还是坏人多,他就置之不论了。或者还更加一转云:东林虽多君子,然亦有小人,反东林者虽多小人,然亦有正士,

于是好像两面都有好有坏,并无不同,但因东林世称君子,故有小人即可丑,反东林者本为小人,故有正士则可嘉,苛求君子,宽纵小人,自以为明察秋毫,而实则反助小人张目。倘说:东林中虽亦有小人,然多数为君子,反东林者虽亦有正士,而大抵是小人。那么,斤量就大不相同了。

谢国桢先生作《明清之际党社运动考》,钩索文籍,用力甚勤,叙魏忠贤两次虐杀东林党人毕,说道:"那时候,亲戚朋友,全远远的躲避,无耻的士大夫,早投降到魏党的旗帜底下了。说一两句公道话,想替诸君子帮忙的,只有几个书呆子,还有几个老百姓。"

这说的是魏忠贤使缇骑捕周顺昌,被苏州人民击散的事。诚然,老百姓虽然不读诗书,不明史法,不解在瑜中求瑕,屎里觅道,但能从大概上看,明黑白,辨是非,往往有决非清高通达的士大夫所可几及之处的。刚刚接到本日的《大美晚报》,有"北平特约通讯",记学生游行,被警察水龙喷射,棍击刀砍,一部分则被闭于城外,使受冻馁,"此时燕冀中学师大附中及附近居民纷纷组织慰劳队,送水烧饼馒头等食物,学生略解饥肠……"谁说中国的老百姓是庸愚的呢,被愚弄诬骗压迫到现在,还明白如此。张岱又说:"忠臣义士多见于国破家亡之际,如敲石出火,一闪即灭,人主不急起收之,则火种绝矣。"(《越绝诗小序》)他所指的"人主"是明太祖,和现在的情景不相符。

石在,火种是不会绝的。但我要重申九年前的主张:不要再请愿!

十二月十八——十九夜

中国 20 世纪名家散文经典

我要骗人

  疲劳到没有法子的时候,也偶然佩服了超出现世的作家,要模仿一下来试试。然而不成功。超然的心,是得像贝类一样,外面非有壳不可的。而且还得有清水。浅间山边,倘是客店,那一定是有的罢,但我想,却未必有去造"象牙之塔"的人的。
  为了希求心的暂时的平安,作为穷余的一策,我近来发明了别样的方法了,这就是骗人。
  去年的秋天或是冬天,日本的一个水兵,在闸北被暗杀了。忽然有了许多搬家的人,汽车租钱之类,都贵了好几倍。搬家的自然是中国人,外国人是很有趣似的站在马路旁边看。我也常常去看的。一到夜里,非常之冷静,再没有卖食物的小商人了,只听得有时从远处传来着犬吠。然而过了两三天,搬家好像被禁止了。警察拼死命的在殴打那些拉着行李的大车夫和洋车夫,日本的报章,中国的报章,都异口同声的对于搬了家的人们给了一个"愚民"的徽号。这意思就是说,其实是天下太平的,只因为有这样的"愚民",所以把颇好的天下,弄得乱七八糟了。
  我自始至终没有动,并未加入"愚民"这一伙里。但这并非为了聪明,却只因为懒惰。也曾陷在五年前的正月的上海战争——日本那一面,好像是喜欢称为"事变"似的——的火线下,而且自由早被剥夺,夺了我的自由的权力者,又拿着这飞上空中了,所以无论跑到那里去,都是一个样。中国的人民是多疑的。无论那一国人,都指这为可笑的缺点。然而怀疑并不是缺点。总是疑,而并不下断语,这才是缺点。我是中国人,所以深知道这秘密。其实,是在下着断语的,而这断语,乃是:到底还是不可信。但后来的事实,却大抵证明了这断语的的确。中国人不疑自己的多疑。所以我的没有搬家,也并不是因为怀着天下太平的确信,说到底,仍不过为了无论那里都一样的危险的缘故。五年以前翻阅报章,看见过所记的孩子的死尸的数目之多,和从不见有记着交换俘虏的事,至今想起来,也还是非常悲痛的。

虐待搬家人,殴打车夫,还是极小的事情。中国的人民,是常用自己的血,去洗权力者的手,使他又变成洁净的人物的,现在单是这模样就完事,总算好得很。

但当大家正在搬家的时候,我也没有整天站在路旁看热闹,或者坐在家里读世界文学史之类的心思。走远一点,到电影院里散闷去。一到那里,可真是天下太平了。这就是大家搬家去住的处所。我刚要跨进大门,被一个十二三岁的女孩子捉住了。是小学生,在募集水灾的捐款,因为冷,连鼻子尖也冻得通红。我说没有零钱,她就用眼睛表示了非常的失望。我觉得对不起人,就带她进了电影院,买过门票之后,付给她一块钱。她这回是非常高兴了,称赞我道,"你是好人",还写给我一张收条。只要拿着这收条,就无论到那里,都没有再出捐款的必要。于是我,就是所谓"好人",也轻松的走进里面了。

看了什么电影呢?现在已经丝毫也记不起。总之,大约不外乎一个英国人,为着祖国,征服了印度的残酷的酋长,或者一个美国人,到亚非利加去,发了大财,和绝世的美人结婚之类罢。这样的消遣了一些时光,傍晚回家,又走进了静悄悄的环境。听到远地里的犬吠声。女孩子的满足的表情的相貌,又在眼前出现,自己觉得作了好事情了,但心情又立刻不舒服起来,好像嚼了肥皂或者什么一样。

诚然,两三年前,是有过非常的水灾的,这大水和日本的不同,几个月或半年都不退。但我又知道,中国有着叫作"水利局"的机关,每年从人民收着税钱,在办事。但反而出了这样的大水了。我又知道,有一个团体演了戏来筹钱,因为后来只有二十几元,衙门就发怒不肯要。连被水灾所害的难民成群的跑到安全之处来,说是有害治安,就用机关枪去扫射的话也都听到过。恐怕早已统统死掉了罢。然而孩子们不知道,还在拼命的替死人募集生活费,募不到,就失望,募到手,就喜欢。而其实,一块来钱,是连给水利局的老爷买一天的烟卷也不够的。我明明知道着,却好像也相信款子真会到灾民的手里似的,付了一块钱。实则不过买了这天真烂漫的孩子欢喜罢了。我

不爱看人们的失望的样子。

倘使我那八十岁的母亲,问我天国是否真有,我大约是会毫不踌躇,答道真有的罢。

然而这一天的后来的心情却不舒服。好像是又以为孩子和老人不同,骗她是不应该似的,想写一封公开信,说明自己的本心,去消释误解,但又想到横竖没有发表之处,于是中止了,时候已是夜里十二点钟。到门外去看了一下。

已经连人影子也看不见。只在一家的檐下,有一个卖馄饨的,在和两个警察谈闲天。这是一个平时不大看见的特别穷苦的肩贩,存着的材料多得很,可见他并无生意。用两角钱买了两碗,和我的女人两个人分吃了。算是给他赚一点钱。庄子曾经说过:"干下去的(曾经积水的)车辙里的鲋鱼,彼此用唾沫相湿,用湿气相嘘,"——然而他又说,"倒不如在江湖里,大家互相忘却的好。"

可悲的是我们不能互相忘却。而我,却愈加恣意的骗起人来了。如果这骗人的学问不毕业,或者不中止,恐怕是写不出圆满的文章来的。

但不幸而在既未卒业,又未中止之际,遇到山本社长了。因为要我写一点什么,就在礼仪上,答道"可以的"。因为说过"可以",就应该写出来,不要使他失望,然而,到底也还是写了骗人的文章。

写着这样的文章,也不是怎么舒服的心地。要说的话多得很,但得等候"中日亲善"更加增进的时光。不久之后,恐怕那"亲善"的程度,竟会到在我们中国,认为排日即国贼——因为说是共产党利用了排日的口号,使中国灭亡的缘故——而到处的断头台上,都闪烁着太阳的圆圈的罢,但即使到了这样子,也还不是披沥真实的心的时光。

单是自己一个人的过虑也说不定:要彼此看见和了解真实的心,倘能用了笔,舌,或者如宗教家之所谓眼泪洗明了眼睛那样的便当的方法,那固然是非常之好的,然而这样便宜事,恐怕世界上也很少有。这是可以悲哀的。一面写着漫无条理的文章,一面又觉得对不起热心的读者了。

临末,用血写添几句个人的豫感,算是一个答礼罢。

一九三六年二月二十三日

我的第一个师父

　　不记得是那一部旧书上看来的了,大意说是有一位道学先生,自然是名人,一生拼命避佛,却名自己的小儿子为"和尚"。有一天,有人拿这件事来质问他。他回答道:"这正是表示轻贱呀!"那人无话可说而退云。

　　其实,这位道学先生是诡辩。名孩子为"和尚",其中是含有迷信的。中国有许多妖魔鬼怪,专喜欢杀害有出息的人,尤其是孩子;要下贱,他们才放手,安心。和尚这一种人,以和尚的立场看来,会成佛——但也不一定,——固然高超得很,而以读书人的立场一看,他们无家无室,不会作官,却是下贱之流。读书人意中的鬼怪,那意见当然和读书人相同,所以也就不来搅扰了。这和名孩子为阿猫阿狗,完全是一样的意思:容易养大。

　　还有一个避鬼的法子,是拜和尚为师,也就是舍给寺院了的意思,然而并不放在寺院里。我生在周氏是长男,"物以希为贵",父亲怕我有出息,因此养不大,不到一岁,便领到长庆寺里去,拜了一个和尚为师了。拜师是否要赞见礼,或者布施什么的呢,我完全不知道。只知道我却由此得到一个法名叫作"长庚",后来我也偶尔用作笔名,并且在《在酒楼上》这篇小说里,赠给了恐吓自己的侄女的无赖;还有一件百家衣,就是"衲衣",论理,是应该用各种破布拼成的,但我的却是橄榄形的各色小绸片所缝就,非喜庆大事不给穿;还有一条称为"牛

绳"的东西,上挂零星小件,如历本,镜子,银筛之类,据说是可以避邪的。

这种布置,好像也真有些力量:我至今没有死。

不过,现在法名还在,那两件法宝却早已失去了。前几年回北平去,母亲还给了我婴儿时代的银筛,是那时的唯一的记念。仔细一看,原来那筛子圆径不过寸余,中央一个太极图,上面一本书,下面一卷画,左右缀着极小的尺,剪刀,算盘,天平之类。我于是恍然大悟,中国的邪鬼,是怕斩钉截铁,不能含胡的东西的。因为探究和好奇,去年曾经去问上海的银楼,终于买了两面来,和我的几乎一式一样,不过缀着的小东西有些增减。奇怪得很,半世纪有余了,邪鬼还是这样的性情,避邪还是这样的法宝。然而我又想,这法宝成人却用不得,反而非常危险的。

但因此又使我记起了半世纪以前的最初的先生。我至今不知道他的法名,无论谁,都称他为"龙师父",瘦长的身子,瘦长的脸,高颧、细眼,和尚是不应该留须的,他却有两绺下垂的小胡子。对人很和气,对我也很和气,不教我念一句经,也不教我一点佛门规矩;他自己呢,穿起袈裟来作大和尚,或者戴上毗卢帽放焰口,"无祀孤魂,来受甘露味"的时候,是庄严透顶的,平常可也不念经,因为是住持,只管着寺里的琐屑事,其实——自然是由我看起来——他不过是一个剃光了头发的俗人。

因此我又有一位师母,就是他的老婆。论理,和尚是不应该有老婆的,然而他有。我家的正屋的中央,供着一块牌位,用金字写着必须绝对尊敬和服从的五位:"天地君亲师"。我是徒弟,他是师,决不能抗议,而在那时,也决不想到抗议,不过觉得似乎有点古怪。但我是很爱我的师母的,在我的记忆上,见面的时候,她已经大约有四十岁了,是一位胖胖的师母,穿着玄色纱衫裤,在自己家里的院子里纳凉,她的孩子们就来和我玩耍。有时还有水果和点心吃,——自然,这也是我所以爱她的一个大原因;用高洁的陈源教授的话来说,便是所谓"有奶便是娘",在人格上是很不足道的。

不过我的师母在恋爱故事上,却有些不平常。"恋爱",这是现在的术语,那时我们这偏僻之区只叫作"相好"。《诗经》云:"式相好矣,毋相尤矣",起源是算得很古,离文武周公的时候不怎么久就有了的,然而后来好像并不算十分冠冕堂皇的好话。这且不管它罢。总之,听说龙师父年青时,是一个很漂亮而能干的和尚,交际很广,认识各种人。有一天,乡下作社戏了,他和戏子相识,便上台替他们去敲锣,精光的头皮,簇新的海青,真是风头十足。乡下人大抵有些顽固,以为和尚是只应该念经拜忏的,台下有人骂了起来。师父不甘示弱,也给他们一个回骂。于是战争开幕,甘蔗梢头雨点似的飞来,有些勇士,还有进攻之势,"彼众我寡",他只好退走,一面退,一面一定追,逼得他又只好慌张的躲进一家人家去。而这人家,又只有一位年青的寡妇。以后的故事,我也不甚了然了,总而言之,她后来就是我的师母。

自从《宇宙风》出世以来,一向没有拜读的机缘,近几天才看见了"春季特大号"。其中有一篇铢堂先生的《不以成败论英雄》,使我觉得很有趣,他以为中国人的"不以成败论英雄","理想是不能不算崇高"的,"然而在人群的组织上实在要不得。抑强扶弱,便是永远不愿意有强。崇拜失败英雄,便是不承认成功的英雄"。"近人有一句流行话,说中国民族富于同化力,所以辽金元清都并不曾征服中国。其实无非是一种惰性,对于新制度不容易接收罢了"。我们怎样来改悔这"惰性"呢,现在姑且不谈,而且正在替我们想法的人们也多得很。我只要说那位寡妇之所以变了我的师母,其弊病也就在"不以成败论英雄"。乡下没有活的岳飞或文天祥,所以一个漂亮的和尚在如雨而下的甘蔗梢头中,从戏台逃下,也就是一个货真价实的失败的英雄。她不免发现了祖传的"惰性",崇拜起来,对于追兵,也像我们的祖先的对于辽金元清的大军似的,"不承认成功的英雄"了。在历史上,这结果是正如铢堂先生所说:"乃是中国的社会不树威是难得帖服的",所以活该有"扬州十日"和"嘉定三屠"。但那时的乡下人,却好像并没有"树威",走散了,自然,也许是他们料不到躲在家里。

因此我有了三个师兄,两个师弟。大师兄是穷人的孩子,舍在寺里,或是卖在寺里的;其余的四个,都是师父的儿子,大和尚的儿子作小和尚,我那时倒并不觉得怎么希奇。大师兄只有单身;二师兄也有家小,但他对我守着秘密,这一点,就可见他的道行远不及我的师父,他的父亲了。而且年龄都和我相差太远,我们几乎没有交往。

三师兄比我恐怕要大十岁,然而我们后来的感情是很好的,我常常替他担心。还记得有一回,他要受大戒了,他不大看经,想来未必深通什么大乘教理,在剃得精光的囟门上,放上两排艾绒,同时烧起来,我看是总不免要叫痛的,这时善男信女,多数参加,实在不大雅观,也失了我作师弟的体面。这怎么好呢?每一想到,十分心焦,仿佛受戒的是我自己一样。然而我的师父究竟道力高深,他不说戒律,不谈教理,只在当天大清早,叫了我的三师兄去,厉声吩咐道:"拼命熬住,不许哭,不许叫,要不然,脑袋就炸开,死了!"这一声大喝,实在比什么《妙法莲花经》或《大乘起信论》还有力,谁高兴死呢,于是仪式很庄严的进行,虽然两眼比平时水汪汪,但到两排艾绒在头顶上烧完,的确一声也不出。我嘘一口气,真所谓"如释重负",善男信女们也个个"合十赞叹,欢喜布施,顶礼而散"了。

出家人受了大戒,从沙弥升为和尚,正和我们在家人行过冠礼,由童子

而为成人相同。成人愿意"有室",和尚自然也不能不想到女人。以为和尚只记得释迦牟尼或弥勒菩萨,乃是未曾拜和尚为师,或与和尚为友的世俗的谬见。寺里也有确在修行,没有女人,也不吃荤的和尚,例如我的大师兄即是其一,然而他们孤僻,冷酷,看不起人,好像总是郁郁不乐,他们的一把扇或一本书,你一动他就不高兴,令人不敢亲近他。所以我所熟识的,都是有女人,或声明想女人,吃荤,或声明想吃荤的和尚。

我那时并不诧异三师兄在想女人,而且知道他所理想的是怎样的女人。人也许以为他想的是尼姑罢,并不是的,和尚和尼姑"相好",加倍的不便当。他想的乃是千金小姐或少奶奶;而作这"相思"或"单相思"——即今之所谓"单恋"也——的媒介的是"结"。我们那里的阔人家,一有丧事,每七日总要作一些法事,有一个七日,是要举行"解结"的仪式的,因为死人在未死之前,总不免开罪于人,存着冤结,所以死后要替他解散。方法是在这天拜完经忏的傍晚,灵前陈列着几盘东西,是食物和花,而其中有一盘,是用麻线或白头绳,穿上十来文钱,两头相合而打成蝴蝶式,八结式之类的复杂的,颇不容易解开的结子。一群和尚便环坐桌旁,且唱且解,解开之后,钱归和尚,而死人的一切冤结也从此完全消失了。这道理似乎有些古怪,但谁都这样办,并不为奇,大约也是一种"惰性"。不过解结是并不如世俗人的所推测,个个解开的,倘有和尚以为打得精致,因而生爱,或者故意打得结实,很难解散,因而生恨的,便能暗暗的整个落到僧袍的大袖里去,一任死者留下冤结,到地狱里去吃苦。这种宝结带回寺里,便保存起来,也时时鉴赏,恰如我们的或亦不免偏爱看看女作家的作品一样。当鉴赏的时候,当然也不免想到作家,打结子的是谁呢,男人不会,奴婢不会,有这种本领的,不消说是小姐或少奶奶了。和尚没有文学界人物的清高,所以他就不免睹物思人,所谓"时涉遐想"起来,至于心理状态,则我虽曾拜和尚为师,但究竟是在家人,不大明白底细。只记得三师兄曾经不得已而分给我几个,有些实在打得精奇,有些则打好之后,浸过水,还用剪刀柄之类砸实,使和尚无法解散。解结,是替死人设法的,现在却和和尚为难,我真不知道小姐或少奶奶是什么意思。这疑问直到二十年后,学了一点医学,才明白原来是给和尚吃苦,颇有一点虐待异性的病态的。深闺的怨恨,会无线电似的报在佛寺的和尚身上,我看道学先生可还没有料到这一层。

后来,三师兄也有了老婆,出身是小姐,是尼姑,还是"小家碧玉"呢,我不明白,他也严守秘密,道行远不及他的父亲了。这时我也长大起来,不知道从那里,听到了和尚应守清规之类的古老话,还用这话来嘲笑他,本意是在要他受窘。不料他竟一点不窘,立刻用"金刚怒目"式,向我大喝一声道:

"和尚没有老婆,小菩萨那里来!?"

这真是所谓"狮吼",使我明白了真理,哑口无言,我的确早看见寺里有丈余的大佛,有数尺或数寸的小菩萨,却从未想到他们为什么有大小。经此一喝,我才彻底的省悟了和尚有老婆的必要,以及一切小菩萨的来源,不再发生疑问。但要找寻三师兄,从此却艰难了一点,因为这位出家人,这时就有了三个家了:一是寺院,二是他的父母的家,三是他自己和女人的家。

我的师父,在约略四十年前已经去世;师兄弟们大半作了一寺的住持;我们的交情是依然存在的,却久已彼此不通消息。但我想,他们一定早已各有一大批小菩萨,而且有些小菩萨又有小菩萨了。

四月一日

死

当印造凯绥·珂勒惠支(Kaethe Kollwitz)所作版画的选集时,曾请史沫德黎(A.Smedley)女士作一篇序。自以为这请得非常合适,因为她们俩原极熟识的。不久作来了,又逼着茅盾先生译出,现已登在选集上。其中有这样的文字:

"许多年来,凯绥·珂勒惠支——她从没有一次利用过赠授给她的头衔——作了大量的画稿,速写,铅笔作的和钢笔作的速写,木刻,铜刻。把这些来研究,就表示着有二大主题支配着,她早年的主题是反抗,而晚年的是母爱,母性的保障,救济,以及死。而笼照于她所有的作品之上的,是受难的,悲剧的,以及保护被压迫者深切热情的意识。

"有一次我问她:'从前你用反抗的主题,但是现在你好像很有点抛不开死这观念。这是为什么呢?'用了深有所苦的语调,她回答道,'也许因为我是一天一天老了!'……"

我那时看到这里,就想了一想。算起来:她用"死"来作画材的时候,是一九一〇年顷;这时她不过四十三四岁。我今年的这"想了一想",当然和年纪有关,但回忆十余年前,对于死却还没有感到这么深切。大约我们的生死久已被人们随意处置,认为无足轻重,所以自己也看得随随便便,不像欧洲人那样的认真了。有些外国人说,中国人最怕死。这其实是不确的,——但自然,每不免模模胡胡的死掉则有之。

大家所相信的死后的状态,更助成了对于死的随便。谁都知道,我们中国人是相信有鬼(近时或谓之"灵魂")的,既有鬼,则死掉之后,虽然已不是人,却还不失为鬼,总还不算是一无所有。不过设想中的作鬼的久暂,却因其人的生前的贫富而不同。穷人们是大抵以为死后就去轮回的,根源出于佛教。佛教所说的轮回,当然手续繁重,并不这简单,但穷人往往无学,所以不明白。这就是使死罪犯人绑赴法场时,大叫"二十年后又是一条好汉",面无惧色的原因。况且相传鬼的衣服,是和临终时一样的,穷人无好衣裳,作了鬼也决不怎么体面,实在远不如立刻投胎,化为赤条条的婴儿的上算。我们曾见谁家生了小孩,胎里就穿着叫化子或是游泳家的衣服的么?从来没有。这就好,从新来过。也许有人要问,既然相信轮回,那就说不定来生会堕入更穷苦的景况,或者简直是畜生道,更加可怕了。但我看他们是并不这样想的,他们确信自己并未造出该入畜生道的罪孽,他们从来没有能堕畜生道的地位,权势和金钱。

然而有着地位,权势和金钱的人,却又并不觉得该堕畜生道;他们倒一面化为居士,准备成佛,一面自然也主张读经复古,兼作圣贤。他们像活着时候的超出人理一样,自以为死后也超出了轮回的。至于小有金钱的人,则虽然也不觉得该受轮回,但此外也别无雄才大略,只豫备安心作鬼。所以年纪一到五十上下,就给自己寻葬地,合寿材,又烧纸锭,先在冥中存储,生下子孙,每年可吃羹饭。这实在比作人还享福。假使我现在已经是鬼,在阳间又有好子孙,那么,又何必零星卖稿,或向北新书局去算账呢,只要很闲适的躺在楠木或阴沉木的棺材里,逢年过节,就自有一桌盛馔和一堆国币摆在眼前了,岂不快哉!

就大体而言,除极富贵者和冥律无关外,大抵穷人利于立即投胎,小康者利于长久作鬼。小康者的甘心作鬼,是因为鬼的生活(这两字大有语病,但我想不出适当的名词来),就是他还未过厌的人的生活的连续。阴间当然也有主宰者,而且极其严厉,公平,但对于他独独颇肯通融,也会收点礼物,恰如人间的好官一样。

有一批人是随随便便,就是临终也恐怕不大想到的,我向来正是这随便党里的一个。三十年前学医的时候,曾经研究过灵魂的有无,结果是不知道;又研究过死亡是否苦痛,结果是不一律,后来也不再深究,忘记了。近十年中,有时也为了朋友的死,写点文章,不过好像并不想到自己。这两年来

病特别多,一病也比较的长久,这才往往记起了年龄,自然,一面也为了有些作者们笔下的好意的或是恶意的不断的提示。

从去年起,每当病后休养,躺在藤躺椅上,每不免想到体力恢复后应该动手的事情:作什么文章,翻译或印行什么书籍。想定之后,就结束道:就是这样罢——但要赶快作。这"要赶快作"的想头,是为先前所没有的,就因为在不知不觉中,记得了自己的年龄。却从来没有直接的想到"死"。

直到今年的大病,这才分明的引起关于死的豫想来。原先是仍如每次的生病一样,一任着日本的S医师的诊治的。他虽不是肺病专家,然而年纪大,经验多,从习医的时期说,是我的前辈,又极熟识,肯说话。自然,医师对于病人,纵使怎样熟识,说话是还是有限度的,但是他至少已经给了我两三回警告,不过我仍然不以为意,也没有转告别人。大约实在是日子太久,病象太险了的缘故罢,几个朋友暗自协商定局,请了美国的D医师来诊察了。他是在上海的唯一的欧洲的肺病专家,经过打诊,听诊之后,虽然誉我为最能抵抗疾病的典型的中国人,然而也宣告了我的就要灭亡;并且说,倘是欧洲人,则在五年前已经死掉。这判决使善感的朋友们下泪。我也没有请他开方,因为我想,他的医学从欧洲学来,一定没有学过给死了五年的病人开方的法子。然而D医师的诊断却实在是极准确的,后来我照了一张用X光透视的胸像,所见的景象,竟大抵和他的诊断相同。

我并不怎么介意于他的宣告,但也受了些影响,日夜躺着,无力谈话,无力看书,连报纸也拿不动,又未曾炼到"心如古井",就只好想,而从此竟有时要想到"死"了。不过所想的也并非"二十年后又是一条好汉",或者怎样久住在楠木棺材里之类,而是临终之前的琐事。在这时候,我才确信,我是到底相信人死无鬼的。我只想到过写遗嘱,以为我倘曾贵为宫保,富有千万,儿子和女婿及其他一定早已逼我写好遗嘱了,现在却谁也不提起。但是,我也留下一张罢。当时好像很想定了一些,都是写给亲属的,其中有的是:

一,不得因为丧事,收受任何人的一文钱。——但老朋友的,不在此例。

二,赶快收敛,埋掉,拉倒。

三,不要作任何关于纪念的事情。

四,忘记我,管自己生活。——倘不,那就真是胡涂虫。

五,孩子长大,倘无才能,可寻点小事情过活,万不可去作空头文学家或美术家。

六,别人应许给你的事物,不可当真。

七,损着别人的牙眼,却反对报复,主张宽容的人,万勿和他接近。

此外自然还有,现在忘记了。只还记得在发热时,又曾想到欧洲人临死

时,往往有一种仪式,是请别人宽恕,自己也宽恕了别人。我的怨敌可谓多矣,倘有新式的人问起我来,怎么回答呢? 我想了一想,决定的是:让他们怨恨去,我也一个都不宽恕。

　　但这仪式并未举行,遗嘱也没有写,不过默默的躺着,有时还发生更切迫的思想:原来这样就算是在死下去,倒也并不苦痛;但是,临终的一刹那,也许并不这样的罢;然而,一世只有一次,无论怎样,总是受得了的……后来,却有了转机,好起来了。到现在,我想,这些大约并不是真的要死之前的情形,真的要死,是连这些想头也未必有的,但究竟如何,我也不知道。

一九三六年九月五日

中国20世纪名家散文经典

女吊

大概是明末的王思任说的罢："会稽乃报仇雪耻之乡,非藏垢纳污之地!"这对于我们绍兴人很有光彩,我也很喜欢听到,或引用这两句话。但其实,是并不的确的;这地方,无论为那一样都可以用。

不过一般的绍兴人,并不像上海的"前进作家"那样憎恶报复,却也是事实。单就文艺而言,他们就在戏剧上创造了一个带复仇性的,比别的一切鬼魂更美,更强的鬼魂。这就是"女吊"。我以为绍兴有两种特色的鬼,一种是表现对于死的无可奈何,而且随随便便的"无常",我已经在《朝华夕拾》里得了绍介给全国读者的光荣了,这回就轮到别一种。

"女吊"也许是方言,翻成普通的白话,只好说是"女性的吊死鬼"。其实,在平时,说起"吊死鬼",就已经含有"女性的"的意思,因为投缳而死者,向来以妇人女子为最多。有一种蜘蛛,用一枝丝挂下自己的身体,悬在空中,《尔雅》上已谓之"蜆,缢女",可见在周朝或汉朝,自尽的已经大抵是女性了,所以那时不称它为男性的"缢夫"或中性的"缢者"。不过一到作"大戏"或"目连戏"的时候,我们便能在看客的嘴里听到"女吊"的称呼。也叫作"吊神"。横死的鬼魂而得到"神"的尊号的,我还没有发现过第二位,则其受民众之爱戴也可想。但为什么这时独要称她"女吊"呢? 很容易解:因为在戏台上,也要有"男吊"出现了。

我所知道的是四十年前的绍兴，那时没有达官显宦，所以未闻有专门为人（堂会？）的演剧。凡作戏，总带着一点社戏性，供着神位，是看戏的主体，人们去看，不过叨光。但"大戏"或"目连戏"所邀请的看客，范围可较广了，自然请神，而又请鬼，尤其是横死的怨鬼。所以仪式就更紧张，更严肃。一请怨鬼，仪式就格外紧张严肃，我觉得这道理是很有趣的。

也许我在别处已经写过。"大戏"和"目连"，虽然同是演给神，人，鬼看的戏文，但两者又很不同。不同之点：一在演员，前者是专门的戏子，后者则是临时集合的 Amateur——农民和工人；一在剧本，前者有许多种，后者却好歹总只演一本《目连救母记》。然而开场的"起殇"，中间的鬼魂时时出现，收场的好人升天，恶人落地狱，是两者都一样的。

当没有开场之前，就可看出这并非普通的社戏，为的是台两旁早已挂满了纸帽，就是高长虹之所谓"纸糊的假冠"，是给神道和鬼魂戴的。所以凡内行人，缓缓的吃过夜饭，喝过茶，闲闲而去，只要看挂着的帽子，就能知道什么鬼神已经出现。因为这戏开场较早，"起殇"在太阳落尽时候，所以饭后去看，一定是作了好一会了，但都不是精彩的部分。"起殇"者，绍兴人现已大抵误解为"起丧"，以为就是召鬼，其实是专限于横死者的。《九歌》中的《国殇》云："身既死兮神以灵，魂魄毅兮为鬼雄"，当然连战死者在内。明社垂绝，越人起义而死者不少，至清被称为叛贼，我们就这样的一同招待他们的英灵。在薄暮中，十几匹马，站在台下了；戏子扮好一个鬼王，蓝面鳞纹，手执钢叉，还得有十几名鬼卒，则普通的孩子都可以应募。我在十余岁时候，就曾经充过这样的义勇鬼，爬上台去，说明志愿，他们就给在脸上涂上几笔彩色，交付一柄钢叉。待到有十多人了，即一拥上马，疾驰到野外的许多无主孤坟之处，环绕三匝，下马大叫，将钢叉用力的连连刺在坟墓上，然后拔叉驰回，上了前台，一同大叫一声，将钢叉一掷，钉在台板上。我们的责任，这就算完结，洗脸下台，可以回家了，但倘被父母所知，往往不免挨一顿竹篠（这是绍兴打孩子的最普通的东西），一以罚其带着鬼气，二以贺其没有跌死，但我却幸而从来没有被觉察，也许是因为得了恶鬼保佑的缘故罢。

这一种仪式，就是说，种种孤魂厉鬼，已经跟着鬼王和鬼卒，前来和我们一同看戏了，但人们用不着担心，他们深知道理，这一夜决不丝毫作怪。于是戏文也接着开场，徐徐进行，人事之中，夹以出鬼：火烧鬼，淹死鬼，科场鬼（死在考场里的），虎伤鬼……孩子们也可以自由去扮，但这种没出息鬼，愿意去扮的并不多，看客也不将它当作一回事。一到"跳吊"时分——"跳"是动词，意义和"跳加官"之"跳"同——情形的松紧可就大不相同了。台上吹起悲凉的喇叭来，中央的横梁上，原有一团布，也在这时放下，长约戏台高度

的五分之二。看客们都屏着气,台上就闯出一个不穿衣裤,只有一条犊鼻裈,面施几笔粉墨的男人,他就是"男吊"。一登台,径奔悬布,像蜘蛛的死守着蛛丝,也如结网,在这上面钻,挂。他用布吊着各处:腰,胁,胯下,肘弯,腿弯,后项窝……一共七七四十九处。最后才是脖子,但是并不真套进去的,两手扳着布,将颈子一伸,就跳下,走掉了。这"男吊"最不易跳,演目连戏时,独有这一个脚色须特请专门的戏子。那时的老年人告诉我,这也是最危险的时候,因为也许会招出真的"男吊"来。所以后台上一定要扮一个王灵官,一手捏诀,一手执鞭,目不转睛的看着一面照见前台的镜子。倘镜中见有两个,那么,一个就是真鬼了,他得立刻跳出去,用鞭将假鬼打落台下。假鬼一落台,就该跑到河边,洗去粉墨,挤在人丛中看戏,然后慢慢的回家。倘打得慢,他就会在戏台上吊死;洗得慢,真鬼也还会认识,跟住他。这挤在人丛中看自己们所作的戏,就如要人下野而念佛,或出洋游历一样,也正是一种缺少不得的过渡仪式。

　　这之后,就是"跳女吊"。自然先有悲凉的喇叭;少顷,门幕一掀,她出场了。大红衫子,黑色长背心,长发蓬松,颈挂两条纸锭,垂头,垂手,弯弯曲曲的走一个全台,内行人说:这是走了一个"心"字。为什么要走"心"字呢?我不明白。我只知道她何以要穿红衫。看王充的《论衡》,知道汉朝的鬼的颜色是红的,但再看后来的文字和图画,却又并无一定颜色,而在戏文里,穿红的则只有这"吊神"。意思是很容易了然的;因为她投缳之际,准备作厉鬼以复仇,红色较有阳气,易于和生人相接近,……绍兴的妇女,至今还偶有搽粉穿红之后,这才上吊的。自然,自杀是卑怯的行为,鬼魂报仇更不合于科学,但那些都是愚妇人,连字也不认识,敢请"前进"的文学家和"战斗"的勇士们不要十分生气罢。我真怕你们要变呆鸟。

　　她将披着的头发向后一抖,人这才看清了脸孔:石灰一样白的圆脸,漆黑的浓眉,乌黑的眼眶,猩红的嘴唇。听说浙东的有几府的戏文里,吊神又拖着几寸长的假舌头,但在绍兴没有。不是我袒护故乡,我以为还是没有好;那么,比起现在将眼眶染成淡灰色的时式打扮来,可以说是更彻底,更可爱。不过下嘴角应该略略向上,使嘴巴成为三角形:这也不是丑模样。假使半夜之后,在薄暗中,远处隐约着一位这样的粉面朱唇,就是现在的我,也许会跑过去看看的,但自然,却未必就被诱惑得上吊。她两肩微耸,四顾,倾听,似惊,似喜,似怒,终于发出悲哀的声音,慢慢的唱道:

　　　　"奴奴本是杨家女,
　　　　呵呀,苦呀,天哪!……"

下文我不知道了。就是这一句,也还是刚从克士那里听来的。但那大略,是说后来去作童养媳,备受虐待,终于弄到投缳。唱完就听到远处的哭声,这也是一个女人,在衔冤悲泣,准备自杀。她万分惊喜,要去"讨替代"了,却不料突然跳出"男吊"来,主张应该他去讨。他们由争论而至动武,女的当然不敌,幸而王灵官虽然脸相并不漂亮,却是热烈的女权拥护家,就在危急之际出现,一鞭把男吊打死,放女的独去活动了。老年人告诉我说:古时候,是男女一样的要上吊的,自从王灵官打死了男吊神,才少有男人上吊;而且古时候,是身上有七七四十九处,都可以吊死的,自从王灵官打死了男吊神,致命处才只在脖子上。中国的鬼有些奇怪,好像是作鬼之后,也还是要死的,那时的名称,绍兴叫作"鬼里鬼"。但男吊既然早被王灵官打死,为什么现在"跳吊",还会引出真的来呢?我不懂这道理,问问老年人,他们也讲说不明白。

而且中国的鬼还有一种坏脾气,就是"讨替代",这才完全是利己主义;倘不然,是可以十分坦然的和他们相处的。习俗相沿,虽女吊不免,她有时也单是"讨替代",忘记了复仇。绍兴煮饭,多用铁锅,烧的是柴或草,烟煤一厚,火力就不灵了,因此我们就常在地上看见刮下的锅煤。但一定是散乱的,凡村姑乡妇,谁也决不肯省些力,把锅子伏在地面上,团团一刮,使烟煤落成一个黑圈子。这是因为吊神诱人的圈套,就用煤圈炼成的缘故。散掉烟煤,正是消极的抵制,不过为的是反对"讨替代",并非因为怕她去报仇。被压迫者即使没有报复的毒心,也决无被报复的恐惧,只有明明暗暗,吸血吃肉的凶手或其帮闲们,这才赠人以"犯而勿校"或"勿念旧恶"的格言,——我到今年,也愈加看透了这些人面东西的秘密。

九月十九——二十日

中国20世纪名家散文经典

因太炎先生而想起的二三事

  写完题目,就有些踌躇,怕空话多于本文,就是俗语之所谓"雷声大,雨点小"。
  作了《关于太炎先生二三事》以后,好像还可以写一点闲文,但已经没有力气,只得停止了。第二天一觉醒来,日报已到,拉过来一看,不觉自己摩一下头顶,惊叹道:"二十五周年的双十节!原来中华民国,已过了一世纪的四分之一了,岂不快哉!"但这"快"是迅速的意思。后来乱翻增刊,偶看见新作家的憎恶老人的文章,便如兜顶浇半瓢冷水。自己心里想:老人这东西,恐怕也真为青年所不耐的。例如我罢,性情即日见乖张,二十五年而已,却偏喜欢说一世纪的四分之一,以形容其多,真不知忙着什么;而且这摩一下头顶的手势,也实在可以说是太落伍了。
  这手势,每当惊喜或感动的时候,我也已经用了一世纪的四分之一,犹言"辫子究竟剪去了",原是胜利的表示。这种心情,和现在的青年也是不能相通的。假使都会上有一个拖着辫子的人,三十左右的壮年和二十上下的青年,看见了恐怕只以为珍奇,或者竟觉得有趣,但我却仍然要憎恨,愤怒,因为自己是曾经因此吃苦的人,以剪辫为一大公案的缘故。我的爱护中华民国,焦唇敝舌,恐其衰微,大半正为了使我们得有剪辫的自由,假使当初为了保存古迹,留辫不剪,我大约是决不会这样爱它的。张勋来也好,段祺瑞来也好,我真自愧远不及

有些士君子的大度。

当我还是孩子时,那时的老人指教我说:剃头担上的旗竿,三百年前是挂头的。满人入关,下令拖辫,剃头人沿路拉人剃发,谁敢抗拒,便砍下头来挂在旗竿上,再去拉别的人。那时的剃发,先用水擦,再用刀刮,确是气闷的,但挂头故事却并不引起我的惊惧,因为即使我不高兴剃发,剃头人不但不来砍下我的脑袋,还从旗竿斗里摸出糖来,说剃完就可以吃,已经换了怀柔方略了。见惯者不怪,对辫子也不觉其丑,何况花样繁多,以姿态论,则辫子有松打,有紧打,辫线有三股,有散线,周围有看发(即今之"刘海"),看发有长短,长看发又可打成两条细辫子,环于顶搭之周围,顾影自怜,为美男子;以作用论,则打架时可拔,犯奸时可剪,作戏的可挂于铁竿,为父的可鞭其子女,变把戏的将头摇动,能飞舞如龙蛇,昨在路上,看见巡捕拿人,一手一个,以一捕二,倘在辛亥革命前,则一把辫子,至少十多个,为治民计,也极方便的。不幸的是所谓"海禁大开",士人渐读洋书,因知比较,纵使不被洋人称为"猪尾",而既不全剃,又不全留,剃掉一圈,留下一撮,打成尖辫,如慈菇芽,也未免自己觉得毫无道理,大可不必了。

我想,这是纵使生于民国的青年,一定也都知道的。清光绪中,曾有康有为者变过法,不成,作为反动,是义和团起事,而八国联军遂入京,这年代很容易记,是恰在一千九百年,十九世纪的结末。于是满清官民,又要维新了,维新有老谱,照例是派官出洋去考察,和派学生出洋去留学。我便是那时被两江总督派赴日本的人们之中的一个,自然,排满的学说和辫子的罪状和文字狱的大略,是早经知道了一些的,而最初在实际上感到不便的,却是那辫子。

凡留学生一到日本,急于寻求的大抵是新知识。除学习日文,准备进专门的学校之外,就赴会馆,跑书店,往集会,听讲演。我第一次所经历的是在一个忘了名目的会场上,看见一位头包白纱布,用无锡腔讲演排满的英勇的青年,不觉肃然起敬。但听下去,到得他说"我在这里骂老太婆,老太婆一定也在那里骂吴稚晖",听讲者一阵大笑的时候,就感到没趣,觉得留学生好像也不外乎嬉皮笑脸。"老太婆"者,指清朝的西太后。吴稚晖在东京开会骂西太后,是眼前的事实无疑,但要说这时西太后也正在北京开会骂吴稚晖,我可不相信。讲演固然不妨夹着笑骂,但无聊的打诨,是非徒无益,而且有害的。不过吴先生这时却正在和公使蔡钧大战,名驰学界,白纱布下面,就藏着名誉的伤痕。不久,就被递解回国,路经皇城外的河边时,他跳了下去,但立刻又被捞起,押送回去了。这就是后来太炎先生和他笔战时,文中之所谓"不投大壑而投阳沟,面目上露"。其实是日本的御沟并不狭小,但当警官

护送之际,却即使并未"面目上露",也一定要被捞起的。这笔战愈来愈凶,终至夹着毒詈,今年吴先生讥刺太炎先生受国民政府优遇时,还提起这件事,这是三十余年前的旧账,至今不忘,可见怨毒之深了。但先生手定的《章氏丛书》内,却都不收录这些攻战的文章。先生力排清虏,而服膺于几个清儒,殆将希踪古贤,故不欲以此等文字自秽其著述——但由我看来,其实是吃亏,上当的,此种醇风,正使物能遁形,贻患千古。

剪掉辫子,也是当时一大事。太炎先生去发时,作《解辫发》,有云——

"……共和二千七百四十一年,秋七月,余年三十三矣。是时满洲政府不道,戕虐朝士,横挑强邻,戮使略贾,四维交攻。愤东胡之无状,汉族之不得职,陨涕泫泫曰余年已立,而犹被戎狄之服,不违咫尺,弗能剪除,余之罪也。将荐绅束发,以复近古,日既不给,衣又不可得。于是曰,昔祁班孙,释隐玄,皆以明氏遗老,断发以殁。《春秋穀梁传》曰:'吴祝发',《汉书》《严助传》曰:'越劗发',(晋灼曰:'劗,张揖以为古剪字也')余故吴越间民,去之亦犹行古之道也。……"

文见于木刻初版和排印再版的《訄书》中,后经更定,改名《检论》时,也被删掉了。我的剪辫,却并非因为我是越人,越在古昔,"断发文身",今特效之,以见先民仪矩,也毫不含有革命性,归根结蒂,只为了不便:一不便于脱帽,二不便于体操,三盘在囟门上,令人很气闷。在事实上,无辫之徒,回国以后,默然留长,化为不贰之臣者也多得很。而黄克强在东京作师范学生时,就始终没有断发,也未尝大叫革命,所略显其楚人的反抗的蛮性者,唯因日本学监,诫学生不可赤膊,他却偏光着上身,手挟洋磁脸盆,从浴室经过大院子,摇摇摆摆的走入自修室去而已。